SCHWARZE FÖRDE

Beeke Dierksen ist das Pseudonym der Krimiautorin Angelika Svensson. Die Autorin wurde in Hamburg geboren und lebt heute in Norderstedt. Nach einer Ausbildung zur Fremdsprachenkorrespondentin arbeitete sie beim Norddeutschen Rundfunk. Mittlerweile ist die Autorin freiberuflich tätig. Sie ist Mitglied im »Syndikat« und bei den »Mörderischen Schwestern«.

Dieses Buch ist ein Roman. Handlungen und Personen sind frei erfunden. Ähnlichkeiten mit lebenden oder toten Personen sind nicht gewollt und rein zufällig.

BEEKE DIERKSEN

SCHWARZE FÖRDE

Küsten Krimi

emons:

Lust auf mehr? Laden Sie sich die »LChoice«-App runter, scannen Sie den QR-Code und bestellen Sie weitere Bücher direkt in Ihrer Buchhandlung.

Bibliografische Information der Deutschen Nationalbibliothek
Die Deutsche Nationalbibliothek verzeichnet diese Publikation in der Deutschen Nationalbibliografie; detaillierte bibliografische Daten sind im Internet über http://dnb.d-nb.de abrufbar.

© Emons Verlag GmbH
Alle Rechte vorbehalten
Umschlagmotiv: shutterstock.com/paffy
Umschlaggestaltung: Nina Schäfer, nach einem Konzept
von Leonardo Magrelli und Nina Schäfer
Umsetzung: Tobias Doetsch
Gestaltung Innenteil: César Satz & Grafik GmbH, Köln
Lektorat: Christiane Geldmacher, Textsyndikat, Bremberg
Druck und Bindung: CPI – Clausen & Bosse, Leck
Printed in Germany 2019
ISBN 978-3-7408-0619-4
Küsten Krimi
Originalausgabe

Unser Newsletter informiert Sie
regelmäßig über Neues von emons:
Kostenlos bestellen unter
www.emons-verlag.de

Dieser Roman wurde vermittelt durch die Literarische Agentur Thomas Schlück GmbH, 30161 Hannover.

Für Andrea und Albert

*Wer mit Ungeheuern kämpft, mag zusehn,
dass er nicht dabei zum Ungeheuer wird.
Und wenn du lange in einen Abgrund blickst,
blickt der Abgrund auch in dich hinein.*
Friedrich Nietzsche,
»Jenseits von Gut und Böse«, Aph. 146

Tag 1

Ein Massengrab …
Verdammt, das durfte nicht wahr sein …
Stand er hier tatsächlich vor einem Massengrab?
Olaf Reinders war übel, und sein Verstand weigerte sich noch immer, das Bild vor seinen Augen anzunehmen. Zu akzeptieren, dass hier etwas auf ihn zurollte, was seine Vorstellungskraft überstieg. Einer Welle gleich, mächtig und unheilverkündend, die ihn verschlucken und irgendwann an den Rändern der Welt wieder ausspucken würde. Einer anderen Welt. Die er nicht wollte, weil er Angst vor ihr hatte, Angst vor dem, was auf dem Weg dorthin mit ihm geschehen würde.
Er bemühte sich, in einen ruhigen Atemrhythmus zurückzufinden, und schob vorsichtig eine Hand unter die Regenjacke. Seine Finger fanden den Bauchnabel, begannen zu kreisen, langsam, ohne jeden Druck, im Uhrzeigersinn. Bewährtes Mittel aus Kindertagen, einatmen, ausatmen, sich einkuscheln in die tröstende Gegenwart der Mutter, ihrer sanften Stimme lauschen, ihre Hände fühlen. Sie waren immer warm gewesen.
Seine waren eiskalt und sandten einen Kälteschauer in sein Innerstes. Trotzdem gelang es ihm nach einiger Zeit, den Würgereiz zu unterdrücken und das auf der Fahrt hierher heruntergeschlungene Frühstücksbrötchen bei sich zu behalten.
Voller Anspannung beobachtete er die Kollegen der Kriminaltechnik, die sich anschickten, ein weißes Schutzzelt über den menschlichen Überresten der vierten Leiche zu errichten, die erst vor wenigen Minuten in dem lehmigen Erdboden gefunden worden war. Auch dieses Grab dürfte eine Größe von zwei Metern im Quadrat aufweisen und wiederum an die drei Meter tief sein. Von seinem Standpunkt aus konnte Reinders es nicht mit Sicherheit sagen, denn er war, ebenso wie alle anderen, von den Mitarbeitern der Spurensicherung hinter eine Absperrung

verbannt worden. Außerdem behinderte das Zelt seine Sicht. Da die bisher entdeckten Gräber jedoch diese Maße gehabt hatten, ging Reinders davon aus, dass es bei dem vierten nicht anders sein würde. Wenn die Spurensicherer mit ihrer Arbeit fertig waren, würden sie Pfade mit Hilfe von hölzernen Bohlen anlegen, damit er und seine Kollegen die Gräber aus der Nähe in Augenschein nehmen konnten. Ihm graute jetzt schon davor.

Seit dem frühen Morgen waren sie vor Ort, auf diesem offensichtlich unbewirtschafteten Acker, der auf halber Höhe zwischen Glücksburg und der Flensburger Außenförde lag. Endlose Stunden, in denen eine Grabstätte nach der anderen freigelegt worden war. Ein eisiger Wind peitschte Regenschauer über das Land, schon vor Tagen hatte sich der bis dahin goldene Oktober in einen garstigen Vorboten des Winters verwandelt. Als hätte sich das Wetter dem Horrorszenario anpassen wollen. An Reinders' Regenjacke lief das Wasser herunter, er war froh, dass sie eine Kapuze hatte, und verdrängte jeden Gedanken an die schon jetzt durchnässte Jeans und die zunehmend feuchter werdenden Socken in den Gummistiefeln.

»So etwas habe ich noch nie gesehen«, sagte Birte Degener mit heiserer Stimme und sprach damit aus, was jeder hier dachte. »Das ist ja ein Alptraum.«

»Und noch nicht vorbei. Der anonyme Anrufer hat von sechs Leichen gesprochen.«

Birte stöhnte. »Manchmal hasse ich meinen Beruf.«

Und trotzdem würdest du ihn niemals aufgeben wollen, dachte Reinders. Genauso wenig wie ich. Weil irgendjemand ja schließlich das Gleichgewicht wiederherstellen muss. Von wegen, der Gerechtigkeit zum Sieg verhelfen oder so.

Bullshit! Die Gerechtigkeit hatte sich auf Nimmerwiedersehen verpisst, denn sie führten schon lange einen Kampf gegen Windmühlen. Von vier Personen, die sie einbuchten konnten, kamen drei am nächsten Tag wieder frei. Weil sie unter Drogen- oder Alkoholeinfluss gemordet, einen an der Waffel hatten oder sich eine Armada von ausgebufften Anwälten leisten konnten.

Und der eine, der in den Knast wanderte, konnte eben nicht auf diese Privilegien zurückgreifen, armes Schwein, aber das hatte man nun davon, wenn man einfach nur dämlich und somit das kleinste aller Lichter auf diesem Planeten war.

So sah es aus, und trotzdem war er nach über zwanzig Jahren immer noch dabei. Weil er nichts anderes konnte und dieser verdammte Job auf eine fast schon masochistische Weise sein Leben war.

»Habt ihr schon irgendwas wegen dieses anonymen Anrufs rausbekommen?«

Reinders schüttelte den Kopf, froh darüber, dass Birte seinen trüben Gedanken für den Moment den Garaus machte. »Er kam von einem Prepaid-Handy. Die Stimme war elektronisch verzerrt. Für so was gibt es mittlerweile Apps, mit deren Hilfe sogar das Geschlecht gewechselt werden kann.«

»Du meine Güte«, sagte Birte. »Dann können die Kollegen das dank dieser bescheuerten Apps in Zukunft nicht mehr bestimmen?«

Reinders zuckte ratlos die Schultern. »Frag mich nicht, auf dem Gebiet bin ich nun wirklich kein Experte. Die Kollegen sind jedenfalls dran. Hoffen wir mal, dass sie doch was rausbekommen.«

Der anonyme Anruf war um sechs Uhr am Morgen in der Leitstelle eingegangen. Der Anrufer hatte sich kurz gefasst, von sechs Leichen gesprochen, die auf einem Acker östlich von Glücksburg verscharrt seien, und den Weg dorthin beschrieben. Daraufhin war die Maschinerie in Gang gesetzt worden.

»Wissen wir mittlerweile, wem der Acker gehört?«, fragte Reinders, während sich die Beruhigungshand in seine Jackentasche zurückstahl. Mission erfüllt. Zumindest für den Moment.

»Ich warte auf den Rückruf vom Grundbuchamt. Der zuständige Sachbearbeiter war vorhin beim Arzt, und seine Kollegin hat sich damit entschuldigt, dass sie neu und noch nicht in das System eingearbeitet sei.«

»Elende Behördenfuzzis.«

Reinders wandte den Blick und schaute zu den Kollegen der Bereitschaftspolizei hinüber, die sich zum wiederholten Mal daranmachten, den Boden des knapp vier Hektar großen Ackers mit Hilfe von langen Metallstäben zu untersuchen. An der Begrenzung des Ackers zu einem kleinen Waldstück waren sie vor vier Stunden zum ersten Mal fündig geworden. Ein undefinierbarer Widerstand im Boden, der eilig herbeigeführte Leichenspürhund hatte sofort angeschlagen. Der Leichnam war in eine Plane gewickelt, allem Anschein nach handelte es sich um eine Frau. Der Körper war zu verwest, um das Geschlecht bestimmen zu können, die Überreste der Bekleidung sahen jedoch aus, als stammten sie von einem Kleid.

Das zweite Grab war knapp fünf Meter daneben entdeckt worden, der Leichnam darin ebenfalls in eine Plane gewickelt und fast vollständig skelettiert. Das Gleiche galt für die menschlichen Überreste im dritten Grab, das sich an der südlichen Begrenzung des Ackers befand, sowie die im vierten Grab, das an einen schmalen Landwirtschaftsweg grenzte, auf dem sich jetzt ein Wagen näherte, dem ein groß gewachsener Mann in einem schwarzen Kleppermantel entstieg.

Reinders fiel ein Stein vom Herzen, und ein kurzer Seitenblick zeigte ihm, dass Birte seine Erleichterung teilte. Sie verfügten beide über eine jahrelange Erfahrung als Mordermittler, aber hier hätte keiner von ihnen den Hut aufhaben wollen. Da musste der Chef ran.

Der Ankömmling schaute kurz zu ihnen herüber, bevor er zur Absperrung ging und einige Worte mit Professor Ovens wechselte, dem Leiter des Instituts für Rechtsmedizin in Kiel, der darauf wartete, dass das Zelt über dem vierten Grab endlich fest verankert war. Ovens' weißer Schutzanzug war voller Lehm, ein bizarres Muster, vom Regen geformt.

Als Christoph Wengler schließlich neben sie trat, nickte er flüchtig. »Scheußliche Sache.«

»Tut mir leid, dass du deswegen deinen Urlaub abbrechen musstest. Aber du hattest gesagt –«

Wengler schnitt Reinders mit einer Handbewegung das Wort ab. »… dass ihr mich zurückholen sollt, wenn es etwas Wichtiges gibt. Kein Grund, sich dafür zu entschuldigen.« Er wirkte noch ungeduldiger als sonst. »Du hast am Telefon gesagt, dass die bisher aufgefundenen Toten alle ein Hufeisen um den Hals tragen.«

Reinders nickte, noch so eine Sache, die ihn fertigmachte. »Ja. Das sind allerdings keine üblichen Hufeisen, sondern welche aus Kunststoff, die über einen Klappmechanismus verfügen. Ein normales Hufeisen bekommt man ja nicht um einen menschlichen Hals. Aber das ist noch nicht alles. Die Kollegen haben noch etwas in den Gräbern gefunden, davon hab ich allerdings erst nach unserem Telefonat erfahren.«

»Nämlich?«

»Silberne Kreuze, etwa sechs Zentimeter lang. Sie lagen jeweils in den oberen Erdschichten.«

Wenglers Stirn legte sich in nachdenkliche Falten.

»Ist dir so was schon mal untergekommen?«, wollte Birte wissen.

Wengler schüttelte den Kopf und starrte zu den Gräbern hinüber. Als Reinders' Handy zu klingeln begann und die muntere Schlagermelodie wie ein falscher Akkord auf das Totenfeld sackte, hob er missbilligend die Brauen, enthielt sich aber einer Äußerung.

»Das war der Sachbearbeiter vom Grundbuchamt«, sagte Reinders, dessen Gesichtsausdruck im Verlauf des Gesprächs immer grimmiger geworden war. »Sie haben keinen Eintrag gefunden und können uns deshalb leider nicht sagen, wem der Acker gehört.«

»Das glaub ich jetzt nicht«, sagte Birte.

»Sowie wir wieder im Büro sind, setze ich mich mit dem Abteilungsleiter in Verbindung und mach dem die Hölle heiß«, kündigte Reinders an. »Das ist doch eine typische Behördenschlamperei, da kriege ich so einen Hals.«

In der Zwischenzeit hatten die Ermittler die fünfte Leiche gefunden. Das Grab war ebenso tief wie die vier davor und enthielt eine »frischere Leiche«, wie Reinders einen der Rechtsmediziner respektlos sagen hörte. Reinders war froh, dass die Absperrung sie noch immer auf Distanz hielt, er würde die Details noch früh genug aus den Obduktionsprotokollen erfahren. Oder sogar an den Leichenschauen teilnehmen müssen, falls ihm niemand diesen mehr als verhassten Bereich seiner Arbeit abnahm.

Ein lauter Ruf unterbrach seine Überlegungen.

»Wir haben Nummer sechs!«

Das sechste Grab befand sich in unmittelbarer Nähe zum fünften. Wieder der Leichnam einer Frau, bei dem der Verwesungsprozess noch nicht weit fortgeschritten war. Laut Professor Ovens lag der Tod hier erst wenige Tage zurück.

Wengler blieb an der Absperrung, während Reinders Zuflucht im Wagen suchte. Der Regen hatte zugenommen, und er fror mittlerweile bis auf die Knochen. Er nahm auf dem Beifahrersitz Platz und zog einen Block aus der Tasche, um sich eine Skizze von der Lage der einzelnen Gräber zu machen.

Der Acker hatte die Form eines Quadrats, an das in nördlicher Richtung ein Feld grenzte, in westlicher ein kleines Waldstück und in südlicher ein morastiger und von Schilf umgebener Tümpel. Gen Osten verlief ein schmaler Landwirtschaftsweg, an dessen anderer Seite sich ein weiteres Feld erstreckte. Die ersten beiden Gräber befanden sich an der Grenze zu dem Waldstück und lagen ungefähr fünf Meter auseinander. Das dritte Grab lag am südlichen Abschluss des Ackers, das vierte grenzte ebenso wie die beiden letzten Gräber an den Landwirtschaftsweg.

Nachdem er die Skizze fertiggestellt hatte, schrieb Reinders einige Stichworte auf.

Die ersten fünf Leichen waren in dicke schwarze Plastikplanen gewickelt gewesen. Sehr stabiles Material, hatte einer der Rechtsmediziner gesagt, er benutze so etwas für seine winterliche Teichabdeckung.

Eine Verschnürung fehlte, außerdem waren die Planen sowohl oben als auch unten offen. Die Gräber hatten eine Tiefe von circa drei Metern bei einem Durchmesser von zwei Metern im Quadrat.

Fabrikate der Planen checken. Baumarkt. Teichabdeckung?

Der letzte Leichnam war ohne eine Plane in die Erde gelegt worden, und das Grab war deutlich nachlässiger und bei Weitem nicht so tief ausgehoben gewesen.

Hatten der oder die Täter es nur eilig gehabt, oder wollten sie am Ende gar, dass die Leichen gefunden wurden?

Alle Leichen trugen ein Hufeisen um den Hals, dessen Öffnung nach hinten wies.

Waren sie damit erwürgt worden?

In allen Gräbern waren silberne Kreuze gefunden worden. Allerdings nicht auf den Planen, sondern einige Zentimeter unter der obersten Erdschicht. Sie waren somit als Letztes oder vielleicht auch erst im Nachhinein dorthin gelegt worden.

Hatte der Mörder am Ende so etwas wie Reue verspürt und damit Abbitte leisten wollen?

Vorsicht, Olaf! Küchenpsychologie.

Die Fahrertür öffnete sich, und ein Schwall kalter Luft strömte ins Wageninnere, als Wengler seinen Kopf hineinsteckte. An seinem Mantel lief das Wasser herunter, seine Haare waren klatschnass. »Wir fordern die OFA an«, sagte er entschlossen. »Sechs Leichen, Hufeisen und silberne Kreuze, da ist doch ein richtig Perverser am Werk gewesen.«

Genau das Gleiche hatte Reinders auch gerade gedacht.

***

Man hatte ihr nicht gesagt, dass Svens Körperteile auf einer Strecke von anderthalb Kilometern gefunden worden waren. Auch die Tatsache, dass ihn der Metronom mit einer Geschwindigkeit von einhundertfünfzig Stundenkilometern aus dem Leben gefegt hatte, auf halber Strecke zwischen Hamburg und Lüneburg, hatte sie erst der Ermittlungsakte entnommen. Am 15. Mai war es ihr endlich gelungen, das Dokument in die Hände zu bekommen. Sie würde das Datum nie vergessen, an dem sie all die schrecklichen Einzelheiten über Svens Suizid erfahren hatte. Stundenlang war sie danach in der Gegend herumgefahren, ziellos, planlos, mit einem Eisblock in der Brust und zu keinem klaren Gedanken mehr fähig.

»Du elender Scheißkerl!« Mit einer wütenden Handbewegung wischte Hannah die Tränen fort, die seit der Rückkehr vor einer Stunde wie ein Sturzbach liefen. Sie hatte geglaubt, bereits alle vergossen zu haben, für dieses und mindestens zwei weitere Leben.

Das Haus, ihr Haus, das sie vor zehn Jahren gemeinsam geplant und entworfen hatten, erschien ihr fremd. Sie ließ sich durch die Räume treiben, strich über Sofalehnen mit hellen Leinenbezügen, das unbehandelte Holz rustikaler Pinienmöbel. Fühlte das Parkett, das sie erst im vergangenen Jahr hatten abschleifen und neu versiegeln lassen, unter ihren nackten Füßen.

Der Wintergarten war immer ihr Zufluchtsort gewesen, aber jetzt betrachtete sie ihn im frühen Dämmerlicht, mit den gemütlichen Rattanmöbeln und dem geliebten und sorgsam gehegten Pflanzendschungel, um den sich eine Nachbarin während ihrer Abwesenheit gekümmert hatte, als sehe sie ihn zum ersten Mal.

Es regnete. Wie bei ihrem Aufbruch am Morgen, als sie Abschied von Dänemarks Westküste und dem kleinen Ferienhaus genommen hatte, um nach Kiel zurückzukehren. Wider Erwarten hatte sie nach einiger Zeit begonnen, sich dort oben wohlzufühlen. Der Strand, das Meer, der unendliche Himmel hatten ihre geschundene Seele umschlossen, behutsam und doch mit nie versiegender Kraft dafür Sorge getragen, dass sie zu gesunden begann. Ein Prozess, gegen den sie sich lange zur Wehr gesetzt hatte. Es durfte nicht sein, dass sie beim Anblick des nächtlichen Sternenhimmels auf einmal Glücksgefühle empfand. Dass sie in Lachen ausbrach, wenn Hunde über den Strand jagten und ins Wasser geworfene Stöckchen zurückzuholen versuchten. Dass sie ein Vier-Gänge-Menü in einem Strandrestaurant verspeiste und so unendlich erleichtert war, als sie feststellen durfte, dass ihr eine Mahlzeit wieder zu schmecken begann.

Irgendwann hatte sie es wieder zugelassen.

Wie die gegenteilige Stimmung, in der sie einen unbändigen Hass auf Sven verspürte, dass er ihnen das angetan hatte. Und auf sich, dass sie außerstande gewesen war, ihm zu helfen. Eine Stimmung, in der sie Vasen an Wänden zerschmetterte, sich mit Alkohol zuschüttete und in die Nacht hinausrannte, um ihren Schmerz in das Universum zu schreien.

Das Klingeln des Telefons begann, den Raum zu erfüllen. Sechsmal, dann schaltete sich der Anrufbeantworter ein, und Hannah vernahm die Reibeisenstimme von Bernd Klessmann. »Ich wollte nur hören, ob Sie schon wieder zurück sind, Frau Lundgren.« Er räusperte sich, und als er fortfuhr, klang kaum verhohlener Ärger in seiner Stimme durch. »Ich hätte es begrüßt, wenn Sie mich in der Zwischenzeit einmal angerufen hätten, um mich auf den neuesten Stand bezüglich Ihrer Gesundheit zu bringen. Vor allen Dingen aber hätte ich gerne erfahren, ob es bei Ihrer Rückkehr am morgigen Tag bleibt.«

Du verdammtes Arschloch, dachte Hannah und ballte die Fäuste. Vor zwei Wochen hatte sie ihrem Vorgesetzten in einer Mail mitgeteilt, dass die Verlängerung ihrer Krankschreibung die letzte gewesen sei und sie am 24. Oktober, also morgen, wieder zum Dienst erscheinen werde. Als sie Klessmanns nächste Worte vernahm, zuckte sie zusammen, weil sie im ersten Moment dachte, dass sie ihren Gedanken laut ausgesprochen habe.

»Ja, Sie haben mir eine weitere Mail geschrieben, die neunte übrigens in den fünf Monaten Ihrer Abwesenheit, aber ich hätte ein persönliches Gespräch vorgezogen, liebe Frau Lundgren.«

Liebe Frau Lundgren. Wenn er jetzt vor ihr gestanden hätte, hätte sie ihn geschlagen.

»Schließlich liegt die Beurteilung, ob Sie wieder dienstfähig sind, bei mir. Und um das herauszufinden, wäre ein persönliches Gespräch sehr hilfreich gewesen.«

Aus genau diesem Grund hatte sie ihn nicht angerufen. Weil sie wusste, dass er jedes ihrer Worte zu ihrem Nachteil auslegen würde, jedes Zittern in ihrer Stimme als Beweis dafür herhalten müsste, dass sie noch lange nicht wieder dienstfähig wäre. Svens Suizid sowie ihr anschließender Zusammenbruch und die damit verbundene monatelange Auszeit waren Klessmann wie gerufen gekommen. Schließlich hatte er nach seinem Dienstantritt vor einem Jahr alles darangesetzt, sie loszuwerden, und den Ärger, dass ihm dieses nicht gelang und er seinen willfährigen Wunschkandidaten nicht auf ihren Platz setzen konnte, ließ er sie seitdem jeden Tag spüren. Mit neununddreißig Jahren sei sie viel zu jung für die Leitung der Abteilung Operative Fallanalyse und der angegliederten Cold-Case-Unit im LKA Kiel, hatte er hinter ihrem Rücken verbreitet, obwohl sie ihre Eignung in den zwei Jahren seit ihrer Ernennung bereits mit drei aufgeklärten Cold Cases unter Beweis hatte stellen können. Hannah war überzeugt davon, dass er während ihrer Abwesenheit alles darangesetzt hatte, sie bei nächster Gelegenheit auszubooten. Notfalls mit Intrigen, laut Hörensagen sollte er in dieser Beziehung nicht zimperlich sein.

»Nun gut ...« Klessmann ließ die Worte verklingen, dann räusperte er sich erneut. Natürlich gefiel es ihm nicht, zu einer Maschine zu sprechen, und vielleicht hatte er ja auch eine Ahnung, dass sie neben dem Telefon stand. »Der Kollege Wengler hat uns angefordert.«

Dich Sesselfurzer mit Sicherheit nicht, dachte sie mit einer gewissen Befriedigung, denn du hast bis jetzt doch noch jede Ermittlung behindert.

»Auf einem Acker in der Nähe von Glücksburg wurden sechs Leichen aufgefunden. Das Geschlecht konnte noch nicht bei allen bestimmt werden. Laut Rechtsmedizin dürfte es sich aber wohl ausschließlich um Frauen handeln. Sie müssen dort über einen Zeitraum von mehreren Jahren begraben worden sein. Alles Weitere erfahren Sie morgen in meinem Büro. Acht Uhr. Seien Sie pünktlich. Christoph Wengler wartet nicht gern.« Er gab sich keine Mühe mehr, die Häme in seiner Stimme zu unterdrücken. »Aber das wissen Sie ja.«

***

Nachdem Wengler das Telefonat mit Klessmann beendet hatte, ging er wieder zur Absperrung hinüber. Morgen würde er dann als Erstes in Kiel das Team der Operativen Fallanalyse treffen und die Kollegen von allem, was bisher bekannt war, in Kenntnis setzen. Die Mitarbeiter der OFA wurden nicht nur bei Cold Cases eingesetzt, sondern arbeiteten immer häufiger auch fallbegleitend. Er kannte die neue Leiterin Hannah Lundgren von einer Fortbildung im vergangenen Jahr. Sie und ihr Team hatten einen exzellenten Ruf, aber menschlich war Lundgren so gar nicht sein Fall. Viel zu selbstbewusst und von sich eingenommen. Außerdem war sie ständig zu spät gekommen, was dazu führte, dass er ihr am dritten Tag mal so richtig den Marsch geblasen hatte. Ihr Mann, ein bekannter dänischer Wissenschaftler, hatte im Frühjahr Suizid begangen. Später hatte Wengler etwas von einem Zusammenbruch und einer längeren Auszeit gehört und deshalb auch gehofft, dass sie noch nicht zurückgekehrt wäre. Nun ja, das Leben entpuppte sich selten als Wunschkonzert.

Der Regen prasselte unvermindert aus tief hängenden, fast schwarzen Wolken, und Wengler hoffte inständig, dass wenigstens unter den Schutzzelten wertvolle Spuren gesichert werden konnten. Wie weiße Hütchen standen sie auf dem schwarzen, matschigen Acker und trotzten tapfer den Fluten von oben und dem in der Zwischenzeit aufgezogenen Sturm.

Zwischen den Gräbern schienen mittlerweile alle Pfade angelegt zu sein, da einer der Kriminaltechniker eine auffordernde Geste in seine Richtung machte. Wengler beschloss, sich zuerst das letzte Grab anzusehen, und betrat vorsichtig die Holzplanke, die dorthin führte. Sie war nicht besonders breit und darüber hinaus ziemlich instabil, weil sie sich wie die anderen Planken nur schwer auf dem nassen Boden hatte verankern lassen und bei jedem Schritt tiefer in den Matsch hineingedrückt wurde. Wengler tastete sich Schritt für Schritt an das Zelt heran, und schon bald legte sich der unverwechselbare Geruch des Todes auf seine Schleimhäute, vermischt mit dem Moder feuchter Erde.

Im Zelt war es stickig. Zu viele Menschen auf zu engem Raum. Auch um das Grab herum waren Holzbretter angebracht, auf denen drei Kriminaltechniker hockten, die ihrer Arbeit nachgingen. Video, Fotos, Spuren sichern. Am Kopfende richtete sich gerade Professor Ovens auf, dessen ansonsten strahlend blaue Augen einen stumpfen Ausdruck angenommen hatten. Der Prof, wie Wengler ihn insgeheim nannte, hatte in seinem Arbeitsleben so ziemlich alles gesehen, was die menschliche Perversion hervorbrachte, und seinem Schutzschild von Jahr zu Jahr eine weitere Schicht hinzugefügt. Viele hielten ihn für gefühllos und abgestumpft, aber Wengler wusste, dass dem nicht so war. Und er registrierte, wie nah diese Sache hier Ovens ging.

Wengler zwang seinen Blick auf den Leichnam zu seinen Füßen, der ohne Plane begraben worden war. Eine Frau, noch jung. Langes blondes Haar, mit Lehmbrocken verschmiert, ein ovales Gesicht, in dem die Verwesung bereits eingesetzt hatte. Schmaler Körperbau, verwaschene Jeans mit Rissen auf den Knien, ein rotes Tanktop, das kleine, feste Brüste umschloss. Kein BH. Bunte Reifen an den Armen, augenscheinlich billiger Tand.

Und das Hufeisen um den Hals, an dem er bei genauerem Hinsehen Druckpunkte zu erkennen glaubte.

War sie damit erwürgt worden?

»Es wäre eine Möglichkeit«, sagte Ovens, und Wengler wurde bewusst, dass er seine Frage laut ausgesprochen hatte.

»Meine Güte.« Das Hufeisen war ein Glückssymbol, er

erinnerte sich, dass Petra und er vor fünfzehn Jahren gleich mehrere davon zur Hochzeit geschenkt bekommen hatten.

Einer der Techniker reichte Wengler einen Asservatenbeutel, der ein Kreuz enthielt. »In diesem Grab lag auch eins.«

Wengler schaute sich das Kreuz aufmerksam an. Es war an die sechs Zentimeter lang, zwei Zentimeter breit und schwerer, als er vermutet hatte. Die daran befindlichen Erdpartikel hatten sich zum größten Teil gelöst und waren auf den Boden des Beutels gefallen. Nur in den Vertiefungen der aufwendigen Ziselierarbeit waren noch einige Reste verblieben.

Er gab den Beutel zurück. »Sahen die anderen Kreuze genauso aus?«

Der Techniker nickte. »Eins wie das andere.«

»Das ist kein billiger Ramsch.«

»Nee, ganz bestimmt nicht.«

»Und die Hufeisen?«

»Die sind aus Kunststoff«, sagte Ovens und nestelte ein Handy aus der Tasche seines Schutzanzugs. »Schauen Sie sich mal die Fotos der anderen fünf an.« Er zoomte bei allen Bildern zu einem bestimmten Punkt. »Die haben an beiden Seiten einen Mechanismus zum Auseinanderklappen. Nur so war es möglich, sie um einen menschlichen Hals zu legen.«

Wengler nickte. »So etwas hatte mein Kollege schon angedeutet.«

»Noch was«, sagte Ovens. »Ich vermute, dass das älteste Grab schon vor einigen Jahren ausgehoben wurde.«

Die Nachricht bestürzte Wengler. »Sind Sie sicher?«

»Ja. Da kommt 'ne Menge Arbeit auf uns zu.«

**

Zwei Stunden später waren die Leichen geborgen, und drei Leichenwagen setzten sich mit ihrer grausigen Fracht in Bewegung. Wie eine Prozession, dachte Birte Degener beklommen, als sie den Transportern hinterherschaute, die sich im

Schritttempo über den Landwirtschaftsweg entfernten, bis sie schließlich hinter einer Wegbiegung verschwanden.

Sie warf einen Blick zu Reinders und Wengler hinüber, die mit Professor Ovens sprachen, der seinen Schutzanzug abgestreift hatte und offenbar ebenfalls aufbrechen wollte. Hoffentlich verständigten sie sich darüber, dass einer von ihnen zur Obduktion gehen würde. Meistens übernahm Wengler das. Kontrollfreak, der er war, nahm er alles am liebsten selbst in Augenschein. Der Gedanke, dass es womöglich doch sie treffen könnte, ließ für einen Moment Panik in Birte aufsteigen. Augen auf bei der Berufswahl, würde Laura jetzt ätzen, wie sie es neuerdings bei allem tat, was von Birtes Seite kam. Ihre vierzehnjährige Tochter probte den Aufstand und hatte sich, wie es Birte schien, über Nacht von einem anschmiegsamen Mama-Kind in ein bösartiges Monster verwandelt.

Nachdem Ovens gefahren war, begab sich Birte zu ihren Kollegen. Wengler hatte das Handy am Ohr und schien gerade mit der Staatsanwaltschaft zu telefonieren. »Die Obduktionen sind für morgen früh, acht Uhr, angesetzt. Wer kommt von Ihnen dazu?« Er lauschte der Person am anderen Ende der Leitung, dann nickte er. »Gut, dann bis morgen.«

Birte schickte ein kurzes Dankeschön gen Himmel, dass dieser Kelch an ihr vorübergegangen war. Es gab Situationen, in denen sie ihren Atheismus vergaß.

»Wir müssen verhindern, dass irgendwas hiervon an die Öffentlichkeit dringt«, sagte Wengler. Birte hatte ihn selten so angespannt gesehen, aber sie hatten auch noch nie einen derartigen Fall gehabt.

»Ich rede mit der Pressestelle«, bot sie an. »Absolute Pressesperre?«

Wengler nickte. »Vorerst ja.«

»Wir können aber nicht verhindern, dass trotzdem etwas durchsickert«, gab Birte zu bedenken. So etwas geschah häufiger, da sich an Tatorten immer eine Vielzahl von Leuten aufhielt, von denen manche einfach nicht den Mund halten konnten. Sei es der Presse oder aber ihrem privaten Umfeld gegenüber, das es dann seinerseits weitertrug. Nicht zu vergessen die Gaffer, die gern mit dem Smartphone draufhielten, Filmchen drehten und sie auf Facebook oder Youtube stellten.

»Nee, natürlich nicht«, sagte Wengler. »Wir müssen aber alles daransetzen, es fürs Erste so gut wie möglich unter dem Deckel zu halten.« Er richtete seinen Blick auf sie. »Wir werden nicht mehr viel Freizeit haben. Kann sich dein Ex solange um eure Tochter kümmern?«

Diese Lösung wäre Birte am liebsten gewesen, da sie sich mit ihrem geschiedenen Mann immer noch gut verstand. Aber dieses Mal konnte sie nicht auf ihn zurückgreifen.

»Nein, Fabian ist auf Dienstreise in den Staaten. Wenn ich mich recht entsinne, kommt er erst in drei Wochen zurück.« Sie überlegte kurz. »Ich frage meine Eltern. Laura ist zwar immer genervt, wenn ich sie dort parke, weil sie dann spätestens um acht Uhr zu Hause sein muss, aber das ist mir gerade so was von egal.«

»Oh, oh, dicke Luft zu Hause?«, fragte Wengler schmunzelnd.

Birte schnaufte. »Die Pubertät. Muss ich mehr sagen?« Sie grinste ihren Vorgesetzten an. »Kannst dich schon mal seelisch drauf einstellen, so lange dauert's bei euch ja auch nicht mehr.«

»Na, herzlichen Dank!« Wengler wurde wieder ernst. »Lasst uns mal darüber nachdenken, wie viele zusätzliche Kollegen wir brauchen.«

Diese Überlegung hatte Birte auch schon angestellt. Das K1 umfasste zehn Mitarbeiter, von denen zurzeit zwei wegen Urlaub und Krankheit ausfielen. Drei Kollegen waren mit dem gerichtsverwertbaren Abschluss mehrerer Fälle beschäftigt, blieben also nur zwei, mit deren Unterstützung sie rechnen konnten.

Edwin Karcher, mit fünfundfünfzig das Urgestein der Truppe. Ein verlässlicher Fels in der Brandung, der vor zwei Jahren noch einmal geheiratet hatte und seit Kurzem hingebungsvoller Vater einer kleinen Tochter war. Edwin schob am liebsten Innendienst und war ein hervorragender Aktenführer.

Und dann war da noch Frida Poulsen, seit sechs Monaten im K1 und mit dreißig Jahren die Jüngste im Team. Birte kam noch immer nicht so recht klar mit der lebhaften Dänin, der es ihrer Meinung nach an der nötigen Ernsthaftigkeit für den Job fehlte. Ganz abgesehen davon, dass sie viel zu jung für die Arbeit in einer Mordkommission war.

Wengler hatte sich nach einer Zusammenarbeit in Dänemark für Fridas Aufnahme ins K1 eingesetzt, eine Entscheidung, die Birte nicht nachvollziehen konnte. Weil er sie alle vor vollendete Tatsachen gestellt hatte, was bisher noch niemand von ihm kannte. Birte hatte lange darüber nachgedacht und war zu dem Schluss gekommen, dass bei dieser Zusammenarbeit irgendetwas geschehen sein musste, was ihn zu dieser Entscheidung bewogen hatte. Nichts Privates, Wengler war nicht der Typ für Affären, und Birte war überzeugt davon, dass er seine Frau in all den Jahren noch nie betrogen hatte. Aber etwas im dienstlichen Bereich, wo er nach Birtes Erachten eine Schuld, welcher Art auch immer, abtrug. Sie hätte ihn gern darauf angesprochen, ihr Verhältnis war gut, und sie arbeiteten bereits seit Jahren vertrauensvoll zusammen. Doch bisher war sie noch davor zurückgeschreckt.

»Nur mit Frida und Eddie schaffen wir es nicht«, sagte Reinders in ihre Gedanken hinein.

Wengler nickte. »Das sehe ich genauso. Ich werde nach unserer Rückkehr mal sehen, wen ich noch so auftreiben kann.«

Das hatte Birte befürchtet. Bei außergewöhnlichen Fällen mussten sie häufiger Kollegen aus anderen Dezernaten hinzuziehen, was ihr überhaupt nicht gefiel. Weil es die gewohnten Abläufe durcheinanderbrachte und weil die Kollegen sich häufig auf Kosten der K1-Mitarbeiter zu profilieren versuchten und schon so mancher einiges darangesetzt hatte, an ihren Stühlen zu sägen. Es brachte jedes Mal Unruhe ins Team, vor allen Dingen, weil es sich bei den zusätzlichen Kollegen meistens um Männer handelte, von denen eine Reihe immer wieder versucht hatte, ihr den Job einer Mordermittlerin zu erklären. Und das brauchte sie nun wirklich nicht.

∗∗∗

»Und? Wie geht's dir so?«

»Besser … ja, doch, ich fühle mich besser. Aber gleichzeitig auch auf eine ganz seltsame Weise zerrissen. Dies alles hier«, Hannahs Geste umfasste den großzügigen Wohnbereich, »ist mir auf einmal so fremd. Und dabei hatte ich mich wirklich gefreut, wieder nach Hause zu kommen.«

Volker Gehlberg hatte vor einer Stunde an der Haustür geklingelt. Hab gesehen, dass Licht bei dir brennt, hatte er mit seinem schiefen Grinsen gemeint, und im ersten Moment hatte Hannah den Tag vor drei Jahren verwünscht, an dem sie ihn auf die leer stehende Wohnung im Haus schräg gegenüber aufmerksam gemacht hatte. Obwohl ihr Kollege bis zum heutigen Abend noch niemals unangekündigt vor ihrer Tür gestanden hatte. Volker gehörte nicht zu der aufdringlichen Sorte, dabei war Hannah davon überzeugt, dass er sich seit seiner Scheidung häufig einsam fühlte.

Sie hatten im Wohnzimmer Platz genommen und etwas verkrampften Small Talk hinter sich gebracht, bis Hannah schließlich zu entspannen begann, was auch an dem vorzüglichen Rotwein liegen mochte, den Volker mitgebracht hatte. Mittlerweile hatte sie die Füße hochgezogen und es sich in einer Couchecke bequem gemacht.

»Es braucht seine Zeit. Ich weiß, das ist ein Standardspruch, aber es liegt nun einmal viel Wahres darin.«

»Ich fühle mich so schuldig, weil ich Sven nicht helfen konnte.«

»Du bist nicht schuld, Hannah, und das weißt du auch.«

»Ich habe Sven im Stich gelassen, vor allen Dingen in den letzten beiden Jahren. Ich war so stolz, als ich das Angebot bekam, die Gesamtleitung der OFA und CCU zu übernehmen. Ich habe mich reingekniet in den Job und alles andere vergessen.« Sie griff nach ihrem Glas und trank es in einem Zug leer. Ein schepperndes Geräusch erklang, als sie es mit einer hastigen Bewegung auf den Tisch zurückstellte, Glas auf Glas. »Nein, das stimmt so nicht ganz.« Sie schlang die Arme um ihren Oberkörper. »Die Wahrheit ist, dass ich die ganze Situation, dass ich Sven nicht mehr ertragen konnte. Seine Lethargie, dieses dumpfe Brüten, tagein und tagaus. Wie oft habe ich ihn angeschrien, dass er sich endlich zusammenreißen soll. Dass er unser Leben kaputtmacht, mein Leben. Ich wollte mich endlich wieder spüren. Mich, Hannah, die Frau, die einmal voller Optimismus durch das Leben gegangen ist und sich an so vielem erfreuen konnte. Aber von mir war nichts mehr übrig geblieben. Und dafür habe ich Sven gehasst. Und mich. Weil ich nicht gegangen bin und wenigstens mich gerettet habe.« Hannahs Hände hatten zu zittern begonnen, sie ballte sie im Schoß zusammen und sah Gehlberg an. »Wie kann man so etwas denken? Sven war mein Mann, und ich habe ihn trotz allem geliebt. Ich weiß doch, dass Depressionen eine Krankheit sind und man einem Betroffenen nicht damit kommen kann, dass er sich am Riemen reißen soll. Und trotzdem habe ich ihn immer wieder mit diesen bescheuerten Sprüchen malträtiert. Sein Blick hat mir so wehgetan, diese Hilflosigkeit darin, aber an manchen Tagen konnte ich einfach nicht lockerlassen. Das ist doch nicht normal, was sagt das denn über mich aus?«

»Du solltest nicht zu hart mit dir ins Gericht gehen, Hannah. Ich bin zwar nur ein einfacher Rechtsmediziner und verstehe nicht viel von Psychologie, aber ich denke, dass dein Verhalten vollkommen normal war. In einem solchen Fall versucht man auch, sich selber zu schützen.«

Beinahe hätte Hannah aufgelacht. Gehlberg war einer der besten Rechtsmediziner, die sie kannte, und sie hatte lange gezittert, ob es ihr gelingen würde, ihn für ihr Team zu gewinnen, nachdem der bisherige Mediziner in den Ruhestand gegangen war.

»Ja«, sagte sie nach einem Augenblick des Nachdenkens. »Vielleicht ist es normal, aber ich habe mich trotzdem immer schuldig gefühlt. Und im Moment glaube ich nicht, dass es mir gelingen wird, dieses Gefühl jemals wieder abzustreifen. Svens Depressionen haben schon lange vor seinem ersten Arztbesuch begonnen. Aber ich habe nichts bemerkt, weil ich zu beschäftigt war. Weil ich Karriere machen wollte und darüber so vieles aus den Augen verloren habe. Das werde ich mir nie verzeihen.« Sie streckte sich und warf einen schnellen Blick auf ihre Armbanduhr. »Sei mir nicht böse, Volker, aber ich bin hundemüde.«

Gehlberg nickte und erhob sich sofort. »Ja, natürlich. Ich hätte dich nicht gleich überfallen dürfen.« Seine lange, schlaksige Gestalt drückte Verlegenheit aus, als er vor ihr stand und nicht recht zu wissen schien, was er jetzt tun sollte.

Hannah stand ebenfalls auf und strich ihm kurz über den Arm. So brillant Gehlberg in seinem Job war, so unbeholfen wirkte er häufig im Privaten. »Alles gut, Volker. Ich hab mich gefreut, dass du rübergekommen bist.« Sie begleitete ihn zur Haustür. »Hat Klessmann euch informiert, dass die Flensburger Mordkommission uns angefordert hat? Der Kollege Wengler kommt morgen früh um acht, um uns mit den bisherigen Ergebnissen bekannt zu machen.«

Gehlberg nickte, ein unsicherer Blick stand noch immer in seinen Augen. »Bist du sicher, dass du schon wieder so weit bist?«

»Ja!«, sagte Hannah bestimmt. »Ich muss endlich wieder arbeiten und auf andere Gedanken kommen.«

***

Nachdem Wengler gegen Mitternacht die Doppelhaushälfte im Hermann-Löns-Weg betreten hatte, war er wie ein Stein ins

Bett gefallen und auf der Stelle eingeschlafen. Zwei Stunden später war er wieder wach. Hellwach. Er holte die überfällige Dusche nach und wollte sich gerade vor das Notebook setzen, als ihm einfiel, dass der Koffer noch im Wagen war. Wengler schleppte ihn ins Haus, stopfte die Urlaubsklamotten in die Waschmaschine und hatte den Finger schon auf der Start-Taste, als ein Blick auf die Uhr ihn daran erinnerte, dass es erst kurz vor halb drei Uhr morgens war. Das wollte er dem älteren Ehepaar nebenan dann doch nicht zumuten, denn er wusste, dass beide einen leichten Schlaf hatten.

Nach der Rückkehr vom Leichenfundort hatten sie noch einige Stunden im Büro verbracht. Er hatte die einzelnen Dezernate abgeklappert und weitere zehn Kollegen zugeteilt bekommen. Somit waren sie jetzt fünfzehn, nicht viel für einen solchen Fall. Denn selbst wenn das Grundbuchamt ihnen doch noch den Namen der Person nennen konnte, der der Acker gehörte, würden sie trotzdem an eine Vielzahl von Türen klopfen und viele Menschen befragen müssen.

Bei einer Person war Wengler heute schon vorstellig geworden. Klaas Brodersen, dem das neben dem Totenacker liegende Feld sowie das auf der anderen Seite des Landwirtschaftsweges gehörte. Hier hatte das Grundbuchamt umgehend den Namen parat gehabt, wohl auch in der Hoffnung, das zuvor eingestandene Versäumnis wiedergutmachen zu können.

Brodersen war ein vierschrötiger Mann, der die Freundlichkeit nicht mit Löffeln gefressen hatte und auch nichts zur Aufklärung beitragen konnte. Er wisse nicht, wem der Acker gehöre, sehr wahrscheinlich niemandem, denn der sei doch viel zu klein, um darauf etwas Vernünftiges anbauen zu können. Und nein, er habe dort nie irgendjemanden gesehen, was zum Teufel denn los sei. Als Wengler ihm die Antwort schuldig blieb, hatte Brodersen mit den Schultern gezuckt und »Dann eben nich« gebrummt. Immerhin hatte er versprochen, sich zu melden, falls ihm in der Angelegenheit etwas zu Ohren kommen sollte.

Wäre ja auch zu schön gewesen, dachte Wengler jetzt und hoffte, dass die Anfrage an alle Landeskriminalämter in Deutschland und die Polizei der Anrainerstaaten bezüglich ähnlich gelagerter Fälle etwas bringen würde.

Zurück am Notebook stellte er fest, dass drei neue Mails eingegangen waren, darunter eine von Petra, die er zuerst öffnete. Ob er gut angekommen sei, wollte seine Frau wissen. Sie habe versucht, ihn auf dem Handy zu erreichen, aber da sei ja kein Durchkommen gewesen. »Melde dich bitte«, stand zum Abschluss zu lesen.

Wengler nahm das Handy und drückte die eingespeicherte Nummer. Petras Stimme klang verschlafen, er hätte bis zum Morgen warten sollen. »Das ist ein schlimmer Fall«, sagte sie nach seinen ersten Worten, und er war wieder einmal erstaunt, mit welch untrüglichem Instinkt seine Frau seine Stimmungen erfassen konnte.

»Das ist ein Scheißfall!« Er hatte es nicht ausführen und sie mit all den schrecklichen Details belasten wollen und hörte sich doch im nächsten Moment schon jedes einzelne erzählen.

»Sollen wir zurückkommen?«

»Nein!«, wehrte er ab, obwohl es genau das war, was er sich jetzt am meisten wünschte. Er wollte seine beiden Frauen um sich haben, wollte Petras beruhigende Nähe, ihre Haut auf seiner spüren und mit Kristina den Drachen steigen lassen, den sie in den letzten Tagen mit so viel Hingabe gebaut hatten. Wollte sich wenigstens einige Stunden der Ablenkung am Tag verschaffen und verhindern, dass er sein Nachtlager wieder im Büro aufschlug, wie er es in der Vergangenheit schon häufiger getan hatte, wenn ihn ein Fall nicht zur Ruhe kommen ließ und er das Gefühl hatte, dass seine Anwesenheit an so vielen Orten erforderlich war. »Nein!«, bekräftigte er noch einmal, mehr für sich selbst. »Ihr macht euch noch ein paar schöne Tage auf Rügen, und nächste Woche sehen wir uns wieder.«

Die zweite Mail war von Bernd Klessmann, der das heutige Treffen noch einmal bestätigte. Wengler informierte ihn darüber, dass die Obduktionen um acht Uhr beginnen würden, und bat darum, die Zusammenkunft auf den Nachmittag zu verschieben.

Die dritte Mail hatten die Kollegen der Spurensicherung geschickt, sie enthielt neben einigen Anmerkungen eine ZIP-Datei mit den Fotos vom Tatort.

Wengler stand auf und ging in die Küche, weil er plötzlich ein nagendes Hungergefühl verspürte. Was angesichts des Gedankens an die bevorstehenden Obduktionen mit Sicherheit etwas makaber war, aber immerhin lag seine letzte Mahlzeit jetzt bald zwanzig Stunden zurück. Das Frühstück im Hotel auf Rügen, hastig heruntergeschlungen, weil er so schnell wie möglich zu seinen Kollegen wollte.

Mist! Der Kühlschrank war leer, natürlich. Daran hatte er nicht gedacht. Seufzend streifte Wengler seine Schuhe über und griff nach dem Autoschlüssel, den er auf der Kommode im Flur abgelegt hatte. Die nächste Tankstelle war zwar nur zehn Minuten entfernt, aber er hatte keine Lust, sich jetzt zu Fuß auf den Weg dorthin zu machen. Außerdem regnete es immer noch, wenn der Sturm auch abgenommen zu haben schien.

»Na, auch noch unterwegs?«, begrüßte ihn der Tankwart am Nachtschalter und grinste. »Sind Sie wieder auf der Jagd nach Bösewichtern?«

Wengler grinste zurück, sie kannten sich seit Jahren, und nachdem der Mann mitbekommen hatte, dass er bei der Kripo arbeitete, versuchte er immer mal wieder, etwas über Wenglers aktuelle Fälle herauszukriegen. Stets vergebens, was den Spaß allerdings nicht minderte. »Ich musste früher aus dem Urlaub zurück und bin nicht mehr dazu gekommen, den Kühlschrank aufzufüllen. Haben Sie noch belegte Brötchen? Notfalls nehme ich auch trockene Brötchen und Butter.«

Der Tankwart machte eine auffordernde Geste in Richtung der Tür. »Kommen Sie rein und suchen Sie sich was aus. Bei Ihnen besteht ja nicht die Gefahr, dass Sie mir gleich eine Knarre an den Kopf halten.«

Wengler kam der Aufforderung nach und begab sich umgehend zum Verkaufstresen, wo ihm ein Angebot entgegenblickte, das er um diese Uhrzeit nicht erwartet hatte. Unterschiedlich belegte Brötchen, jeweils mit Tomate, Gurke und Salatblatt garniert, bei deren Anblick ihm das Wasser im Mund zusammenlief.

»Um diese Zeit kommen häufig ein paar Taxifahrer vorbei, wenn ihre Schicht zu Ende ist«, erklärte der Tankwart. »Da halte ich immer ein bisschen was vor, die sind nämlich ziemlich ausgehungert. Bedienen Sie sich!«

Wengler zögerte nicht lange und entschied sich für ein Käsebrötchen, eines mit Schinken und eines mit Salami. Um den Kühlschrank wenigstens ein bisschen aufzufüllen, orderte er noch vier Brötchen und holte Butter sowie Käse, Milch, Joghurt und Aufschnitt aus dem großen Kühlschrank im hinteren Ladenbereich. Vorsichtshalber, denn wer wusste schon, ob er im Laufe des Tages dazu kommen würde, etwas einzukaufen.

Das erste Brötchen verspeiste er bereits im Wagen, die anderen beiden, als er wieder zu Hause war. Danach umhüllte ihn eine angenehme Schläfrigkeit, wofür mit Sicherheit auch die Flasche Bier verantwortlich war, die er zum Essen getrunken hatte.

Er beschloss, ins Bett zu gehen. Es war mittlerweile kurz vor vier, und er musste um sechs wieder raus, um rechtzeitig in Kiel zu sein. Im Schlafzimmer knipste er das Deckenlicht an und ging auf die andere Seite des Bettes zu dem Wecker auf Petras Nachttischschrank. Er war stehen geblieben. Wohl die Batterie. Wengler öffnete die Schublade des kleinen Schränkchens, da er wusste, dass seine Frau dort immer ein oder zwei Ersatzbatterien verwahrte. Er fingerte in der Lade herum, und als er nichts fand, nahm er ein Buch heraus, das ihn bei seiner Suche behinderte, und legte es aufs Bett. Als er die Batterie endlich gefunden hatte, wollte er das Buch, das in der Zwischenzeit auf den Boden gerutscht war, in die Schublade zurücklegen. Sein Blick fiel auf das Cover.

»Fifty Shades of Grey – Befreite Lust«.
Wengler runzelte die Stirn. Was war das denn? Auf dem Nachttisch lag »Krieg und Frieden«, und in der Schublade versteckte seine Frau elenden Schund? Weil es ihr peinlich ist, damit erwischt zu werden, versuchte er sich zu beruhigen. Weil sie auf Fesselspiele steht, hielt eine bösartige Stimme in seinem Hinterkopf dagegen.

Was für ein Quatsch! Doch nicht Petra. Sie waren seit zwanzig Jahren zusammen, seit fünfzehn verheiratet. Okay, das Prickeln der Anfangszeit war vorüber, das gegenseitige Verlangen weniger geworden. Der Alltag forderte eben seinen Tribut. Schließlich ging Petra in ihrem Beruf als Fotojournalistin genauso auf wie er in seinem. Ein pünktlicher Feierabend und freie Wochenenden waren in den letzten Jahren weniger geworden, in erster Linie bei ihm. Ja, vor allen Dingen bei ihm, das gestand er sich ein, er wies ja sogar sein Team an, ihn aus dem Urlaub zurückzuholen, wenn etwas Wichtiges anfiel. Aber Petra hatte sich selten beklagt, seinen Aufbruch von Rügen hatte sie ohne zu murren hingenommen.

Wengler starrte auf das Buch in seinen Händen, in dem ein Lesezeichen steckte. Als er die Stelle aufschlug, stellte er fest, dass es sich um eine Visitenkarte handelte.

Manfred Kersten, Kommunikationsagentur.
Hamburg – Berlin – München

Komisch. Petra war ein Bücherwurm und liebte schöne Lesezeichen, und so war es ihm zur Angewohnheit geworden, ihr immer mal wieder welche mitzubringen. Dass sie Textstellen jetzt mit einer Visitenkarte markierte, irritierte ihn ebenso wie dieses Buch.

Tag 2

Der Empfang auf ihrer Dienststelle hatte Hannah zu Tränen gerührt. Ihr Team, zu dem außer Volker Gehlberg noch Kriminalhauptkommissar Klaus Herbrecht sowie die Psychologin Samira Berger gehörten, hatte ihr Büro mit einem riesigen Strauß bunter Herbstblumen und weiteren Aufmerksamkeiten geschmückt. Samira hatte Sohan Loghmeh mitgebracht, ein Traditionsgebäck aus ihrer iranischen Heimat, und Herbrecht einen aufwendig gestalteten Bildband über die Elbphilharmonie. Alles liebevoll auf Hannahs Schreibtisch drapiert. Über der Tür hing eine bunte »Herzlich willkommen«-Girlande.

»Ach, ihr Lieben«, schniefte Hannah nun schon zum wiederholten Mal, »ich weiß gar nicht, was ich sagen soll.«

»Wir freuen uns eben, dass du wieder da bist«, sagte Samira, die sie ebenso wie die Kollegen bei ihrer Ankunft fest in den Arm genommen hatte. Wieder einmal dachte Hannah, was für ein Glück sie mit ihren neuen Kollegen doch hatte. Sie hatte die drei vor der Übernahme der Abteilung nur flüchtig gekannt und war sehr erleichtert gewesen, als sie schon nach kurzer Zeit feststellen konnte, dass in diesem Team keinerlei Rivalitäten herrschten und man ihr offen und freundlich entgegenkam.

»Das ist von Volker.« Samira deutete auf eine CD von Adele, die neben dem Bildband lag. »Er musste in die Rechtsmedizin. Du weißt ja sicher schon Bescheid über die Leichenfunde bei Glücksburg, oder?«

»Ja, Klessmann hat mir gestern auf den AB gesprochen und gesagt, dass die Flensburger uns angefordert haben.« Sie runzelte die Stirn. »Der Kollege Wengler wollte um acht herkommen und uns über den Fall informieren. Wenn die Obduktionen aber jetzt schon stattfinden, dürfte er doch bestimmt in der Rechtsmedizin sein.«

»Keine Ahnung.« Samira zuckte mit den Schultern und fuhr

sich mit einer Hand durch ihre raspelkurzen schwarzen Haare. Kerl weg, Haare ab, so macht man das doch als Frau, hatte sie gegrinst, als Hannah ihre neue Frisur bewunderte. »Hier ist er jedenfalls nicht aufgetaucht. Aber vielleicht hat er ja jemand anderen in die Rechtsmedizin geschickt und ist beim Alten.«

Hannah warf einen Blick auf ihre Armbanduhr. Viertel nach acht. »Ich geh zu Klessmann und kläre das.«

Wenn Samira mit ihrer Vermutung recht hatte, sollte sie sich jetzt besser beeilen. Obwohl ... sehr wahrscheinlich würde sie selbst bei einer zweiminütigen Verspätung mit missbilligenden Blicken und womöglich sogar blöden Sprüchen wegen ihrer ständigen Unpünktlichkeit rechnen müssen. Was die Kritik daran anging, waren ihr Vorgesetzter und Wengler sich einig. Was soll's, dachte sie mit Galgenhumor, unfehlbar ist keiner. Sie warf einen hastigen Blick in den Spiegel an der Innenseite der Schranktür. Ihre langen braunen Haare hatte sie zu einem Pferdeschwanz gebunden, die grünen Augen schauten wieder etwas zuversichtlicher in die Welt. Noch bis vor einigen Wochen war ihr Aussehen ihr egal gewesen. Dass sie jetzt wieder mehr darauf achtete, war für sie auch ein Zeichen, dass sie ins Leben zurückzukehren begann.

»Toi, toi, toi«, rief Samira ihr hinterher. »Zeig dem Alten, wo der Hammer hängt, falls er dir wieder dämlich kommen sollte!«

Klessmanns Vorzimmer war noch verwaist, die Tür zu seinem Büro stand offen. Hannah zögerte einen Moment, dann klopfte sie entschlossen an den Türrahmen und trat ein. Ihr Vorgesetzter saß hinter seinem wuchtigen Eichenholzschreibtisch, aus einem Coffee-to-go-Becher stieg verlockender Kaffeeduft. Erst wenn seine Sekretärin eingetroffen wäre, würde sich der Becher mit dem Aufdruck »CHEF« füllen, denn Klessmann käme niemals auf die Idee, sich seinen Kaffee selbst zu kochen. Er war allein. Als er sie reinkommen hörte, blickte er auf.

»Frau Lundgren?« Er erhob sich und kam hinter seinem

Schreibtisch hervor, reichte ihr allerdings nicht die Hand, sondern musterte sie mit zusammengekniffenen Augen. »Was führt Sie zu mir?«

Wie immer war er perfekt gekleidet. Dunkelgrauer Anzug, weißes Hemd, dezent gemusterte Krawatte, auf Hochglanz polierte schwarze Schuhe. Seine hochgewachsene Figur verriet den Sportler, die grauen Haare waren kurz getrimmt. Er war gut in Schuss für seine fünfundfünfzig Jahre, und sein Gesicht hätte anziehend sein können, läge nicht ein ständig missmutiger Ausdruck darauf, den er nach Meinung aller, die ihn kannten, nicht einmal beim Schlafen ablegte.

Hannah runzelte die Stirn. »Ich habe gerade erfahren, dass die Obduktionen der bei Glücksburg aufgefundenen Leichen bereits um acht begonnen haben. Da wird der Kollege Wengler doch sicher dabei sein, oder? Kommt er anschließend zu uns?«

Klessmann hob die Augenbrauen. »Ich hatte Ihnen eine Mail geschickt …«

Der Satz blieb irgendwo im Nichts hängen, ohne Aussage, mit drei Punkten zum Abschluss, die alles und nichts bedeuten konnten. Klessmanns Kommunikation strotzte von diesen Halbsätzen, die sein Gegenüber zur Nachfrage verleiten sollten. Reine Verunsicherungstaktik, da waren sich alle einig.

Aber Hannah beherrschte das Spiel ebenfalls. »Eine Mail …?«

Die Augenbrauen blieben oben, die Falten um Klessmanns Mund vertieften sich, als er die Lippen zusammenpresste. Für einen Moment erwiderte jeder unbewegt den Blick des Gegenübers, dann schob Klessmann seine Hände in die Hosentaschen, wandte sich ab und ging hinter seinen Schreibtisch zurück. Als er Hannah erneut anblickte, lag ein geringschätziger Ausdruck auf seinem Gesicht. »Christoph Wengler hat mir in der vergangenen Nacht eine Nachricht geschickt und darum gebeten, unser Treffen auf fünfzehn Uhr heute Nachmittag zu verschieben. Ich habe den Kollegen Gehlberg vom Beginn der Obduktionen in Kenntnis gesetzt, weil ich Ihnen so etwas nicht gleich an Ihrem ersten Tag zumuten wollte. Sie haben meine Mail in Kopie erhalten.«

Hannah hatte ihre Mails das letzte Mal auf dem Weg zu Klessmanns Büro gecheckt. Von ihm war keine dabei gewesen. »Ich habe keine Mail erhalten.«

Klessmanns Augenbrauen hoben sich ein weiteres Mal, als er auf das Smartphone in Hannahs Hand blickte. »Schauen Sie doch noch mal in Ruhe nach. Sicher haben Sie die Mail nur übersehen.« Er klang, als spräche er mit einem unmündigen Kind.

Sie musste ihm mit Souveränität begegnen, andernfalls würde sie den Kürzeren ziehen. Also steckte sie ihr Smartphone in die Jackentasche und schickte ein unverbindliches Lächeln in Klessmanns Richtung. »Dann bis heute Nachmittag.«

Auf dem Weg zurück ins Büro übermannte sie ein heftiges Schwindelgefühl. Sie lehnte sich an die Wand, froh darüber, dass niemand in der Nähe war und sie so sah. Erklärungen waren das Letzte, was sie jetzt abliefern wollte. Nach einiger Zeit stakste sie mit unsicheren Schritten zur Toilette. Auch hier war sie zum Glück allein und schloss sich in einer der Kabinen ein.

Ihr Arzt hatte sie darauf vorbereitet, dass die nächsten Monate nicht einfach werden würden, weil das Ausschleichen bei Medikamenten immer mit Nebenwirkungen verbunden sei.

Die Psychopharmaka, die sie nach wie vor einnahm, waren ziemliche Hammer, aber ohne hätte sie die Zeit nach Svens Suizid nicht überstanden. Sie hatte mit ihrem Arzt vereinbart, dass sie nach Möglichkeit bereits während ihres Dänemark-Aufenthaltes mit einer Verringerung der Dosierung beginnen sollte. Vor drei Wochen hatte sie den Anfang gemacht, und zuerst war der Entzug auch problemlos verlaufen. Erst in den Tagen vor ihrer Rückkehr hatte die innere Unruhe wieder zugenommen, und sie hatte sich zwingen müssen, die Dosis nicht erneut zu erhöhen. Die Ursache für ihre Unruhe lag nahe, aber sie hatte versucht, sie zu leugnen. Sie sehnte die Rückkehr in den Job doch herbei, wollte endlich wieder ein Stück Normalität in ihrem Leben.

Es war nicht der neue Job, in dem fühlte sie sich mittlerweile sattelfest. Es war Klessmann, dem sie nicht über den Weg traute. Sie war sich vollkommen darüber im Klaren, dass er sie jetzt erst recht mit Argusaugen beobachten und jede noch so kleine Überreaktion ihrerseits sofort als ein Indiz dafür auslegen würde, dass sie nach wie vor psychisch instabil und nicht in der Lage wäre, ihren Job zu machen. Das durfte auf keinen Fall passieren, also durfte sie nicht einmal den Ansatz von Schwäche zeigen.

***

Ricarda, Februar 2018

Meine Kraft ist verbraucht, mein Körper fühlt sich an wie eine einzige große Wunde. Ich erinnere mich, dass es einmal ein Leben ohne Schmerz für mich gab. Es scheint Ewigkeiten zurückzuliegen, aber von Zeit zu Zeit taucht es noch aus den Tiefen meines Bewusstseins auf.

Der Tod, mein dunkler Freund, er ist um mich, ich kann ihn spüren. Er tändelt mit mir, von Tag zu Tag mehr, narrt mich, spielt manchmal Verstecken. Bleib, will ich in solchen Momenten rufen, bleib, dunkler Freund, bitte. Nimm mich mit in dein Reich, lass mich nicht hier zurück.

Manchmal legt er sich neben mich, streicht über meinen Kopf und flüstert Dinge in mein Ohr. Schreckliche Dinge, ich will sie nicht hören, weil sie wehtun und mir zeigen, was für ein schwacher Mensch ich war.

Hättest du dich deiner Verantwortung gestellt, Ricarda, wenn du gewusst hättest, wie kurz dein Leben sein würde? Hättest du dem Druck deiner Eltern standgehalten und Emma nicht zur Adoption freigegeben?

Ja, will ich in solchen Momenten schreien, ja, nein, ich weiß es nicht ... ich war doch erst sechzehn, als sie geboren wurde, selbst noch ein Kind. Ich war so leicht zu beeinflussen und voller Angst, dass ich es nicht schaffen würde.

Aber ich schreie nicht, denn auch dafür fehlt mir die Kraft. Nur ein Wimmern kommt über meine Lippen.

Emma, mein kleiner Schatz ... ihr weicher, dunkler Haarflaum, ihre blauen Augen, die mich so vertrauensvoll anschauten. Als ich sie in den Armen hielt, wurde mir klar, dass ich die falsche Entscheidung getroffen hatte. Aber da war es zu spät. Sie haben mir mein kleines Mädchen weggenommen, und ich musste hilflos zusehen. Mama und Papa standen neben meinem Bett. Ungerührt, als wäre es ein fremdes Wesen, das die Krankenschwester hinaustrug, und nicht ihr Enkelkind. Selbst als ich zu weinen begann, hatten sie keinen Trost für mich. Nur wieder diese Sätze: Es ist besser für dich, Kind. Du hättest dir deine Zukunft ruiniert.

Ja, flüstert der Tod, du hättest sie bei dir behalten und Mut zeigen sollen, dann wäre alles anders gekommen. Dann würdest du nicht hier liegen, wund und sterbensmüd, von der einzigen Hoffnung erfüllt, dass ich dich endlich mit mir nehme.

Er hat recht, aber letztendlich ist es egal. Das Einzige, was jetzt noch zählt, ist, dass mich mein dunkler Freund erlösen wird ...

***

Wengler war heilfroh, als es endlich vorüber war. Er hatte in den neunzehn Jahren seiner Tätigkeit als Mordermittler schon an vielen Obduktionen teilgenommen, aber noch niemals an einer solchen wie am heutigen Vormittag. Die sterblichen Überreste der sechs Toten waren in zwei Sektionsräumen untersucht worden, sodass er mehrere Male die Räume wechseln musste, um auf dem Laufenden zu bleiben. Natürlich würden ausführliche Obduktionsprotokolle folgen, aber das Erstellen nahm nun einmal einige Zeit in Anspruch, und so lange konnte und wollte er nicht warten.

Die Wanduhr zeigte fünf Minuten nach zwei. Somit blieb keine Zeit mehr für einen Kaffee an der Förde, vielleicht aber in der Kantine des Landespolizeiamtes, wenn er gut durchkam. Bei Klessmann würde er mit Sicherheit auch einen bekommen, aber er wollte den Aufenthalt in dessen Büro so kurz wie möglich halten, weil er den Mann nicht mochte. Ein machtgeiler Karrieretyp, der über Leichen ging. Wengler hatte noch nie etwas auf die Gerüchteküche gegeben, die es wie überall sonst natürlich auch bei der Polizei gab. Aber in diesem Fall kannte und schätzte er zwei der Kollegen, die Klessmanns Opfer geworden waren.

Der Kantinenkaffee war heiß und stark, genau so, wie Wengler ihn mochte. Er versuchte zu entspannen und die Bilder des Vormittags wenigstens für einen Moment zu verdrängen. Die Mittagszeit war vorüber, die Kantine fast leer, was ihm nur recht war, da er hier in Kiel eine Reihe von Kollegen kannte, die sich mit Sicherheit zu ihm gesetzt hätten. Danach stand ihm im Moment aber nicht der Sinn, er wollte einfach nur einen Augenblick ungestört hier sitzen.

Auf der Fahrt ins Landespolizeiamt hatte er versucht, Petra zu erreichen. Ohne Erfolg, bald zwanzig Minuten lang nur das Besetztzeichen. Wenn Frauen reden, hatte er gedacht, vielleicht hatte er am Abend mehr Glück.

In zwei Monaten würden sie ihren sechzehnten Hochzeitstag feiern. Im Gegensatz zu ihm hatte Petra diesen Termin schon öfter vergessen, obwohl das Klischee doch besagte, dass es genau umgekehrt war. Es war kein rundes Datum, aber er hatte dieses Mal trotzdem etwas Besonderes geplant. Einen Drei-Tage-Trip nach Hamburg, mit dem er sie überraschen wollte. Das Zimmer im Luxushotel war gebucht, Karten für die Elbphilharmonie und eine Musicalaufführung lagen gut versteckt in seinem Schreibtisch. Kristina würde solange bei seinen Eltern wohnen, das hatte er bereits geklärt. Er trennte sich ungern von seiner Tochter, hatte aber in letzter Zeit den Eindruck gewonnen, dass er und Petra wieder einmal einige

Tage nur für sich bräuchten. Ohne eine aufgeweckte Elfjährige, die ihre Zeit für sich beanspruchte und sie häufig vergessen ließ, dass sie nicht nur Eltern, sondern auch ein Ehepaar waren.

Ein erregtes Gespräch an einem der Nachbartische holte Wengler in das Hier und Jetzt zurück. Er warf einen kurzen Blick auf die beiden Kontrahenten, dann stand er auf, brachte die leere Kaffeetasse zum Laufband für das schmutzige Geschirr und machte sich auf den Weg in den dritten Stock.

***

Um fünf vor drei betrat Hannah Klessmanns Büro zum zweiten Mal an diesem Tag.

»Der Chef telefoniert«, sagte Klessmanns Sekretärin kurz angebunden und wandte ihren Blick wieder dem Computermonitor zu. Kein »Hallo, wie geht es Ihnen?« oder »Tut mir leid, was mit Ihrem Mann passiert ist«. Aber wenn Hannah ehrlich war, hatte sie das auch nicht erwartet. Klessmanns Sekretärin strotzte vor Unfreundlichkeit und Arroganz und konnte es dabei mit ihrem Vorgesetzten aufnehmen. Auch gut, dachte Hannah, so blieb ihr wenigstens Small Talk erspart.

Sie hatte die vergangenen Stunden in ihrem Büro verbracht und sich von Klaus Herbrecht, der sie während ihrer Abwesenheit vertreten hatte, auf den neuesten Stand bringen lassen. Die Kollegen hatten einen Cold Case gelöst, worüber sie sich sehr freute. Ein Tötungsdelikt an einer alten Dame, die vor vierunddreißig Jahren Opfer eines Raubmords geworden war und deren Mörder man jetzt anhand einer DNA-Analyse hatte überführen können. Die neue Technik wurde immer mehr verfeinert und würde ihnen mit Sicherheit auch in Zukunft bei der Aufklärung weiterer Cold Cases hilfreich sein. Ansonsten hatten die Kollegen sie mit dem neuesten Klatsch und Tratsch versorgt, von dem es jede Menge gab.

Die Tür zu Klessmanns Büro öffnete sich, und ihr Vorgesetzter trat heraus.

»Frau Lundgren …«

Er machte eine auffordernde Geste ins Allerheiligste, wie Samira sein Büro immer scherzhaft zu nennen pflegte. Der Alte im Allerheiligsten. Hannah trat ein und blieb überrascht stehen, als sie Wengler in der Besucherecke sitzen sah. Er erhob sich und reichte ihr die Hand.

»Frau Lundgren. Mein Beileid zum Tod Ihres Mannes.«

Damit hatte sie nicht gerechnet, und auf einmal fühlte sie sich wieder wie rohes Fleisch. Krampfhaft versuchte sie, den aufsteigenden Kloß in ihrem Hals herunterzuschlucken, und erschrak, als sie sich der plötzlich aufsteigenden Tränen bewusst wurde. Jetzt bloß keine Schwäche zeigen. Nicht vor diesen beiden Männern.

»Danke.«

Sie wollte sich setzen, aber Wengler blieb stehen.

»Lassen Sie uns in Ihr Büro gehen, Frau Lundgren.«

Klessmann guckte verdattert. »Aber …«

»Sie sind informiert, Kollege Klessmann, jetzt werde ich Frau Lundgren und ihr Team in Kenntnis setzen.«

Wenglers Ton ließ keinen Widerspruch zu, und seine Abfuhr an ihren verhassten Vorgesetzten machte Hannah den Leiter des K1 tatsächlich für einen kurzen Moment sympathisch.

Auf dem Weg in die Räume der OFA wurde kein Wort gewechselt. Dort angekommen bat Hannah ihre Mitarbeiter in den Besprechungsraum. Während sie darauf warteten, dass der Kaffee durchlief, verband Wengler sein Notebook mit dem Beamer, und Samira ließ auf seine Bitte hin die Leinwand herunter und verdunkelte den Raum.

Während die Jalousien herunterfuhren, musterte Hannah Wengler unauffällig. Die braunen Haare waren kurz getrimmt und zeigten erste Anzeichen von Grau, in den dunklen Augen stand Erschöpfung. Bei der Fortbildung im vergangenen Jahr hatte er energiegeladen gewirkt, wovon im Moment nicht viel zu merken war. Seine große, schlanke Gestalt wirkte verkrampft, sein gut geschnittenes Gesicht angespannt. Seit sie damals aneinandergerasselt waren, hatten sie keinen weiteren Kontakt gehabt. Sie gestand sich ein, dass der Gedanke an eine Zusammenarbeit mit ihm Nervosität bei ihr hervorrief, weil sie befürchtete, dass sie noch nicht so weit war, ihm entsprechend Paroli zu bieten, wenn es darauf ankäme.

Nachdem der Kaffee eingeschenkt worden war, ließ Wengler von seinem Notebook eine Reihe von Fotos auf der Leinwand durchlaufen.

Der Acker, auf dem die Toten gefunden worden waren, aufgenommen aus unterschiedlichen Perspektiven.

Die freigelegten Gräber.

Die nähere Umgebung.

Sechs silberne Kreuze.

Zweimal sechs Nahaufnahmen von Hufeisen, die um einen menschlichen Hals beziehungsweise die verbliebenen Knochen geschlungen waren. Einmal von vorne und einmal von hinten aufgenommen.

Die sterblichen Überreste auf den Edelstahltischen in der Rechtsmedizin.

Die Porträtaufnahmen, allesamt Polaroids, von sechs Frauen mit angstverzerrten Gesichtern.

»Eine Info vorweg, bevor ich zu den Fotos komme«, sagte Wengler. »Es gab einen anonymen Anruf, der zum Auffinden der Leichen geführt hat. Es konnte allerdings nicht eindeutig festgestellt werden, ob es sich bei dem Anrufer um einen Mann oder eine Frau gehandelt hat.«

»Ist das schon das Endergebnis, oder sind die Kollegen da noch dran?«, fragte Hannah.

»Das ist leider das Endergebnis.« Wengler deutete auf die Leinwand, auf der noch die Porträtaufnahmen zu sehen waren. »Diese Fotos haben wir heute Morgen erhalten. Meine Kollegen sagten mir vorhin, dass sie mit der Post gekommen sind und in einem normalen DIN-A4-Umschlag an die Adresse der BKI gerichtet waren. Der Brief war in der Poststelle geöffnet und erst einmal den Kollegen vom KDD gegeben worden. Die haben ihn dann gleich an uns weitergeleitet, da sie ja den aktuellen Fall kannten. Ich vermute, dass es sich bei den Frauen auf den Fotos um die aus den Gräbern handelt, da zumindest bei der zuletzt begrabenen Toten eine Übereinstimmung mit dem Foto festgestellt werden konnte. Bei den anderen Leichen war die Verwesung schon zu weit fortgeschritten, als dass sich da noch etwas ableiten ließe. Es ist anzunehmen, dass der Brief von dem anonymen Anrufer stammt. Jedes Foto steckte in einer Klarsichthülle. Sie liegen jetzt bei der KT, und ich hoffe, dass wir darauf nicht nur die DNA und Fingerabdrücke der Kollegen sicherstellen können.« Er blickte in die Runde. »Das war's erst einmal von meiner Seite.«

»Meine Güte«, sagte Samira. »Das ist wirklich starker Tobak.«

»Das kann man so sagen«, pflichtete Wengler ihr bei. Er blickte Gehlberg an. »Ich halte es für das Beste, wenn Sie die bisherigen Obduktionsergebnisse darlegen. Ich bin auf dem Gebiet ja doch eher der Laie.«

Gehlberg nickte und schlug sein Notizbuch auf, das er stets bei sich trug. »Also ... bei den aufgefundenen Leichnamen handelt es sich ausnahmslos um Frauen. Laut Professor Ovens können wir davon ausgehen, dass die erste bereits vor einigen Jahren auf dem Acker begraben worden ist.« Er blickte in die Runde. »Und damit haben wir gleich das erste Problem. Wann genau die Frauen begraben wurden, lässt sich nicht mehr bei allen eindeutig feststellen. Das hängt damit zusammen, dass bei der Leichenzersetzung eine Reihe unterschiedlichster Faktoren eine Rolle spielen. In unserem Fall fängt es mit der Bodenbeschaffenheit an. Genauso wichtig sind die Temperaturbedingungen über und unter der Erde. Weiterhin die Tiefe und die Feuchtigkeit des Grabes. Ebenso, wie der Leichnam verpackt war. Die Zersetzung hängt auch davon ab, ob die Leiche noch einige Tage irgendwo aufbewahrt wurde, bevor man sie vergraben hat. Beunruhigend ist, dass das letzte Opfer erst seit einigen Tagen tot ist, denn hier ist der Verwesungsprozess noch nicht weit fortgeschritten. Wir haben es also mit einem aktuellen Fall zu tun. Bei allen Leichen stehen noch eine Reihe weiterer Untersuchungen an, die werden aber noch einige Zeit in Anspruch nehmen. Wir können aber schon jetzt sagen, dass die beiden Frauen, die zuletzt vergraben wurden, erdrosselt worden sind. Bei den anderen vier lässt sich die Todesursache nicht mehr eindeutig feststellen. Es besteht auch die Möglichkeit, dass sie nach schweren Misshandlungen gestorben sind, da bei allen multiple Knochenbrüche vorhanden sind.« Gehlberg schloss sein Notizbuch und blickte Wengler auffordernd an. »Ab hier sollten Sie dann weitermachen.«

Wengler nickte. »Wir werden die Fotos mit den Vermisstenfällen der letzten zehn Jahre vergleichen. Wenn wir Glück haben, finden wir dabei unsere bisher noch unbekannten Toten.« Er rief ein weiteres Foto auf. »Bei jedem Opfer befand sich ein Kreuz, das in der obersten Erdschicht abgelegt war. Außerdem«, es folgte ein Foto, auf dem ein Hufeisen zu sehen war, »trugen die Frauen Hufeisen aus Kunststoff um den Hals. Die Öffnung dieser Eisen befindet sich im Nacken. Die Hufeisen haben einen Mechanismus zum Auseinanderklappen, andernfalls hätte man sie nicht um den Hals bekommen.«

Hannah blickte das Foto stirnrunzelnd an. »Besteht die Möglichkeit, dass die Frauen mit den Hufeisen erdrosselt wurden?«

»Wir können, wie gesagt, immer nur Aussagen bezüglich der letzten beiden Opfer machen. Bei ihnen geht Professor Ovens davon aus, dass sie mit einer dickeren Stahlkette erdrosselt wurden. Darauf deuten Abdrücke am Hals hin.« Wengler rief ein neues Foto auf und zoomte einen Ausschnitt heran. »Sehen Sie, die sind hier ganz deutlich zu erkennen. Schließlich haben die Obduktionen ergeben, dass die beiden zuletzt begrabenen Frauen sexuell missbraucht worden sind.«

»Können Sie uns noch ein bisschen mehr zu den Hufeisen sagen?«, meldete sich Herbrecht zu Wort. »Die sehen ja wie ganz normale Eisen aus.«

»Sie sind verchromt«, antwortete Wengler. »Deshalb fällt einem nicht sofort ins Auge, dass sie aus Kunststoff sind.«

»Das sind dann doch aber Sonderanfertigungen, oder?«

»Richtig. Schon allein wegen dieses Mechanismus, von dem ich gerade sprach. Außerdem sind sie zu groß für den Huf eines Pferdes. Wir gehen davon aus, dass sie hinten mit einer Kette zusammengehalten wurden, die an einer Wand oder Ähnlichem befestigt war.« Ein weiteres Foto und ein weiterer Zoom folgten. »Sehen Sie: Auf beiden Seiten sind Öffnungen zu sehen, durch die eine Kette geführt werden kann.«

»Mein Gott«, sagte Samira erschüttert. »Angekettet wie ein Hund.« Sie blickte Wengler an. »Und mit diesen Ketten wurden die Frauen dann auch erdrosselt?«

»Davon ist auszugehen.« Wengler blickte in die Runde. »Wir vermuten, dass die Frauen irgendwo in der Nähe des Ackers gefangen gehalten wurden. Die Frage ist, ob von einer Person oder von mehreren. Falls diese Vermutung zutrifft, dürften sie nach dem Zeitpunkt ihres Verschwindens also noch eine unterschiedlich lange Zeit gelebt haben.« In der nachfolgenden Stille tippte er etwas in sein Notebook, dann sah er Hannah an. »So, ich hab Ihnen alles geschickt.«

Hannah hatte den Mail-Eingang bereits auf ihrem Tablet gesehen und nickte. »Weiß man schon, wem der Acker gehört?«

Wengler klappte sein Notebook zusammen und verstaute es in der Tasche. »Bis jetzt noch nicht. Das Grundbuchamt scheint da etwas verschlampt zu haben, mein Kollege hat denen schon Dampf gemacht.« Er erhob sich, klemmte die Tasche unter seinen Arm und blickte sie an. »Ich würde Ihnen und Ihrem Team gerne morgen früh den Leichenfundort zeigen. Wann können Sie dort sein?«

Hannah schaute in die Runde. »Um zehn?«

Alle nickten.

»Gut, dann um zehn«, bestätigte sie.

»Prima. Die Wegbeschreibung ist in der Mail, die ich Ihnen geschickt habe.«

Wengler erhob sich und verließ den Raum mit einem kurzen Gruß.

Nach seinem Weggang herrschte einen Augenblick Schweigen, bis Samira aufstand und die Jalousien wieder hochfuhr.

»Und, was meint ihr?«, fragte Hannah.

»Wie Samira schon sagte, das ist echt starker Tobak«, antwortete Klaus Herbrecht.

Er war neben Hannah der zweite Mordermittler im Team, hatte lange in der Lübecker Mordkommission gearbeitet und vor acht Jahren im Alter von fünfundvierzig in die OFA gewechselt. Hannah war froh, ihn an ihrer Seite zu haben, denn die Ruhe, die Herbrecht selbst in den größten Stresssituationen ausstrahlte, wirkte sich immer wohltuend auf die ganze Gruppe aus.

»Wem gehört der verdammte Acker?«, fragte Gehlberg, dem deutlich anzumerken war, wie sehr ihn die Obduktionen mitgenommen hatten.

»Das ist so was von krank«, murmelte Samira.

Das war es in der Tat, und Hannah lief noch immer ein Schauer über den Rücken, wenn sie an die Fotos dachte, die sie gerade gesehen hatten. Sie trank einen Schluck Kaffee und faltete die Hände auf dem Tisch. »Wenn sechs Frauen im Abstand von mehreren Jahren auf ein und demselben Acker vergraben werden, können wir ja wohl davon ausgehen, dass hier immer derselbe Täter oder derselbe Täterkreis am Werk war. Seht ihr das ebenso?«

Ihre Mitarbeiter nickten bestätigend.

»Ein oder mehrere Männer, die sich Frauen schnappen und sie entsorgen, wenn sie ihrer überdrüssig sind«, sagte Herbrecht.

»Oder wenn sie die Frauen zu Tode misshandelt haben«, warf Samira ein.

»Sieht ganz danach aus«, antwortete Hannah leise. Es war ein furchtbarer Gedanke, aber nach dem, was sie bisher erfahren hatten, nicht von der Hand zu weisen.

»Wenn die Frauen irgendwo gefangen gehalten wurden, kann das meines Erachtens nur in der Nähe des Ackers gewesen sein«, meinte Gehlberg. »Da stimme ich Wengler zu.«

»Nicht unbedingt«, sagte Hannah. »Wer immer sie dort vergraben hat, muss davon ausgehen, dass sie eines Tages gefunden werden. Und dann würden alle in der näheren Umgebung doch sofort in Verdacht geraten. Zuallererst die Landwirte.«

»Bei einem Transport über viele Kilometer ist das Risiko aber sehr groß, dass da mal jemand aufmerksam wird«, sagte Samira.

»Die Frage ist ja auch, ob sich die Frauen alle an demselben Ort befunden haben«, gab Herbrecht zu bedenken.

»Das denke ich schon«, sagte Gehlberg. »Um jemanden über einen längeren Zeitraum gefangen zu halten, brauchst du einen schallisolierten Raum. Aus einem normalen Keller würden Schreie nach draußen dringen.«

»Ich weiß nicht«, sagte Samira nachdenklich. »Denk doch mal an den Kriminalfall Höxter. Da wurden Frauen zum Teil über eine lange Zeitspanne gequält, und die haben sich im ganzen Haus aufgehalten. Oder waren im Schweinestall angekettet. Da dürfte man doch mit Sicherheit draußen Schreie gehört haben. Aber es hat niemand reagiert, wie so häufig. Und vielleicht war das in unserem Fall auch so. Deshalb würde ich die Überlegung von verschiedenen Orten zum jetzigen Zeitpunkt erst einmal mit einfließen lassen.«

»In Höxter wollte niemand etwas mitbekommen«, sagte Herbrecht mit harter Stimme. »Da gab es direkte Nachbarn, von denen es jeder einzelne den drei Affen gleichgetan hat. Nichts hören, nichts sehen, nichts sprechen. Nicht unwahrscheinlich, dass das in unserem Fall ebenso war. Trotzdem erscheint mir die Möglichkeit eines einzigen Ortes wahrscheinlicher. Was nicht bedeuten muss, dass es sich um einen einzelnen Täter handelt.«

»Was denkt ihr denn über die Hufeisen, die Polaroids und die Kreuze?«, fragte Hannah nach einem Augenblick des Schweigens.

»Bei den Hufeisen verstehe ich etwas nicht«, sagte Samira. Sie verschränkte die Arme auf dem Tisch und beugte sich nach vorn. »Mal laut gedacht: Eine Frau wird in einem Raum gefangen gehalten. Sie wird gequält und vergewaltigt und wie ein Hund an die Kette gelegt. Irgendwann stirbt sie an den Misshandlungen, oder sie wird gezielt umgebracht. Dann wird sie vergraben, und der oder die Täter halten nach einer neuen Frau Ausschau. Wenn sie die gefunden haben, geht das Ganze von vorne los. Wengler hat gesagt, dass die Hufeisen Sonderanfertigungen sind. Warum immer neue herstellen lassen, wenn das eine an dem geheimen Ort verbleiben und die nächste Frau damit an die Kette gelegt werden kann? Mit ständig neuen Bestellungen macht man sich doch unter Umständen bei dem Hersteller verdächtig, und der Weg könnte zu einem zurückverfolgt werden. Egal, ob man direkt vor Ort war oder über das Internet bestellt hat.«

»Es sei denn, der Täter war in der Lage, die Hufeisen selber herzustellen. Vielleicht hat er auch einfach nur eine gute Erklärung für deren Hersteller parat gehabt. Weil er ihn persönlich kannte und gut Freund mit ihm war. Oder weil es nicht auffiel, wenn er mehrere Eisen haben wollte, weil sie in seinem Arbeitsumfeld vonnöten waren.« Herbrecht sah Hannah an. »Du hattest ja bereits Landwirte erwähnt. Da kann es natürlich auch eine Pferdehaltung geben.«

»Aber Wengler hat doch gesagt, dass die Eisen zu groß für Pferdehufe sind«, gab Hannah zu bedenken.

»Ich verstehe es trotzdem nicht«, beharrte Samira. »Warum hat jede Frau ihr eigenes Hufeisen bekommen?«

Hannah hob die Schultern und sah den Kollegen an, dass sie im Moment ebenso ratlos waren wie sie. Sie erhob sich und verdunkelte den Raum erneut. Dann rief sie noch einmal die Bilder auf, die die Hufeisen von vorne und von hinten zeigten, und ordnete sie auf der Leinwand nebeneinander an.

»Wonach suchst du?«, fragte Gehlberg.

»Nach einer Antwort auf Samiras Frage.« Sie zoomte jedes

Hufeisen heran. Auf allen waren rostbraune Flecken zu erkennen, vermutlich das Blut der Trägerinnen. »Vielleicht sind die Eisen für ihn so eine Art personalisierter Gegenstand. Weil die Frauen darauf ihr Blut hinterlassen haben. Ihren Lebenssaft.«

»Ja«, sagte Samira nach einem Augenblick, »das leuchtet ein.«

»Ich überlege gerade noch etwas anderes«, sagte Hannah. »Der Täter, ich gehe jetzt mal von einer Person aus, hat über einen Zeitraum von mehreren Jahren Frauen entführt, um seine Phantasien an ihnen auszuleben. Warum so viele? Warum hat ihm nicht eine gereicht?«

»Weil etwas passiert ist«, sagte Samira. »Es gab eine erste Frau, die gestorben ist. Weil er sie brutal misshandelt hat. Vielleicht hat er sie aber auch ganz gezielt umgebracht und dabei gemerkt, dass Töten und die damit verbundene Macht über einen anderen Menschen eine lustvolle Erfahrung für ihn sind. Was auch immer, jedenfalls ist er nun wieder allein und holt sich die nächste Frau.«

»Okay, mal angenommen, dass bei der ersten Frau etwas aus dem Ruder gelaufen ist. Aber doch nicht bei weiteren fünf Frauen. Da gebe ich Samira recht, dass der Täter nach dieser ersten Erfahrung Spaß am Töten gefunden haben muss.« Hannah schaute ihre Kollegen an. »Wie seht ihr das?«

»Das sieht ganz danach aus«, stimmte Herbrecht zu. »Wer diese Grenze erst einmal überschritten hat, wird auch weiterhin keine großen Hemmschwellen mehr haben. Das haben wir ja schon häufiger erlebt.«

»Was die Kreuze anbelangt, könnte ich mir vorstellen, dass hier jemand Abbitte leisten wollte«, ging Hannah zum nächsten Fundstück über. »Vielleicht handelt es sich dabei sogar um den anonymen Anrufer.«

»Oder um den Täter, der bereut«, sagte Samira.

»Vielleicht war er der anonyme Anrufer«, warf Gehlberg eine weitere Überlegung ein.

Auch wenn sich das im Moment keiner vorstellen konnte, nahmen sie den Gedanken mit auf.

»Und wie passen die Polaroids ins Bild?«, fragte Herbrecht.

»Die Person, die sie in die BKI geschickt hat, hofft, dass die Frauen anhand der Fotos identifiziert werden und ihre Angehörigen erfahren, was mit ihnen passiert ist. Denn dass es sich hier um einen makabren Scherz handelt und auf den Fotos andere Frauen als die in den Gräbern zu sehen sind, halte ich für unwahrscheinlich«, sagte Samira.

»Dann dürften wir es aber doch mit zwei Personen zu tun haben«, erwiderte Hannah. »Denn der Täter wird wohl kaum erpicht darauf sein, dass die Frauen identifiziert werden.« Sie druckte die Fotos der Polaroidaufnahmen aus und befestigte sie am Whiteboard.

Hoffentlich fand das K1 schnell die dazugehörigen Namen heraus. Erst dann würden sie richtig loslegen können, denn im Moment war doch alles eher noch ein Fischen im Trüben.

***

Bei Wenglers Rückkehr saßen die verfügbaren Kollegen des K1 sowie die neu hinzugekommenen bereits über den Vermisstenanzeigen. Er teilte ihnen die Ergebnisse der Obduktionen mit und unterstützte sie dann bei der Arbeit. Um einundzwanzig Uhr hatten sie schließlich die Namen von sieben vermissten Frauen, deren letzte Lebenszeichen aus Schleswig-Holstein gekommen waren.

Lea Ahlfeldt, achtzehn, seit acht Jahren vermisst, wohnhaft in Glücksburg, Schleswig-Holstein. Marie Hinze, neunzehn, seit sieben Jahren vermisst, wohnhaft in Boltenhagen, Mecklenburg-Vorpommern. Johanna Bensin, zwanzig, seit fünf Jahren vermisst, wohnhaft in München, Bayern. Nina Keppler, zweiundzwanzig, seit vier Jahren vermisst, wohnhaft in Hamburg. Ricarda Sievers, zwanzig, seit drei Jahren vermisst, wohnhaft in Frankfurt am Main, Hessen. Kim Förster, achtzehn, seit einem Jahr vermisst, wohnhaft in Bremen. Leonie Scheffler, neunzehn, seit einem halben Jahr vermisst, wohnhaft in Celle, Niedersachsen. Alle sieben Frauen waren von ihren Eltern als vermisst gemeldet worden.

Sieben Frauen ...

»Das kann ein Zufall sein«, meinte Reinders.

»Oder ein siebtes Opfer wird noch irgendwo gefangen gehalten«, gab Wengler zur Antwort und leitete die Vermisstenanzeigen an Hannah Lundgren weiter.

»Das hätte der anonyme Anrufer dann doch aber erwähnt«, sagte Reinders. »Denn er wollte doch offensichtlich, dass die Leichen gefunden werden. Welchen Sinn hätte der Anruf sonst haben sollen?«

Die Frage stellte Wengler sich ebenfalls. Der logische Menschenverstand sagte ihm, dass sein Kollege recht hatte und der siebte Vermisstenfall in keinem Zusammenhang mit den sechs aufgefundenen Leichen stand. Aber die durch jahrelange Ermittlerarbeit gewonnene Erfahrung erzählte eine andere Geschichte. Die Fälle hingen zusammen, und irgendwo da draußen schwebte eine Frau in Lebensgefahr. Nur wo sollten sie diese Frau suchen?

Eine bleierne Müdigkeit erfasste seinen Körper. Nicht noch einmal, dachte er voller Verzweiflung. Ich will nicht noch einmal zu spät kommen. Nur mit Mühe schüttelte er den Gedanken ab. »Wir müssen jetzt als Erstes klären, ob es sich bei den toten Frauen um die vermissten Personen handelt. Vielleicht bekommen wir dann einen Anhaltspunkt zu der siebten Frau.«

»Wir setzen uns morgen mit den zuständigen Polizeibehörden in Verbindung, damit sie bei den Verwandten der Frauen vorstellig werden«, sagte Frida. »Hoffentlich bekommen wir von allen einen Zahnstatus.«

»Tut das. Ohne kommt Ovens nämlich nicht weiter.«

Frida nickte eifrig. »Ich könnte auch Vernehmungen der Eltern übernehmen.«

»Du wirst hier gebraucht!«, sagte Birte, und Wengler hob

die Brauen bei ihrem scharfen Ton. Dass die beiden Frauen in seinem Team nicht harmonierten, war ihm schon aufgefallen, aber bisher hatte er sich rausgehalten. Birte schien Angst um ihre Stellung zu haben, anders konnte er sich ihre gelegentliche Stutenbissigkeit nicht erklären. Falls sich die Lage nicht entspannte, würde er eingreifen müssen.

»Werde ich das?«, fragte Frida und sah ihn mit einem treuherzigen Augenaufschlag an.

»Ja, das wirst du«, pflichtete er Birte bei und bemühte sich, Fridas Augenklimpern zu ignorieren. Sie flirtete gern, aber er würde ihr endlich klarmachen müssen, dass sie ihn damit verschonen sollte. Es hatte eh schon Gerede gegeben, als er sie ins K1 geholt hatte, aber das war ihm egal. Er trug eine Schuld ab, denn bei einer länderübergreifenden Ermittlung vor einem Jahr hatte Frida ihm das Leben gerettet. Was außer ihnen beiden niemand wusste und aus einer Reihe von Gründen auch niemand erfahren sollte. Nicht einmal Petra hatte er davon erzählt. Als Frida ihrer großen Liebe nach Flensburg folgen wollte, hatte sie wegen ihrer beruflichen Zukunft in Deutschland seinen Rat gesucht. Da seinerzeit gerade eine Stelle in seinem Kommissariat frei gewesen war, hatte er sich für sie eingesetzt. Nach dem Umzug nach Flensburg war die große Liebe zwar schnell erloschen, dafür waren andere gefolgt. Frida schien ihren Platz im Leben noch nicht gefunden zu haben, zumindest was den privaten Bereich anbelangte. Beruflich war sie eine Topkraft, das hatte ihm der Einsatz in Kopenhagen gezeigt. Er war froh, sie im Team zu haben, auch wenn er sie manchmal ein wenig stoppen musste.

»Aber –«

Er hob die Hand, als Frida zu einem Einwand ansetzen wollte. »Du wirst nirgendwohin fahren. Ende der Diskussion. Bleib an den zuständigen Dienststellen dran und sieh zu, dass sie dir so schnell wie möglich die Adressen der Zahnärzte besorgen.« Er wandte sich an den Rest der Truppe. »Und ihr nehmt euch die Umgebung des Leichenfundorts vor und klappert alle ab, die dort wohnen. Ich möchte mich nämlich nicht darauf verlassen, dass diese Luschen beim Grundbuchamt noch mit einem Namen rüberkommen.«

»Ich hab dem Abteilungsleiter die Hölle heiß gemacht«, wandte Reinders ein, aber er wirkte nicht sonderlich überzeugt, dass sein Einsatz auch von einem Ergebnis gekrönt werden würde.

Wengler klatschte in die Hände. »So, Leute, Abmarsch! Wir sehen uns morgen.«

»Ich vergleiche die Fotos der Vermisstenanzeigen noch mal mit den Polaroids, die in der Post waren«, sagte Birte, während sich die Kollegen zum Aufbruch bereit machten.

»Och, Mensch, das haben wir doch nun schon zweimal gemacht«, quengelte Karcher. »Ich brauch jetzt meinen Schönheitsschlaf.«

»Besser einmal mehr als einmal zu wenig, mein lieber Edwin«, gab Birte zur Antwort. »Außerdem hatte ich gar nicht die Absicht, dich um deinen Schönheitsschlaf zu bringen. Lasst mich das mal schön allein machen.«

»Und ich dachte, ich wäre hier der Kontrollfreak.« Wengler grinste Birte an und machte sich auf den Weg zur Tür. »Mach aber nicht mehr so lange, okay? Du brauchst auch deinen Schlaf.«

Sie winkte ab. »Schlafen wird überbewertet.«

Tag 3

Der Morgen begann, wie der Abend geendet hatte. Mit Regen und Sturm. Birte Degener gähnte herzhaft, als sie um sieben Uhr ihren Kaffeebecher füllte und einen Blick aus dem Küchenfenster warf. Alles grau in grau, der Wind peitschte den Regen vor sich her und wühlte das Wasser in den Pfützen auf, die sich in den zahlreichen Schlaglöchern gebildet hatten. Das Pflaster der kleinen Straße, in der nur Anliegerverkehr herrschte, war bereits seit Jahren damit übersät, trotzdem wurden sie immer nur notdürftig repariert, weil offensichtlich das Geld für eine komplette Straßensanierung fehlte.

Fabian hatte ihr das Reihenhaus, das in der Twedter Mark in der Nähe der Marineschule Mürwik lag, nach der Scheidung überlassen, da er Laura einen Schulwechsel ersparen und sie in ihrer gewohnten Umgebung belassen wollte. Birte war sehr erleichtert über diese Entscheidung gewesen, die ihr eine längere Wohnungssuche erspart hatte. Außerdem war der Weg zur Bezirkskriminalinspektion in der Norderhofenden kurz, ein ebenfalls nicht zu unterschätzender Vorteil.

Birte gähnte erneut und schenkte sich Kaffee nach. Sie hatte nur wenige Stunden Schlaf gefunden, aber sie hätte nicht beruhigt nach Hause fahren können, ohne die Fotos noch ein weiteres Mal miteinander abzugleichen. In Ruhe, denn die benötigte sie einfach für gewisse Dinge, was ihre Kollegen nie so ganz nachvollziehen konnten. Aber gerade in diesem Fall durfte ihnen nicht der geringste Fehler unterlaufen, denn das, was sie heute in Gang setzen müssten, würde für alle Beteiligten schwer werden.

Für die Polizeibeamten, die die Familien der vermissten Frauen aufsuchen müssten. Sie würden zwar noch keine Todesnachricht überbringen, müssten aber vom Auffinden einer toten Frau berichten und die Frage nach dem Zahnarzt der vermissten Person stellen. Denn für die endgültige Identifizierung war ein Zahnabgleich unabdingbar.

Für die Familien, die selbst nach diesem Besuch noch weiter hoffen würden, dass sich alles als Irrtum erwiese. Bis sie dann irgendwann auch die letzte Hoffnung, ihre Tochter oder Schwester wieder in die Arme schließen zu können, begraben müssten.

Wenn sich herausstellen sollte, dass es sich bei den aufgefundenen Leichnamen wirklich um die vermissten Frauen handelte, würden einige aus ihrem Team die Eltern besuchen und eine Reihe von Fragen stellen müssen.

Es klingelte an der Haustür. Das konnte nur ihre Mutter sein, die versprochen hatte, heute Morgen Lauras Sachen abzuholen, nachdem es am Vortag zu spät dafür geworden war. Laura hatte gemault, als Birte sie mit einem Anruf davon in Kenntnis gesetzt hatte, dass sie ein paar Tage bei ihren Großeltern verbringen müsse. Irgendwann hatte ihre Tochter wütend den Hörer aufgeknallt, und Birte musste sich eingestehen, dass sie froh war, Laura ein paar Tage nicht zu Gesicht zu bekommen. Wäre schön, wenn man Kinder während der Pubertät irgendwo parken könnte, hatte sie gedacht. Und sich sofort dieses Gedankens geschämt.

»Morgen, Mama.« Birte ließ ihre Mutter herein und drückte ihr einen Kuss auf die Wange. »Danke, dass ihr Laura ein paar Tage zu euch nehmt.«

»Das machen wir doch gerne, sie war schon so lange nicht mehr bei uns.« Charlotte Werner wirbelte durch den Flur in Richtung Küche. »Hm, Kaffee! Ich brauche jetzt sofort eine zweite Tasse.«

Birte folgte ihr lächelnd. Sie verstand sich gut mit ihren Eltern, auch wenn ihr die Überaktivität ihrer Mutter manchmal ein bisschen auf die Nerven ging. Charlotte war ein Quirl, sie hatte als Lehrerin gearbeitet und war nach ihrer Pensionierung vor drei Jahren einer Laienschauspieltruppe in Glücksburg beigetreten, wo sie und Birtes Vater in einem schmucken

Einfamilienhaus wohnten. Spielen kam für Charlotte nicht in Frage, nein, sie inszenierte mit Leidenschaft und trieb ihre Schauspieler mit ihrem Perfektionsdrang manchmal an den Rand eines Nervenzusammenbruchs.

»Moin, Oma.« Laura schlurfte in die Küche, und Birte hätte fast die Augen verdreht, als sie ihre Tochter zum ersten Mal an diesem Morgen zu Gesicht bekam.

»So gehst du nicht in die Schule!«

»Oh, Birte, du bist voll krass.«

»Laura, wir haben fast November. Da kannst du doch nicht in einem bauchfreien Shirt los.«

»Hey, was regst du dich auf, ich zieh doch 'ne Jacke drüber.« Laura hatte sich an den Tisch gesetzt und ließ ihren Blick voller Verachtung über die aufgedeckten Lebensmittel schweifen. »Sag bloß, du hast beim Einkaufen die Äpfel vergessen.«

»Ich bin erst nach Mitternacht nach Hause gekommen«, schnappte Birte. »Vielleicht hätte sich das Fräulein ja mal selbst zum Supermarkt bemühen können.« Äpfel waren Lauras momentane Favoriten, und manchmal hatte Birte den Eindruck, dass ihre Tochter überhaupt nichts anderes mehr aß. Laura war ein Strich in der Landschaft, und Birte hatte in letzter Zeit schon so manches Mal die Befürchtung gehegt, dass ihre Tochter womöglich magersüchtig wäre. In diesen Momenten verfluchte sie ihren Job, den sie ansonsten liebte, weil er ihr einfach zu wenig Zeit für Laura ließ. Nach der Schule ging ihre Tochter häufig zu ihrer besten Freundin Sanne, bei der sie sich dann aufhielt, bis Birte sie am Abend abholen kam. Wenn es ihre Zeit erlaubte, andernfalls nahm Laura das Fahrrad. Sannes Mutter hatte ein Auge auf die beiden Mädchen, Birte wusste ihre Tochter dort gut aufgehoben. Aber an manchen Nachmittagen war Laura eben auch allein zu Hause, und Birte hatte nicht die geringste Ahnung, was sie dann trieb.

»Kommt, Mädchen, beruhigt euch«, versuchte Charlotte zu vermitteln. »Aber ich muss deiner Mutter recht geben. Wenn ihr Job ein zeitiges Heimkommen verhindert, bist du eben dran,

Laura. Dir bricht doch kein Zacken aus der Krone, wenn du auch mal einkaufen gehst. Das ist hier doch kein Hotel Mama, in dem du von vorne bis hinten betüddelt wirst. Du kannst auch ruhig mal deinen Anteil zum Haushalt beitragen.«

»Ach, verstehe, Birte hat sich bei dir beschwert.«

»Nein, hat sie nicht, aber ich sehe doch, was hier los ist.« Charlotte Werner musterte ihre Enkelin mit einem ungehaltenen Blick. »Und wieso überhaupt ›Birte‹? Seit wann sprichst du deine Mutter mit ihrem Vornamen an?«

»Seitdem sie es kindisch findet, ›Mama‹ zu sagen.« Birte war mittlerweile daran gewöhnt, sie konnte sich aber gut vorstellen, dass ihre in manchen Dingen doch ziemlich konservative Mutter diese Tatsache nicht so witzig fand.

Und so war es dann auch. Charlotte zog die Augenbrauen hoch und schüttelte verständnislos den Kopf. Ihre ganze Haltung drückte Missbilligung aus. »Also wenn ihr meine Meinung hören wollt, kann ich nur sagen, dass ich das ziemlich respektlos finde.«

Laura zog eine Schnute und erwiderte nichts. Birte schaute auf die Uhr, nicht willens, sich jetzt auf eine Grundsatzdiskussion einzulassen. »Mach dich fertig, Laura, dann fahre ich dich noch eben zur Schule.«

»Sag mal, geht's noch?«, empörte sich Charlotte ein weiteres Mal. »Die Schule liegt nicht mal drei Kilometer entfernt. Da kann das Kind ja wohl zu Fuß gehen oder mit dem Fahrrad hinfahren.« Birte schrumpfte unter dem Blick ihrer Mutter. »Bist du etwa auch eine von diesen Helikopter-Muttis, die ihr Kind am liebsten bis in den Klassenraum bringen würden?«

»Ich bin kein Kind mehr!«, meldete sich Laura lautstark zu Wort.

»Halt den Mund«, beschied Charlotte sie und blickte dann wieder ihre Tochter an. »Birte?«

»Ich hab doch so wenig von Laura«, murmelte Birte. »Ist es nicht verständlich, dass ich da so viel Zeit wie möglich mit ihr verbringen möchte?«

Charlotte fasste sich an den Kopf. »Ich glaub's ja nicht.«
Die beiden Frauen blickten auf, als Laura zur Tür hinausmarschierte. »Wo willst du jetzt hin, Frollein?«, rief Charlotte ihr hinterher.

»Zur Schule«, tönte es aus dem Flur, dann steckte Laura noch einmal den Kopf zur Tür herein. »Ihr seid so was von ätzend, wisst ihr das eigentlich?«

***

Über dem Totenacker, wie Wengler ihn bei sich nannte, berührten die tief hängenden Nebelschwaden fast den morastigen Grund. Die Zweige der Bäume im angrenzenden Waldstück beugten sich tief unter der Nässe, und die wenigen verbliebenen Blätter waren zu schwarzen Gebilden geschrumpelt.

Auch am dritten Tag nach dem Auffinden der Leichen war die Spurensicherung noch vor Ort. Der Acker wurde seit dem Vortag umgegraben und jeder Quadratzentimeter Sand untersucht. Eine zeitaufwendige Arbeit, die noch einige Tage in Anspruch nehmen würde, da der Boden nicht durchgesiebt werden konnte, weil er durch den anhaltenden Regen der letzten Tage nass war. Aber eine sehr wichtige Arbeit, weil sich so unter Umständen weitere Spuren sichern ließen.

Wengler hatte mit Lundgren über die siebte Vermisstenanzeige gesprochen und seine Vermutung zum Ausdruck gebracht, dass die Frau zu diesem Fall gehörte und womöglich noch irgendwo festgehalten wurde. Lundgren zog dies ebenfalls in Erwägung, aber ihnen beiden war klar, dass sie zunächst auf die Identifizierung der aufgefundenen Leichname warten mussten, bis sie hier weiterkommen würden.

Ein drückendes Schweigen hing in der Luft, als das OFA-Team damit begann, den Totenacker in Augenschein zu nehmen. Ebenso wie Wengler hatten alle Schutzanzüge übergestreift und bewegten sich vorsichtig über die Holzplanken zwischen den einzelnen Gräbern.

»Lagen die Leichname alle in eine Richtung?«, wollte Hannah Lundgren wissen.

Ihre Kollegin hatte einen Fotoapparat mitgebracht und lichtete die Gräber noch einmal von allen Seiten ab.

Wengler nickte. »Ja, in Richtung Westen. Wir haben schon überlegt, ob das etwas zu bedeuten hat, hatten bisher aber noch keine Idee. Fällt Ihnen dazu etwas ein?«

Lundgren schüttelte den Kopf. »Auf Anhieb nicht.« Sie wollte weitergehen, geriet aber auf der nassen Holzplanke ins Rutschen und wäre um ein Haar in eines der Gräber gefallen, wenn Wengler sie nicht im letzten Moment festgehalten hätte.

»Vorsicht, die Dinger sind durch den Regen aasig glatt geworden.«

Sie stieß ein unsicheres Lachen aus und befreite sich aus seinem Griff. »Danke, es geht schon.« Vorsichtig stakste sie weiter, bis sie schließlich zu dem neuesten Grab kamen.

»Hier wurde die letzte Frau begraben«, sagte Wengler. »Wie Sie sehen, ist das Grab lange nicht so tief wie die anderen. Als wenn es jemand eilig gehabt hätte.«

»Weil er Angst vor einer eventuellen Entdeckung hatte?«

»Das ist gut möglich. Vielleicht wollte er sich der Leiche deshalb schnell entledigen, denn ein Grab wie die anderen auszuheben kostet seine Zeit«, stimmte Wengler zu.

»Wenn wir wüssten, wem der Acker gehört, wären wir ein ganzes Stück weiter«, sagte Lundgren, und Wengler meinte, einen Vorwurf aus ihren Worten herauszuhören. »Gibt es immer noch keine Nachricht vom Grundbuchamt?«

»Leider nicht. Meine Kollegen sind gerade dabei, jeden in der Umgebung abzuklappern. Irgendjemand muss es ja wissen.«

***

Diese Hoffnung sollte sich jedoch als Trugschluss erweisen.

»Bisher nichts«, war Birtes Stimme aus dem Handy zu vernehmen, als Wengler sie zwei Stunden später nach der Verabschiedung des OFA-Teams anrief. Lundgren und ihre Mitarbeiter hatten sich in einem Radius von einem Kilometer um den Totenacker alles genauestens angesehen und eine Reihe weiterer Fotos gemacht. Lundgren hatte ihm die ersten Überlegungen ihres Teams mitgeteilt, die sich größtenteils mit den seinen deckten. »Wir klappern hier ein Haus nach dem anderen ab und auch die ganzen Bauernhöfe, aber bisher konnte uns niemand weiterhelfen. Das dauert also noch mit uns. Bis wohin sollen wir die Befragungen ausdehnen?«

Wengler rief Google Maps auf und überlegte. »Bis hoch nach Holnis und in der anderen Richtung bis in die Außenbezirke von Flensburg«, entschied er.

»Können wir nicht noch mehr Unterstützung anfordern, damit es schneller geht?«, hörte er Reinders' Stimme.

Wengler stieß ein resigniertes Lachen aus. »Mehr ist nicht drin, Olaf. Das hat man mir gestern deutlich zu verstehen gegeben.«

Er beendete das Gespräch und rief seinen Mail-Account auf. Das meiste war nicht dringlich, aber die Mail von Frida klang vielversprechend.

»Die Eltern der sechs Frauen und deren Zahnärzte wurden kontaktiert. Alle Dateien sind mittlerweile bei Ovens eingetroffen. Wir bekommen das Ergebnis morgen früh.«

Wenigstens etwas, dachte Wengler. Wenn die Identitäten der Opfer feststanden, wären sie schon mal einen großen Schritt weiter. Er hatte nicht den geringsten Zweifel, dass es sich bei den toten Frauen um diejenigen aus den Vermisstenanzeigen handelte.

Einen Augenblick lang starrte er gedankenverloren vor sich hin und kehrte dann noch einmal zum Totenacker zurück. Er achtete nicht auf die Spusi-Kollegen, sondern versuchte, die Stimmung des Ortes aufzunehmen und sich in denjenigen hineinzuversetzen, der die Frauen hier begraben hatte.

Es war keine leichte Arbeit gewesen, die Gräber auszuheben. Das letzte Grab hatte nur eine Tiefe von einem knappen Meter, die anderen fünf hingegen waren an die drei Meter tief. Die waren nicht mal eben so zwischendurch ausgehoben worden, diese Aktionen hatten den Täter jedes Mal einige Stunden Zeit gekostet. Die er offensichtlich gehabt hatte, weil er nicht befürchten musste, dass ihn jemand bei seinem Tun beobachtete. Vielleicht waren hier aber auch mehrere Personen am Werk gewesen.

Der Acker lag abgeschieden, hier dürften nicht einmal Spaziergänger vorbeikommen. Das einzige Risiko lag im Auftauchen von Klaas Brodersen, mit dem Wengler am Vortag gesprochen hatte. Aber der hatte angegeben, noch nie jemanden auf dem Acker gesehen zu haben. Ließ das darauf schließen, dass der Täter Brodersen kannte und wusste, zu welchen Zeiten er auf seinen beiden Äckern arbeitete? Oder hatte das Ausheben der Gräber immer nachts stattgefunden?

Die Tiefe der fünf Gräber sprach auch dafür, dass der Täter die Leichen für immer hatte verschwinden lassen wollen. Also konnten Täter und anonymer Anrufer nicht identisch sein.

Und das letzte Grab?

Hier musste der Täter in großer Eile gewesen sein, eine andere Erklärung gab es nicht. Vielleicht hatte er sich auf irgendeine Weise bedroht gefühlt.

Wer bist du?

Ein Mensch, der hemmungslos seine sexuellen Phantasien auslebt und nicht den geringsten Skrupel hat, dabei über Leichen zu gehen.

Lebst du allein, oder bist du ein treu sorgender Ehemann und Familienvater?

Eine Krähe hatte sich in kurzer Entfernung auf dem Acker niedergelassen und beäugte Wengler aufmerksam. Ihr heiseres Krächzen ließ ihn erschauern.

Wenn du sprechen könntest, dachte er, was würdest du mir dann erzählen?

Der Rabenvogel schien das Interesse an ihm verloren zu haben und begann auf und ab zu stolzieren und in der Erde zu picken, bevor er sich in die Lüfte erhob und auf dem Ast eines nahe gelegenen Baumes niederließ.

Wengler betrachtete ihn versonnen und rief sich noch einmal zwei Punkte aus dem Gespräch mit Lundgren ins Gedächtnis.

Punkt eins: ein Täter oder mehrere?

Lundgren hatte sich noch nicht festlegen wollen, er hingegen tendierte zu einem. Je mehr Männer an einer solchen Sache beteiligt waren, umso größer war die Wahrscheinlichkeit, dass sie aufflog. Weil jemand den Mund nicht halten konnte und sich mit seinen Taten brüstete. Weil jemand die Nerven verlor und nicht weiter mitmachen wollte. Es gab viele Gründe, die gegen die Theorie von mehreren Tätern sprachen.

Punkt zwei: Warum hat dem Täter nicht eine Frau zur Befriedigung seiner perversen Phantasien ausgereicht?

Weil das erste Opfer ums Leben gekommen war, was der Täter nicht beabsichtigt hatte, und er nun Ersatz brauchte.

Weil er Lust am Töten gefunden hatte.

Lundgren hatte genauso wie er zu Letzterem tendiert. Ein Mann lebt seine sexuellen Phantasien an einer Frau aus, die dabei irgendwann zu Tode kommt. Weil er einen Schritt zu weit geht, was nicht geplant war. Weil er herumexperimentiert und es plötzlich zu spät ist. Er hat eine Grenze überschritten und nimmt plötzlich das überwältigende Gefühl wahr, Herr über Leben und Tod zu sein. Er ist wie im Rausch, denn dieses Erlebnis hat alles Bisherige getoppt. Er will es wiederhaben, immer wieder. Und er holt es sich. Immer wieder.

Wengler setzte sich in Bewegung und lenkte seine Schritte am Absperrband entlang, bis er zu dem kleinen Tümpel kam, dessen Wasser mittlerweile abgepumpt worden war. Das Gewässer war von Gras umgeben und wurde im hinteren Bereich von kleinen Büschen begrenzt. Zwei Spusi-Mitarbeiter nahmen sich gerade den morastigen Grund vor und schüttelten die Köpfe, als Wengler vom Ufer aus fragte, ob sie schon etwas gefunden hätten.

Auch die Kollegen auf dem Totenacker verneinten die Frage,

und so entschloss sich Wengler, nach Flensburg zurückzufahren. Hier stand er nur im Weg herum, und er wusste, dass es der Spusi-Leiter überhaupt nicht mochte, wenn man seinem Team bei der Arbeit über die Schulter schaute.

***

Der Besuch des Leichenfundorts hatte Hannah zugesetzt. Auf der Rückfahrt sprach sie wenig, und nach der Ankunft im LKA zog sie sich erst einmal in ihr Büro zurück.

Sechs tote Frauen. Entführt und gefangen gehalten, gefoltert und missbraucht. Und schließlich entsorgt wie Müll.

Der Tatbestand als solcher war nicht ungewöhnlich, so brutal das auch war. Aber dass mehrere Frauen über einen Zeitraum von einigen Jahren von einem Täter oder einer Tätergruppe entführt und irgendwo festgehalten wurden, war ihr noch nicht untergekommen.

Sie starrte aus dem Fenster in den Innenhof. Ein trostloser Anblick um diese Jahreszeit, mit den kahlen Bäumen und Büschen, an denen nur noch vereinzelte traurige Blätter hingen. Er verstärkte das Gefühl der Niedergeschlagenheit, das sie seit dem Anblick des Ackers empfand. Das Gefühl, dass sie mit diesem Fall überfordert sein würde.

Am Vortag war alles noch so abstrakt gewesen. Die Fotos, die Berichte von Wengler und Gehlberg. Aber der Anblick des »Totenackers«, wie Wengler ihn genannt hatte, hatte alles verändert. Die Atmosphäre des Bösen, die sich in der Erde, der Luft, der ganzen Umgebung eingenistet zu haben schien. Das Wissen um die Qualen der Frauen war erst hier bis in den letzten Winkel ihres Bewusstseins gesickert.

Sie hatte gelernt, mit Toten zu leben, das verlangte ihr Job. Und wenn es mal gar nicht mehr ging, war Sven da gewesen, um sie aufzufangen.

Nein, das stimmt nicht, Hannah, sei ehrlich mit dir. In den letzten Jahren war er nicht mehr für dich da, da hast du alles ganz allein durchstehen müssen. Und du hast es doch jedes Mal geschafft, oder etwa nicht? Es hat dich stark gemacht, und darauf warst du stolz. Warum jetzt auf einmal diese bohrenden Zweifel?

Sie wusste es nicht und schalt sich für die Emotionalität, die sie so unversehens überfallen hatte. Konzentrier dich, rief sie sich zur Ordnung. Du hast einen Fall zu lösen, den bisher schlimmsten deines Berufslebens. Darauf musst du jetzt deine ganze Kraft richten.

Sie griff nach ihrer Handtasche und wühlte darin herum, bis sie gefunden hatte, wonach sie suchte. Ihre Tagesration in Form einer halben Tablette hatte sie zwar schon heute Morgen geschluckt, aber nach dem Anblick des Ackers brauchte sie eine weitere, wollte sie den heutigen Tag überstehen. Ihre Hand zitterte, als sie die letzte Tablette aus dem Blister drückte. Sie versuchte, sie zu teilen, aber es gelang ihr nicht, also schluckte sie kurzerhand die ganze Pille und spülte sie mit einem Glas Wasser herunter. Sie würde versuchen, in den nächsten zwei Tagen ohne das Medikament auszukommen, dann würde sich ihr heutiger Ausrutscher wieder ausgleichen.

Sie erhob sich und ging in die Nachbarbüros, um ihre Mitarbeiter in den Besprechungsraum zu bitten. Samira Berger hielt sich bereits dort auf und schaute nachdenklich auf die Polaroid-Ausdrucke am Whiteboard.

»Wisst ihr, was mich irritiert?«, fragte sie und drehte sich zu ihnen herum. »Dass wir es hier mit keinem einheitlichen Frauentyp zu tun haben. Bei der Haarfarbe ist von Rot über Blond bis Braun alles vertreten, und auch die Frisuren variieren. Das Gleiche gilt für die Farbe der Augen.«

Sie deutete auf ein Foto der Vermisstenanzeigen, das auf der rechten Seite hing. Die Frau darauf trug kurz geschorene rote Haare mit grünen Seitensträhnen darin und Piercings an Augenbrauen und Mund sowie einen Nasenring. »Und Nina Keppler war ein Punk.«

»Das stimmt mich auch nachdenklich«, pflichtete Hannah

ihr bei. »Ein Serientäter ist ja im Normalfall auf einen bestimmten Typ fixiert. Das Einzige, was hier übereinstimmt, ist das Alter. Alle so um die zwanzig.«

»Also wurden die Frauen nicht gezielt ausgesucht, sondern willkürlich ausgewählt«, meinte Herbrecht. »Das macht die Sache nicht gerade einfacher.«

»Was haltet ihr denn von Wenglers Theorie, dass die Frau von der siebten Vermisstenanzeige auch zu diesem Fall gehört?«, fragte Hannah nach einem Augenblick.

»Da könnte er recht haben«, sagte Samira. »Sie passt sowohl vom Alter als auch aufgrund der Tatsache, dass ihr letztes Lebenszeichen laut Vermisstenanzeige aus Schleswig-Holstein kam.«

»Aber dann hätte der anonyme Anrufer doch auf sie hingewiesen«, warf Herbrecht ein. »Denn er wollte doch ganz offensichtlich, dass die toten Frauen gefunden wurden. Dann müsste ihm doch erst recht daran gelegen sein, eine Frau, die noch irgendwo gefangen gehalten und gequält wird, zu retten.«

»Vielleicht hat er nichts von ihr gewusst«, gab Gehlberg zu bedenken.

Hannah überlegte. »Okay«, sagte sie, »dann lasst uns doch mal überlegen, mit wem wir es bei dem anonymen Anrufer zu tun haben könnten.« Sie blickte in die Runde »Vorschläge?«

»Eine außenstehende Person, die durch Zufall etwas mitbekommen hat«, überlegte Herbrecht und verwarf den Gedanken gleich wieder. »Nee, das kann nicht angehen. Wenn da eine Leiche begraben worden wäre, hätte das vielleicht ein zufällig vorbeikommender Spaziergänger gesehen haben können. Aber bei sechs Leichen wäre das dann doch zu unwahrscheinlich.«

Hannah schenkte sich einen neuen Kaffee ein, in der Hoffnung, den beginnenden Kopfschmerz damit in Schach halten zu können. Sie trank einen großen Schluck und lehnte sich im Stuhl zurück. In Gedanken vertieft starrte sie aus dem Fenster, hinter dem dunkle Wolken über einen bleigrauen Himmel jagten. Das Wetter erschien ihr mit einem Mal wie ein Abbild des Falls und ihrer Stimmung.

Was hatte es mit der siebten Vermissten auf sich? Gehörte sie zu ihrem Fall? Falls dem wirklich so sein sollte, mussten sie sie so schnell wie möglich finden.

Die Frage war nur, wo.

***

Olaf Reinders war so frustriert wie schon lange nicht mehr, als er und der Rest der Truppe am späten Abend in die BKI zurückkehrten. »Nichts«, sagte er zu Wengler, nachdem dieser alle Kollegen bis auf die seines Teams nach Hause geschickt hatte. »Kein einziger Hinweis bisher.«

»Seid ihr mit den Befragungen durch?«, wollte Wengler wissen.

Edwin Karcher, der ebenfalls mit rausgegangen war, schüttelte den Kopf. »Noch nicht, morgen werden wir noch brauchen.«

»Mit wem habt ihr denn bisher gesprochen?«, fragte Frida.

»Querbeet. Wir haben uns die Einzel- und Mehrfamilienhäuser vorgenommen und natürlich die umliegenden Gehöfte. Die hatten ja oberste Priorität, denn den anderen dürfte kaum ein Acker gehören. Allerdings haben wir noch nicht alle durch.« Er warf einen Blick auf seine Armbanduhr und sah dann Wengler an. »Wenn nichts weiter ist …«

Sein Vorgesetzter machte eine auffordernde Geste. »Bis morgen.« Er nickte ihm aufmunternd zu, und Reinders war froh, dass er sich vor einigen Wochen doch entschlossen hatte, ihm von der belastenden häuslichen Situation zu erzählen. Die anderen Kollegen wussten noch nicht, dass sein neunjähriger Sohn Jonas an einem Non-Hodgkin-Lymphom erkrankt war, einer bösartigen Erkrankung des Lymphsystems. Reinders' Frau Elke führte eine Anwaltskanzlei, aus der sie sich nach

Bekanntwerden der Diagnose erst einmal zurückgezogen hatte, um für den Jungen da zu sein. Reinders war sich immer im Klaren darüber gewesen, dass er ebenfalls seinen Anteil bei der Betreuung leisten müsste, aber in seinem Job ging es nicht so einfach mit einer längeren Beurlaubung, außerdem musste ja auch einer das Geld verdienen. Wengler hatte allerdings zugesichert, dass er ihm den Rücken freihalten würde.

In den Fenstern des Einfamilienhauses, das ganz in der Nähe von dem der Wenglers lag, brannte kein Licht. Als Reinders auf die Auffahrt fuhr, gingen die Bewegungsmelder an, und der Eingang des Hauses wurde von taghellem Licht geflutet. Er sprang über die Blumenrabatte, die die Auffahrt vom steinernen Gehweg trennte, und wäre um ein Haar über die Nachbarskatze gestolpert, die sich auf ihrer nächtlichen Tour durch die Gärten befand.

»Mensch, Mieze, du wirst mich noch mal zu Tode erschrecken!« Die Katze hieß tatsächlich Mieze, ein bescheuerter Name, wie Reinders fand.

Im Haus war es still. Reinders hängte seine Jacke an die Flurgarderobe und ging ins Wohnzimmer. Es war leer. War Elke schon ins Bett gegangen? Das war doch normalerweise noch gar nicht ihre Zeit. Er wollte gerade die Tür zum Schlafzimmer öffnen, als er ein leises Weinen aus dem Inneren des Raumes vernahm. Er riss die Tür auf. »Elke?«

Seine Frau lag zusammengekrümmt auf dem Bett, ihr Körper zuckte.

»Ist was mit Jonas?« Der erste Zyklus der Chemotherapie war durch, am Vormittag hatte eine Nachfolgeuntersuchung angestanden. Elke hatte versprochen anzurufen, falls es irgendwelche Hiobsbotschaften gebe, aber da sie sich nicht gemeldet hatte, war Reinders davon ausgegangen, dass alles in Ordnung sei. Sofern man so etwas bei einer Krebserkrankung sagen konnte. Kalter Schweiß brach ihm aus, und er wollte nach nebenan in Jonas' Zimmer eilen, aber die Stimme seiner Frau hielt ihn zurück.

»Lass ihn!« Sie hatte sich im Bett aufgerichtet und wischte die Tränen von ihrem Gesicht. »Er ist endlich eingeschlafen.« Reinders fiel ein Stein vom Herzen. »Ich will ihn nur kurz sehen, ich bin auch ganz leise.«

Jonas lag auf der Seite, den langjährigen Lieblingsteddy im Arm, von dem er vor seiner Krankheit nichts mehr hatte wissen wollen, weil er, O-Ton, mittlerweile zu alt für diesen Kinderkram sei. Jetzt schien der Teddy ihm wieder Trost zu geben, wie immer in der Vergangenheit, wenn Jonas mit aufgeschürften Knien oder anderen Malaisen nach Hause gekommen war. Tja, das gibt es heute wirklich noch, hatte Reinders immer voller Stolz gedacht, Kinder, die sich draußen zum Spielen verabredeten und nicht den halben Tag in den Computer oder auf ihr Smartphone starrten. Wenn sie auch immer seltener wurden.

Er trat ans Bett und strich Jonas über die Wange. Jetzt, im Schlaf, sah das Gesicht des Jungen friedlich aus. Seine Haare waren schnell ausgefallen. Wann immer er ein neues Büschel in den Händen hielt, hatte er versucht, tapfer zu sein und coole Sprüche zu bringen. Es war für sie beide kaum zu ertragen gewesen, wenn sie mit ansehen mussten, wie er sich vor ihnen zusammenzureißen versuchte.

Reinders zog die Bettdecke hoch, die Jonas wie so häufig im Schlaf von sich gestrampelt hatte, und verließ nach einem letzten Blick auf seinen Sohn das Zimmer, um zu seiner Frau zurückzukehren.

»Was ist denn los, Elke? Gibt es doch schlechte Nachrichten aus dem Krankenhaus?« Er legte sein Jackett auf einem der beiden Stühle ab und setzte sich neben sie.

Seine Frau strich die braun gelockten Haare aus ihrem Gesicht, und Reinders dachte wieder einmal, wie schön sie doch war. Ihr Bademantel klaffte auseinander und gab den Blick auf den Ansatz ihrer Brüste und straffe Schenkel frei. Mit fünfundvierzig Jahren hatte sie noch immer den schlanken Körper einer jungen Frau. Er spürte ein jähes Begehren und schämte sich im nächsten Moment dafür, weil er es als unangemessen empfand angesichts ihrer momentanen Situation. Als er ihre Hand ergreifen wollte, wich sie zurück.

»Elke! Was ist los?«

»Ich kann nicht mehr! Das ist los!« Sie krabbelte auf seine Seite des Bettes, zog die Knie an die Brust und schlang ihre Arme darum. Die Tränen begannen wieder zu fließen. »Jeden Tag diese entsetzliche Angst, ich halte das nicht mehr aus.«

Hilflos sah Reinders sie an. Es war das erste Mal seit Jonas' Erkrankung, dass sie ihren Gefühlen freien Lauf ließ. Elke war eine äußerst beherrschte Frau, die sich selten gehen ließ. Was ihn immer mit Dankbarkeit erfüllt hatte, da er ebenso wenig ein Tröster war wie sie. Sie kannten sich seit dreizehn Jahren, waren jetzt zehn davon verheiratet und hatten bisher weder große Höhen noch Tiefen durchlebt. Zwei gefühlsarme Menschen, die nach Jahren des getrennten Zusammenseins beschlossen hatten, den Weg gemeinsam fortzusetzen. Ja, sie liebten sich, aber auf eine distanzierte Art und Weise, die ihnen beiden genügte. Hatte Reinders gedacht, bis die Geburt seines Sohnes ihm aufgezeigt hatte, was Liebe wirklich bedeutete.

»Jonas wird es schaffen, da bin ich mir sicher. Unser Sohn ist stark.«

»Meine Assistentin hat angerufen«, sagte Elke übergangslos. Sie wischte sich ein weiteres Mal die Tränen vom Gesicht und sah ihn mit einem festen Blick an. Der abrupte Thema- und Gefühlswechsel verwirrte Reinders.

»Ich muss ein Mandat übernehmen. Ein wichtiger Klient, der uns über Jahre erhalten bleiben könnte, wenn ich es richtig anpacke. Diese Chance kann ich mir nicht entgehen lassen.«

»Aber ... aber ...« Reinders fehlten die Worte, so überrascht war er. »Und wer kümmert sich um Jonas?«

»Du!«

»Aber das geht nicht! Wir haben einen neuen Fall, ich kann jetzt unmöglich Urlaub nehmen.«

»Ich konnte es doch auch!«

»Aber das ist doch etwas anderes, Elke. Die Kanzlei gehört dir, da ist das unproblematisch. Aber ich –«

»Aber langsam wird meine Abwesenheit zum Problem«, fiel sie ihm ins Wort. »Weil es Fälle gibt, die ich meinen Mitarbeitern nicht überlassen kann und will. Weil sie zu wichtig sind und der Kanzlei viel Geld einbringen werden.«

Reinders sah sie entgeistert an. »Wie kannst du in der jetzigen Situation an Geld denken? Unser Sohn ist schwer krank.«

»Ja, genau deshalb denke ich an Geld. Weil wir damit nämlich Sonderbehandlungen für Jonas bezahlen können, für die keine Krankenkasse die Kosten übernehmen würde. Mit deinem mickrigen Gehalt schaffen wir das nämlich nicht.« Sie stieg aus dem Bett und zog den Gürtel ihres Bademantels zusammen. »Ich werde am Montag wieder in die Kanzlei gehen. Und ich erwarte von dir, dass du dich um Jonas kümmerst.«

Tag 4

Es war ihr unmöglich, sich zu rühren. Wann immer sie es versuchte, schnürte ihr das Hufeisen um den Hals die Luft ab. Die Kette hatte zwar etwas Spiel, aber dieses Mal war sie so stramm gezurrt, dass sich ihr Kopf direkt an der Wand neben dem Befestigungshaken befand.

Sie versuchte, sich der Panik zu erwehren, aber es war vergebens. Ihr Herz pumpte in viel zu schnellen Schlägen, die Übelkeit verstärkte sich.

Als sie das langsam näher kommende grollende Geräusch vernahm, brach ihr der kalte Schweiß aus. Sie wusste, was es zu bedeuten hatte und dass sie ihrem Schicksal nicht entfliehen konnte.

Die Umrisse des Zuges schälten sich aus der Dunkelheit. Unaufhaltsam kam er näher, ein schrilles Warnsignal ertönte. Geblendet schloss sie die Augen und begann zu hecheln. Ihr Körper zuckte unkontrolliert, ihre nackten Füße schabten hektisch über den Boden.

Svens Gesicht neben ihr, auf einmal, ganz nah. Er lächelte.

»Kommst du mich holen?«, flüsterte sie. »Ich vermisse dich so sehr.«

Die Konturen seines Gesichts zerflossen, lösten sich auf. Sie schrie, als der Zug über sie hinwegdonnerte …

Die Decke lag auf dem Boden, als Hannah im Bett hochfuhr. Sie keuchte und blickte sich im Zimmer um, von Panik erfüllt. Erst als ihr bewusst wurde, dass sie sich in ihrer vertrauten Umgebung befand, beruhigte sich ihr Herzschlag wieder.

In der ersten Zeit nach Svens Suizid hatte sie der Traum jede Nacht heimgesucht. Später war es weniger geworden, aber in Stresssituationen meldete er sich zurück. Die Variante, in der sie angekettet war, hatte sich allerdings zum ersten Mal eingeschlichen.

Sie stand auf und tappte auf nackten Sohlen in die Küche, um sich ein Glas Wasser einzugießen. Hastig stürzte sie es hinunter und schaute auf die Uhr über der Tür.
Kurz vor drei.
Fast jede Nacht wachte sie um diese Zeit auf und fand dann für Stunden nicht in den Schlaf zurück. Sie hatte es mit warmer Milch mit Honig und Baldriantabletten versucht, aber trotzdem waren ihr nur wenige Nächte vergönnt, in denen sie durchschlafen konnte.
Im Wohnzimmer hörte sie den Regen gegen die Fensterscheiben prasseln. Als sie eine der Übergardinen zur Seite zog und einen Blick nach draußen warf, sah sie, wie die Äste der Bäume sich tief unter den Sturmböen beugten, die das Land seit dem Abend überzogen. Der erste Herbststurm, früher als in den Vorjahren. Sie hasste dieses Wetter, die dunkle Jahreszeit ganz allgemein, war immer ein Sommertyp gewesen.
Der Gedanke an eine siebte Frau, die womöglich noch irgendwo gefangen gehalten wurde, kehrte zurück. Sie hatten noch lange diskutiert und waren sich im Klaren darüber gewesen, dass sie hier erst weiterkommen würden, wenn die sechs Leichen identifiziert wären und ein Name übrig bliebe, bei dem sie ansetzen könnten.
Dass die bisherigen Befragungen noch kein Resultat erbracht hatten, hatte Wengler ihr mitgeteilt. Auch, dass mittlerweile die Eltern aller sechs Frauen kontaktiert worden waren, Professor Ovens der Zahnstatus von allen vorlag und das Ergebnis im Laufe des heutigen Tages erwartet wurde.
Die Zusammenarbeit mit Wengler war bisher problemlos verlaufen. Er leitete neue Erkenntnisse umgehend an sie weiter und hatte bis jetzt noch nicht den Besserwisser herausgekehrt. Hoffentlich blieb das so. Sie hatte sich insgeheim gewundert, dass er ihre Abteilung angefordert hatte, da er ihrer Einschätzung nach eher zu dem Typ Kripobeamter gehörte, der gern den Hut aufhatte und es nicht schätzte, wenn andere ihm in seine Arbeit reinredeten. Sie hatte dieses Verhalten bei anderen

Kommissariatsleitern kennengelernt, die sich schlichtweg weigerten, die OFA von Anbeginn hinzuzuziehen, weil sie der Meinung waren, dass sie schließlich genug eigene gute Leute hätten. Das stimmte natürlich in den meisten Fällen, aber gerade bei außergewöhnlichen Delikten hatte sich die andere Herangehensweise einer OFA-Abteilung häufig als richtungsweisend gezeigt. Aber der Erfolgsdruck war hoch, und so wollte sich jeder einen Ermittlungserfolg nach Möglichkeit an die eigene Brust heften.

Das Zittern überfiel sie unvermittelt. Sie sank auf das Sofa und hüllte sich in die flauschige Wolldecke, die über der Lehne lag.

Waren die körperlichen Symptome der letzten Tage ein Indiz dafür, dass sie doch zu früh in den Job zurückgekehrt war? Ihr Arzt hielt sie noch immer nicht für stabil genug, hatte aber schließlich ihrem Drängen nachgegeben, die Arbeit wieder aufnehmen zu dürfen. Sie war davon überzeugt gewesen, dass sie ihre Krise überwunden hatte. Außerdem hieß es doch, dass Arbeit die beste Medizin sei. Sie konnte sich nicht ewig in dem Ferienhaus in Dänemark verkriechen, und hier, in ihrer Wohnung, würde ihr nach kurzer Zeit ebenfalls die Decke auf den Kopf fallen.

Ihr Blick flog zum Schreibtisch, zur untersten Schublade. Dort lag eine weitere Packung des Psychopharmakons, und sie war noch voll. Sie hatte sich zwar geschworen, den Ausrutscher von gestern auszubügeln, indem sie erst übermorgen die nächste Tablette einnehme, beschloss aber in diesem Moment, ihre guten Vorsätze über den Haufen zu werfen. Es ging im Augenblick eben nicht anders. Basta! Sie erhob sich, ließ die Wolldecke fallen und ging zum Schreibtisch hinüber, wo sie die Schublade aufzog und darin herumzufingern begann.

Wo waren die Tabletten?

Sie kniete sich nieder und leerte den Inhalt der Schublade auf den Boden. Irgendwo mussten sie doch sein, verdammt! Es dauerte einen Augenblick, bis sie begriff, dass ihre Suche vergebens war. Voller Hektik nahm sie sich daraufhin die anderen Schubladen vor, aber auch hier: nichts.

Einen Augenblick lang starrte sie orientierungslos vor sich hin. Wie war das möglich? Sie war überzeugt davon gewesen, dass sich noch ein Vorrat im Haus befand, andernfalls hätte sie doch niemals die letzte Tablette aus ihrer Handtasche geschluckt.

Oder lag die Packung vielleicht an einem anderen Platz?

Hannah stand auf. Aber auch im Arzneischränkchen im Bad fand sie nichts. Ebenso wenig im Schlafzimmer und in der Küche. Sie versuchte sich der aufsteigenden Panik zu erwehren. Um acht öffnete die Praxis ihres Hausarztes. Sie würde ihm erklären, warum es mit dem Reduzieren der Dosis im Moment doch noch nicht so klappte, wie sie es abgesprochen hatten, und um ein neues Rezept bitten. Nein, dachte sie, das geht nicht, wenn er hört, wie fertig mich meine Arbeit gerade macht, schreibt er mich sofort wieder krank.

Ich muss mir etwas anderes einfallen lassen …

***

Wengler war bereits um halb sieben im Büro. Der Sturm hatte ihn wach gehalten, weil ihm ein morscher Baum im Garten zum Opfer gefallen war, der zwei Außenlaternen mitgerissen und für einen Stromausfall gesorgt hatte. Es hatte einige Zeit gedauert und Wengler mehrere schmerzhafte Bekanntschaften mit spitzen Tischkanten beschert, bis er in einer Kommode Kerzen gefunden und angezündet und wieder alles zum Laufen gebracht hatte. Danach war er hellwach gewesen und hatte sich nicht noch einmal hingelegt, sondern den aufgefrischten Inhalt seines Kühlschranks betrachtet und sich ein ausführliches Frühstück gegönnt, zu dem er während eines laufenden Falls nur äußerst selten kam. Dermaßen gestärkt, hatte er den entwurzelten Baum einer ausführlichen Inspektion unterzogen und beschlossen, für das Zersägen und den Abtransport einen

Gärtner kommen zu lassen. Manche Dinge musste man einfach delegieren, schließlich konnte er sich nicht zweiteilen.

Am Vorabend hatte er Petra dann doch noch erreicht, Kristina war bereits im Bett gewesen. Seine Frau hatte gestresst geklungen, auf seine Nachfrage aber erwidert, es sei alles in Ordnung, sie sei nur müde von dem langen Tag an der frischen Luft und werde sich auch gleich hinlegen. Petra hatte das Gespräch ziemlich schnell beendet, und für einen Moment hatte er den Eindruck gehabt, dass sie ihn abwimmeln wollte. Aber dann hatte er sich einen Idioten geschimpft, denn welchen Grund hätte sie dafür haben sollen?

Das Smartphone begann zu klingeln, und eine erschöpft klingende Stimme drang an Wenglers Ohr. »Moin, Herr Wengler.«

»Professor! Sie klingen, als ob Sie die Nacht durchgearbeitet hätten.«

Ovens stieß ein heiseres Lachen aus. »Das habe ich in der Tat, denn bei manchen Dingen lege ich lieber selber Hand an.«

Wengler wusste, dass der Prof ein Perfektionist war, der zwar große Stücke auf seine Mitarbeiter hielt, aber trotzdem eine Reihe von Dingen nicht aus der Hand gab. In dieser Hinsicht waren sie sich sehr ähnlich, ebenso wie in ihrer Leidenschaft für ihren Beruf. Wenn sie das Rentenalter erreichten, würde man sie aus ihren Jobs prügeln müssen. »Haben Sie eine gute Nachricht für mich, Professor?«

»Ja«, sagte Ovens und klang augenblicklich lebhafter. »Sie hatten mir ja Informationen über sieben vermisste Frauen zukommen lassen. Bei den aufgefundenen Leichen handelt es sich um sechs dieser Frauen. Lea Ahlfeldt, Marie Hinze, Johanna Bensin, Nina Keppler, Ricarda Sievers und Leonie Scheffler.«

Wengler hatte alle sieben Namen im Kopf und überschlug sie blitzschnell. Kim Förster, die ebenfalls in das Muster passte, war also nicht unter den Toten. Hieß das, dass sie noch irgendwo gefangen gehalten wurde? War sie womöglich ebenfalls tot und an einem anderen Ort vergraben worden? Oder hatte sie überhaupt nichts mit dem Fall zu tun? Wie schon zuvor sagte ihm sein Instinkt, dass sie etwas damit zu tun hatte.

»Danke, Professor! Sie haben was gut bei mir!«

Ovens lachte. »Na, dann werde ich mir mal was überlegen. Ich schicke Ihnen die Ergebnisse zu.«

Wengler rief die Vermisstenanzeigen auf und sah sich die Wohnorte der Frauen an. Die Eltern von Lea Ahlfeldt in Glücksburg würde er aufsuchen, weil er sich beim derzeitigen Ermittlungsstand keine längere Abwesenheit von seinem Arbeitsplatz erlauben konnte. Die Mutter von Nina Keppler in Hamburg könnte Birte übernehmen, und Karcher würde er nach Bremen schicken, um die Eltern von Kim Förster zu befragen. Diese Befragung hatte jetzt oberste Priorität, da sie hier hoffentlich Dinge erfahren würden, aufgrund derer sie eine gezielte Suche nach der jungen Frau einleiten konnten. Reinders und Frida wollte er hier behalten für den Fall, dass etwas Unvorhergesehenes eintreten sollte. Somit würden vier der zusätzlichen Kollegen nach Frankfurt, München, Celle und Boltenhagen reisen müssen, um die dortigen Befragungen durchzuführen.

Er warf einen Blick auf die Wanduhr. Halb acht. Noch zu früh, um bei den Eltern anzurufen und sie über die anstehenden Besuche zu informieren, aber sie hatten keine Zeit zu verlieren. Trotzdem entschloss er sich, noch eine Stunde zu warten.

Das Überbringen von Todesnachrichten gehörte zu den schlimmsten Dingen in ihrem Job. Es setzte ihm ebenso wie seinen Kollegen zu, weil man mit einer Vielzahl unterschiedlichster Emotionen konfrontiert wurde. Trauer, Entsetzen, Hass, Wut, Schuld, es kostete Kraft, all diese Gefühlsregungen auszuhalten und nach Möglichkeit auch noch Trost und Zuspruch zu vermitteln.

Beim erneuten Blick auf die Uhr waren gerade mal fünf Minuten vergangen. Wengler erhob sich und verließ das Büro, um in der Küche die Kaffeemaschine anzustellen. Als er einen Filter aus dem Hängeschrank holte, hörte er Schritte auf dem

Flur, und kurze Zeit später steckte Frida ihren blonden Schopf zur Tür herein.

»Du bist ja schon da!«

Er erzählte ihr von Ovens' Anruf. »Teambesprechung in einer halben Stunde. Ruf bitte alle zusammen.«

»Okay.« Sie trat neben ihn und machte Anstalten, ihm die Kaffeekanne aus der Hand zu nehmen, die er gerade mit Wasser gefüllt hatte. »Lass mich das machen.« Ihre Hand streifte seine.

»Ich bin durchaus in der Lage, Kaffee zu kochen.« Er zog die Kanne zurück und füllte das Wasser in die Kaffeemaschine.

»Oh, Entschuldigung.« Sie sah ihn mit schräg gelegtem Kopf an. »Warum bist du so schlecht gelaunt?« Ihr Blick hatte etwas Herausforderndes.

»Ich bin nicht schlecht gelaunt!«

»Bist du doch. Jedenfalls mir gegenüber. Du raunzt mich nämlich in letzter Zeit häufiger an. Gibt's dafür einen Grund?«

Vielleicht sollte er die Gelegenheit nutzen. Wengler löffelte Kaffeepulver in den Filter, stellte die Maschine an und drehte sich zu Frida herum. »Ich möchte dich bitten, deine Flirtversuche in Zukunft zu unterlassen. Die Kollegen könnten das in den falschen Hals bekommen.«

Er wusste nicht, mit welcher Reaktion er gerechnet hatte, auf das herzhafte Lachen, in das Frida jetzt ausbrach, war er sicher nicht gefasst gewesen.

»Ich flirte gerne, Chris, das weißt du doch.«

»Aber bitte nicht mit mir!«

»Du bist ein attraktiver Mann, Chef, warum sollte ich bei dir eine Ausnahme machen?«

»Weil ich, wie du gerade so richtig sagtest, dein Chef bin.« Er hatte doch gewusst, dass er bei diesem Gespräch den Kürzeren ziehen würde, und überlegte jetzt krampfhaft, wie er es ohne Gesichtsverlust beenden konnte. »Es gehört sich einfach nicht!«

»Also wirklich, Chris, jetzt klingst du wie ein alter Mann.«

Ja, danke, nachdem die Worte heraus gewesen waren, war es ihm selbst bewusst geworden.

»Frida, nimm endlich Vernunft an! Privat kannst du flirten, mit wem du willst, aber bitte nicht im Dienst! Ich habe keine Lust auf Konflikte.«

»Dann sollten wir uns vielleicht einmal privat treffen ...« Jetzt lag die pure Verführung in ihrem Blick, und sie rückte noch etwas näher an ihn heran.

Du meine Güte, was sollte das? Baggerte sie ihn etwa gerade an? Er hatte keine Ahnung, ob sie zurzeit liiert war, und es interessierte ihn auch nicht sonderlich, er wusste nur, dass er sich angesichts ihres Verhaltens gerade vollkommen hilflos fühlte. »Das werden wir mit Sicherheit nicht!« Er trat einen Schritt zurück.

Sie zwinkerte ihm zu, erwiderte aber nichts.

»Haben wir uns verstanden, Frida?«

»Ja, Chef!« Sie lachte und deutete eine Salutbewegung an, dann verließ sie die Küche in Richtung ihres Büros.

Verwirrt blickte Wengler ihr nach.

***

Als Reinders beim Betreten von Wenglers Büro mit den Worten »Good news!« empfangen wurde, hegte er für einen Moment die wilde Hoffnung, dass es ihnen vielleicht doch gelingen würde, den Fall in den nächsten Tagen zu lösen.

Elkes Ultimatum hatte ihm den Boden unter den Füßen weggezogen. Drei Tage noch, dann wollte sie wieder in die Kanzlei gehen. Er hatte ihr Verantwortungslosigkeit vorgeworfen und als Retourkutsche zu hören bekommen, dass er doch genau das gleiche Verhalten an den Tag lege, wenn er sich mit dem Hinweis auf seinen Job der Aufsicht und Pflege seines Sohnes entziehe und die ganze Verantwortung weiterhin auf ihren Schultern laste. Diesen Schuh hatte er sich anziehen müssen. Und die ganze Zeit war er überzeugt davon gewesen, dass das Krankenhaus doch auf Spezialbehandlungen gedrungen hatte, was Elke vehement abstritt. Sie habe sich nur im

Internet informiert und gesehen, dass es eben noch diverse Behandlungsmöglichkeiten im Ausland gebe. Erst ein Anruf in der Klinik am frühen Morgen hatte ihm die Gewissheit gebracht, dass sie die Wahrheit gesagt hatte. Aber da war die Atmosphäre schon so vergiftet gewesen, dass sie kaum noch ein Wort gewechselt hatten.

»Konnte der Besitzer des Ackers ermittelt werden?«

Wengler schüttelte den Kopf und erhob sich von seinem Stuhl. »Nein, aber Ovens hat angerufen. Er hat die Nacht durchgearbeitet und mir vorhin mitgeteilt, dass es sich bei den aufgefundenen Frauen um die aus den Vermisstenanzeigen handelt. Lass uns nach nebenan gehen, die Teambesprechung fängt gleich an.«

Bei der Aufgabenverteilung hörte Reinders nur mit einem Ohr zu. Krampfhaft überdachte er noch einmal die bereits in der Nacht erwogenen Möglichkeiten, die ihm wegen der Betreuung von Jonas blieben.

Wenn sie Glück hatten, würden sie den Fall in den nächsten drei Tagen lösen. Danach würde zwar ein Rattenschwanz an administrativer Arbeit folgen, aber vielleicht stellte Wengler ihn trotzdem frei.

Wenn sie Pech hatten, und das war die wahrscheinlichere Variante, brauchten sie länger, und dann würde für Jonas eine Betreuung vonnöten werden, die Reinders nicht erst auf den letzten Drücker, sondern umgehend organisieren musste.

Seine Eltern kamen nicht in Frage. Sie waren alt und gesundheitlich angeschlagen, weshalb er ihnen diese Aufgabe nicht zumuten wollte.

Blieb seine Schwester. Veras Tochter war aus dem Haus, sein Schwager mittlerweile im Vorruhestand und ganztägig mit seinen heiß geliebten Modelleisenbahnen beschäftigt. Reinders wusste, dass seine Schwester sich häufig langweilte und über eine Aufgabe freuen würde.

Als sich die Kollegen plötzlich erhoben und Anstalten machten, den Raum zu verlassen, sah Reinders verwundert auf.

Wengler trat zu ihm. »Komm bitte noch mal in mein Büro.«
Reinders folgte ihm und schloss die Tür hinter sich.
»Wo warst du denn eben?«, fragte Wengler.
Reinders seufzte und erzählte ihm von dem Ultimatum seiner Frau und seinen daraus resultierenden Überlegungen. »Ich kann Elke ja verstehen«, sagte er abschließend. »Sie hat sich jetzt so lange um Jonas gekümmert und ihre Kanzlei vernachlässigt, da bin ich natürlich auch mal dran.«
»Ich kann hier aber nicht auf dich verzichten, solange die Ermittlungen nicht abgeschlossen sind, Olaf.«
»Das weiß ich.«
»Glaubst du denn, dass sich deine Schwester um Jonas kümmern würde?«
»Mit Sicherheit. Ich rufe sie gleich an und warne sie vor.« Er sah Wengler an. »Für was hast du mich denn jetzt eingeteilt? Sorry, aber ...«
»Ist schon okay. Birte wird nach Hamburg fahren und vier der weiteren Kollegen zu den anderen Eltern. Am wichtigsten ist im Moment die Befragung von Kim Försters Eltern. Da werde ich Eddie hinschicken. Wenn wir Glück haben, bekommen wir von ihnen Hinweise, mit denen wir eine gezielte Suche nach ihr einleiten können. Dich und Frida möchte ich hierbehalten. Wir sind noch nicht mit der Überprüfung aller Personen fertig und auch noch keinen Schritt weiter, was die Hufeisen und Kreuze anbelangt. Außerdem hoffe ich immer noch, dass dieses verdammte Grundbuchamt endlich herausfindet, wer der Besitzer des Ackers ist. Dann hätten wir nämlich keine Zeit zu verlieren.«
»Und was machst du?«
»Mensch, Olaf, du warst aber wirklich ganz weit weg. Ich rufe jetzt die Eltern von Lea Ahlfeldt an und mache mich dann auf den Weg nach Glücksburg.«

**

Das Ehepaar, das vor ihm saß, gab sich große Mühe, gefasst zu bleiben, aber es war deutlich erkennbar, welch übermenschliche Anstrengung es sie kostete. Heide und Günter Ahlfeldt saßen dicht beieinander auf dem Sofa ihrer in die Jahre gekommenen Doppelhaushälfte in der Nähe des Glücksburger Schlosses und hielten sich fest an den Händen.

Wengler hatte sich vorgenommen, die Eltern so gut es ging zu schützen, wusste aber aus Erfahrung, dass ein solches Vorhaben selten in die Tat umzusetzen war, weil die meisten Angehörigen wissen wollten, was mit ihren Lieben passiert war. Egal, wie schlimm es war und wie sehr es ihnen zusetzen würde. Und so hatte er Leas Eltern bisher nur erzählt, dass sie die aufgefundenen sterblichen Überreste aufgrund des Zahnstatus hätten identifizieren können und es sich zweifelsfrei um ihre Tochter Lea handelte.

Als Günter Ahlfeldt allerdings nach einigen Momenten des Schweigens die Frage stellte, wie ihre Tochter umgekommen sei, wurde Wengler klar, dass die nächsten Stunden nicht einfach werden würden. Leas Vater hatte sich im Sofa aufgerichtet und sah ihn mit festem Blick an. »Als Ihre Kollegen uns neulich um die Adresse von Leas Zahnarzt baten, haben wir nur erfahren, dass eine weibliche Leiche aufgefunden wurde und es sich um unsere Tochter handeln könnte. Auf weitere Fragen haben wir keine Antwort erhalten, man verwies uns auf die laufenden Ermittlungen und bat um unser Verständnis. So etwas sagt sich leicht, wenn es sich nicht um das eigene Kind handelt.« Ahlfeldt war laut geworden. »Deshalb erwarte ich von Ihnen jetzt eine vollständige Aufklärung. Es ist unser Recht als Eltern, zu erfahren, was mit Lea passiert ist …« Seine Stimme brach, er sackte in sich zusammen und barg den Kopf in den Händen. Sein massiger Körper bebte, ein mühsam unterdrücktes Schluchzen war zu vernehmen.

»Ssscht, Lieber.« Heide Ahlfeldt strich über seine eisgrauen Haare, und als sie zu Wengler herüberschaute, sah er die Tränen in ihren Augen. Sie war eine schöne Frau, Wengler schätzte sie auf Anfang sechzig, mit einer grazilen Figur, einem blonden Pagenkopf und warmen braunen Augen.

»Natürlich ist das Ihr Recht«, sagte er. »Ich werde alle Ihre Fragen beantworten. Ich muss Sie allerdings darauf hinweisen, dass es nicht leicht für Sie werden wird.«

Ahlfeldt richtete sich auf und ergriff wieder die Hand seiner Frau. Sie tauschten einen Blick, und sie nickte. »Wir müssen es wissen. Verstehen Sie das?«

»Ja«, sagte Wengler, auch wenn er sich nicht sicher war, ob er es wirklich verstand. Wenn es Kristina gewesen wäre, die sie dort ausgegraben hätten, hätte er dann wirklich wissen wollen, wie sie zu Tode gekommen war? Der Gedanke war so grauenhaft, dass ein Schauer über seinen Rücken lief.

Ahlfeldt wiederholte seine Frage. »Wie ist unsere Tochter ums Leben gekommen?«

»Das lässt sich jetzt leider nicht mehr feststellen«, sagte Wengler.

»Wieso nicht?«, fragte Ahlfeldt nach einem Augenblick.

»Weil der Todeszeitpunkt zu lange zurückliegt.«

Ovens hatte vermutet, dass alle Frauen erdrosselt worden waren, aber dieses Detail wollte Wengler den Ahlfeldts ersparen. Es war so schon schwer genug für sie, und sie hatten noch längst nicht alles erfahren.

»Und wo hat man sie gefunden?«

Als Ahlfeldt hörte, was Wengler zu berichten hatte, und erfuhr, dass auf dem Acker noch fünf weitere Frauen begraben gewesen waren, wurde er noch blasser.

»Sechs Frauen?«, stammelte seine Frau. »Aber was ... wie?«

»Wir wissen noch nicht, was geschehen ist«, sagte Wengler.

»Dann haben Sie den Täter also noch nicht gefasst?«, stellte Ahlfeldt fest.

»Nein«, sagte Wengler, »wir stehen erst ganz am Anfang unserer Ermittlungen.«

Heide Ahlfeldt hatte sich wieder gefasst. »Wie sind Sie denn eigentlich darauf gekommen, dass es sich bei der Leiche um

Lea handeln könnte? Lagen irgendwelche Sachen im Grab, die ihr zugeordnet werden konnten?«

Wengler erwähnte die Polaroids, die sie erhalten hatten und die mit den Vermisstenmeldungen abgeglichen worden waren.

»Polaroids?«, fragte Ahlfeldt mit heiserer Stimme. »Wieso hat der Täter Polaroids von seinen Opfern gemacht?«

Weil er sich an ihren Qualen aufgeilt hat. Weil er die Fotos Gleichgesinnten zeigen und sich damit brüsten wollte. Weil er etwas für seine Trophäensammlung brauchte. Wengler gingen einige Überlegungen durch den Kopf, aber er schwieg, und Ahlfeldt fragte zu seiner großen Erleichterung nicht nach.

»Kann ich das Foto sehen?«, kam die Frage von Heide Ahlfeldt.

Wengler schüttelte den Kopf. »Nein, das Foto ist Bestandteil unserer Ermittlungen, das können wir nicht herausgeben.« Ihm grauste bei dem Gedanken, der Frau vielleicht irgendwann das Foto mit dem angstverzerrten Gesicht ihrer Tochter zeigen zu müssen.

»Können Sie denn sagen, seit wann unsere Tochter dort lag?«, fragte Ahlfeldt.

»Unser Rechtsmediziner vermutet, zwischen fünf und sechs Jahre«, sagte Wengler. »Das lässt sich leider nicht genauer feststellen.«

Heide Ahlfeldt sog scharf die Luft ein. »Heißt das, dass Lea nicht gleich nach ihrem Verschwinden, sondern erst später umgebracht wurde?«

»Die Möglichkeit besteht«, sagte Wengler.

Er hoffte inständig, dass sie jetzt nicht weiterbohren würden. Aber seine Hoffnung wurde nicht erfüllt.

»Wurde sie in der Zwischenzeit irgendwo gefangen gehalten?«, fragte Ahlfeldt. »Ich bitte Sie, lassen Sie sich doch nicht jedes Wort aus der Nase ziehen!«

Ich möchte euch doch bloß schützen, dachte Wengler, aber ihm wurde klar, dass er um eine Antwort nicht herumkommen würde. »Bei den letzten beiden Opfern haben wir Anzeichen dafür gefunden, dass sie womöglich in Gefangenschaft gehalten wurden.«

»Was für Anzeichen?«

»Bitte, Herr Ahlfeldt, ersparen Sie sich die Details.«

»Nein, das tue ich nicht! Also, was für Anzeichen?«

Wengler resignierte. »Druckstellen an den Händen und am Hals, die darauf hindeuten, dass sie irgendwo angekettet waren.«

Heide Ahlfeldt schnappte nach Luft, ihre Augen waren weit aufgerissen.

»Wurden Lea und die anderen Frauen auch Opfer sexueller Gewalt?«, fragte Ahlfeldt mit heiserer Stimme.

»Davon ist auszugehen«, sagte Wengler leise.

»Daran ist nur dieser verdammte Arne schuld«, stieß Ahlfeldt nach einem Moment des Schweigens hinter zusammengepressten Lippen hervor.

»Wer?«, fragte Wengler.

»Arne Bakkers, der damalige Freund unserer Tochter. Wenn er wie geplant mit ihr in den Urlaub gefahren wäre, würde Lea noch leben.«

»Das kannst du so nicht sagen, Günter«, wandte seine Frau ein.

»Natürlich kann ich das!«

»Wir benötigen Ihre Unterstützung«, sagte Wengler und sah die beiden eindringlich an. »In der Vermisstenanzeige steht, dass Sie Ihre Tochter sechs Tage nach ihrem Urlaubsantritt als vermisst gemeldet haben. Würden Sie mir bitte ganz genau schildern, was damals passiert ist? Jedes Detail ist wichtig.«

Heide Ahlfeldt atmete tief aus. »Lea wollte mit ihrem Freund Arne in den Urlaub fahren. Sie wollten nach Dänemark, zuerst nach Rømø und dann noch ein bisschen weiter die Westküste hoch. Zwei Wochen lang. Einige Tage vor Urlaubsantritt hat Arne dann abgesagt. Er arbeitet in unserer Sparkasse und war damals noch in der Probezeit. Als ein Kollege von ihm einen schweren Autounfall hatte, hat der Filialleiter Arne gebeten, seinen Urlaub zu stornieren. Arne hatte natürlich Angst, dass sie ihn nicht übernehmen, wenn er sich weigert, und hat sich deshalb gegen den Urlaub entschieden. Lea war stinksauer, die beiden haben sich im Streit getrennt.«

»Er ist schuld, dass Lea nicht mehr lebt!«

»Günter, bitte! Weißt du eigentlich, wie es dem Jungen seit Leas Verschwinden geht? Er leidet wie ein Hund, weil er sie damals allein fahren ließ.«

»Geschieht ihm recht! Wir leiden auch! Und er hat sich meines Wissens ja schon lange wieder getröstet.« Ahlfeldt erhob sich und verließ mit schwerfälligen Schritten das Wohnzimmer. Die Tür knallte hinter ihm zu.

»Sie müssen meinen Mann entschuldigen«, sagte seine Frau leise. »Seit Arne eine neue Freundin hat, hat Günter sich auf ihn eingeschossen.«

»Und wie geht es Ihnen damit?«, fragte Wengler vorsichtig.

»Ich kann den Jungen verstehen. Nach Leas Verschwinden hat er jahrelang keine Frau mehr angeschaut. Er hat sich schuldig gefühlt und lange Zeit Mühe gehabt, seinen Alltag zu bewältigen. Vor zwei Jahren hat er dann eine Frau kennengelernt, die ihn aus dem Sumpf, in dem er zu versinken drohte, herausgezogen hat. Ich freue mich für ihn, dass er wieder ins Leben zurückgefunden hat. Er ist jetzt dreißig und wollte immer eine Familie und Kinder haben.«

»Wie lange kennen Sie Herrn Bakkers?«, wollte Wengler wissen.

»Arne? Ach, den kennen wir schon ewig. Lea und er waren bereits als Kinder befreundet, er war für uns wie ein Sohn. Und als die beiden dann zusammenkamen, haben mein Mann und ich uns sehr gefreut.«

»Können Sie mir seine Adresse und Telefonnummer geben?«

»Ja, natürlich, ich schreibe sie Ihnen auf.« Heide Ahlfeldt erhob sich und ging zu einem kleinen Sekretär hinüber, auf dem ein Zettelkasten stand. Als sie zurückkam und Wengler ein Stück Papier mit den erbetenen Angaben reichte, stand eine steile Falte auf ihrer Stirn. »Sie verdächtigen doch jetzt aber nicht den Jungen, oder?«

»Wir müssen mit ihm sprechen, das ist reine Routine«, sagte Wengler.

Ahlfeldt war ins Zimmer zurückgekommen und setzte sich wieder neben seine Frau. »Entschuldigung, aber ...«

»Ich bitte Sie«, sagte Wengler, »Sie müssen sich doch nicht entschuldigen.« Er blickte in seine Unterlagen. »Ihre Tochter ist am 5. Mai 2011 in den Urlaub gefahren, und Sie haben sie am 11. Mai als vermisst gemeldet. Sie hatten dann also offensichtlich vereinbart, dass Lea sich aus dem Urlaub melden würde, oder?«

Heide Ahlfeldt nickte. »Ja, das hatten wir. Mein Mann und ich hatten einen engen Kontakt zu Lea, und sie wusste, dass wir ruhiger sind, wenn sie zwischendurch mal kurz anruft und sagt, dass alles in Ordnung ist.«

»Ist Ihre Tochter mit dem Auto in den Urlaub gefahren?«

»Nein«, sagte Heide Ahlfeldt, »sie hatte noch keinen Wagen und hat deshalb den Bus nach Flensburg genommen. Von dort wollte sie mit dem Zug nach Sylt fahren und die Fähre von List nach Rømø nehmen. Der Zug hatte einen Getriebeschaden, und da erst wieder einer am nächsten Tag fuhr, ist Lea in ein Gästehaus gegangen und hat uns dann am frühen Abend angerufen. Sie hatte zuerst überlegt, für die eine Nacht wieder nach Hause zu kommen, aber das war ihr dann doch zu zeitaufwendig, weil der Zug am kommenden Morgen sehr früh losfahren sollte. Wir hätten sie ja geholt, aber unser Wagen war in der Werkstatt.«

»Hat Ihre Tochter Ihnen den Namen des Gästehauses genannt?«

Heide Ahlfeldt nickte. »Ja, ich hatte sie gefragt. Es heißt ›Fördeblick‹ und liegt auf der Nordseite der Förde. Lea sagte, dass es nicht so teuer sei und dort überwiegend junge Leute absteigen würden.«

Wengler notierte sich die Angabe und sah dann wieder Leas Mutter an. »Wie ging es dann weiter?«

»Gegen acht Uhr am Abend rief sie noch einmal an und erzählte, dass sie in ihrer Unterkunft ein nettes Pärchen kennengelernt habe, das sie am nächsten Tag in seinem Wagen mit nach Rømø nehmen wolle. Ich wollte wissen, was das für Leute seien.« Heide Ahlfeldt sah ihn mit einem verlegenen Lächeln an. »Lea war unser einziges Kind, da ist man vielleicht immer ein bisschen ängstlicher. Aber sie hat nur gelacht und gesagt, sie müsse jetzt Schluss machen, weil sie mit den beiden noch ein bisschen um die Häuser ziehen wolle. Es sei alles in Ordnung, wir sollten uns keine Sorgen machen, sie werde sich dann von Rømø wieder melden. Das war das letzte Mal, dass ich mit meiner Tochter gesprochen habe.« Heide Ahlfeldts Stimme brach.

Wengler ließ ihr Zeit, damit sie sich wieder fangen konnte. Sie hatte nach der Hand ihres Mannes gegriffen, der ihr in einer unbeholfenen Geste über den Arm strich. Wengler hoffte, dass es den beiden gelingen würde, einen Abschluss zu finden, nachdem sie jetzt Klarheit erlangt hatten und ihr Kind begraben konnten. Dass das endgültige Wissen um Leas Tod sie nicht auseinandertreiben würde, sondern sie sich auch weiterhin gegenseitigen Halt geben konnten. »Ein Pärchen, sagen Sie«, hakte er schließlich nach. »Hat Ihre Tochter erwähnt, ob das ein Mann und eine Frau waren oder ein gleichgeschlechtliches Paar?«

Heide Ahlfeldt wirkte für einen Moment irritiert, dann stieß sie ein unsicheres Lachen aus. »Nein, das hat sie nicht. Und wir ... wir sind natürlich davon ausgegangen, dass sie eine Frau und einen Mann meint. Aber nachdem Sie uns jetzt gesagt haben, was mit Lea passiert ist ...« Sie blickte ihn mit einem hilflosen Ausdruck an. »Dann kann sie doch nur zwei Männer gemeint haben. Falls dieses Pärchen für ihren Tod verantwortlich sein sollte. Denn eine Frau würde doch nicht mit einem Mann zusammen andere Frauen entführen und ihnen das antun, was Lea angetan wurde. Oder?« Ihr Blick bettelte um eine Bestätigung ihrer Frage.

Wengler kamen die Taten von Marc Dutroux in den Sinn. Der belgische Sexualstraftäter und Mörder hatte sich in einigen Fällen zusammen mit seiner Frau auf die Jagd nach seinen größtenteils minderjährigen Opfern begeben. Michelle Martin hatte den Wagen gefahren, und mit ihr an seiner Seite war es Dutroux möglich gewesen, die Mädchen oder jungen Frauen anzulocken. Welche Frau ging auch davon aus, dass ihr von einer anderen Frau etwas Böses drohe? »Das ist leider nicht auszuschließen, Frau Ahlfeldt.« Er hielt ihrem fassungslosen Blick nur mit Mühe stand und stellte eine weitere Frage. »Was haben Sie getan, nachdem sich Ihre Tochter nicht mehr gemeldet hat?«

Günter Ahlfeldt fuhr sich über die Augen, er rang ebenso um Fassung wie seine Frau über das eben Gehörte. »Als Lea am nächsten Tag nicht anrief, haben wir versucht, sie auf dem Handy zu erreichen. Es war angeschaltet, aber es ging niemand ran. Wir haben es dann den ganzen Tag weiter versucht, und irgendwann am Abend war das Handy plötzlich ausgeschaltet. Das hat uns stutzig gemacht, und deshalb sind wir zur Polizei gegangen.«

»Das war keine schöne Erfahrung«, fuhr Heide Ahlfeldt fort. »Wir hatten das Gefühl, dass wir als hysterische Eltern wahrgenommen wurden. Unsere Tochter sei doch erst vor zwei Tagen in den Urlaub gefahren, und dass sie sich nicht melde, ja, mein Gott ... sie sei schließlich volljährig und vielleicht ganz froh, endlich mal von zu Hause weg zu sein.«

Wengler hörte aufmerksam zu. Ihm war natürlich die Vorgehensweise in solchen Fällen bekannt. Wer volljährig war, hatte das Recht der freien Aufenthaltswahl. Und wenn nicht gravierende Dinge wie eine Krankheit oder der Verdacht auf ein Verbrechen vorlagen, wurde nicht so schnell mit den Ermittlungen begonnen. In diesem Fall dann aber offensichtlich doch, denn es war ja vier Tage später eine Vermisstenanzeige aufgenommen worden.

»Wir sind jeden Tag wieder dort aufgetaucht, bis dann endlich eine Anzeige aufgenommen wurde. Mittlerweile waren sechs Tage vergangen, Leas Handy war immer noch ausgeschaltet, wir kamen um vor Sorge«, sagte Heide Ahlfeldt auf Nachfrage. »Die Flensburger Polizei ist in dem Gästehaus gewesen, und wir und auch Arne sind ebenfalls mehrere Male hingefahren und haben Leas Foto herumgezeigt. Ihre Übernachtung und das Auschecken am nächsten Tag waren dort vermerkt, und zwei der Angestellten meinten, dass ihr Gesicht ihnen bekannt vorkomme. Aber ob Lea da jetzt mit jemandem zusammen gewesen sei, konnten sie nicht sagen.«

»Weder die Polizei noch wir haben herausfinden können, wo genau Lea verschwunden ist«, fuhr Günter Ahlfeldt nach einer Weile fort. »In der Ferienwohnung auf Rømø ist sie jedenfalls nie angekommen. Und wenn Sie jetzt sagen, dass ihre Leiche hier, in unserer unmittelbaren Nähe, gefunden wurde, muss sie ihrem Mörder ja auch irgendwo in der Umgebung über den Weg gelaufen sein. Wir haben damals immer wieder darauf hingewiesen, dass dieses Pärchen etwas mit Leas Verschwinden zu tun haben musste. Aber diese Spur ist unseres Wissens nie ernsthaft verfolgt worden.«

»Bei welcher Dienststelle haben Sie die Vermisstenanzeige aufgegeben?«

Günter Ahlfeldt nannte eine Polizeistation in der Altstadt.

Wengler machte sich eine weitere Notiz. Da würden sie nachhaken müssen, ebenso wie in dem Gästehaus.

Nach dem Gespräch mit Lea Ahlfeldts Eltern setzte sich Wengler mit Arne Bakkers in Verbindung, der ihn bat, in die Sparkasse zu kommen. Bakkers führte ihn in einen Konferenzraum und bot ihm einen Platz an dem überdimensionalen Besprechungstisch an. Regungslos lauschte Leas Ex-Freund Wenglers Worten, aber nachdem dieser geendet hatte, brach es aus ihm heraus.

»Es ist meine Schuld!« Bakkers schlug so laut mit der Faust auf den Tisch, dass Wengler zusammenzuckte. »Verstehen Sie das? Es ist meine Schuld! Wie soll ich denn damit weiterleben?«

»Es ist nicht Ihre Schuld, Herr Bakkers. Leas Eltern haben

mir erzählt, warum Sie den damaligen Urlaub stornieren mussten. Das ist doch ein nachvollziehbarer Grund. Für das, was in der Folge passierte, trägt niemand die Schuld.«

Der Mann tat Wengler leid, wie er dort saß und voller Verzweiflung vor sich hin starrte, und so wartete er mit seinen Fragen, bis Bakkers sich wieder etwas beruhigt hatte. »Wann hatten Sie den letzten Kontakt zu Lea?«

Bakkers atmete tief durch. »Das war drei Tage, bevor sie in Urlaub fuhr. Lea war stinksauer, dass ich nicht mitkommen konnte. Nicht wollte, wie sie es genannt hatte. Ich war damals in einer echten Bredouille, weil ich weder meine Kollegen noch Lea hängen lassen wollte. Aber was sollte ich denn machen? Ich war noch in der Probezeit und wollte natürlich unbedingt übernommen werden. Aber das konnte ich Lea einfach nicht begreiflich machen. Sie war es gewohnt, dass sich immer alle nach ihr richteten. Sie war ein Einzelkind, und ihre Eltern haben ihr jeden Wunsch von den Augen abgelesen. Dass mal etwas nicht nach ihrem Willen lief, war eher die Ausnahme.« Bakkers wischte sich über das Gesicht. »Wir hatten einen bösen Streit, aber nach zwei Tagen habe ich sie angerufen, weil ich gehofft hatte, dass sie sich wieder beruhigt hatte. Aber sie hat jeden meiner Anrufe weggedrückt. Und irgendwann hatte ich dann keinen Bock mehr.«

»Wir wissen nicht, wo sich Leas Spur verloren hat«, klärte Wengler ihn auf. »Ihre Eltern erwähnten ihren Anruf aus einem Gästehaus in Flensburg und Leas Aussage, dass sie dort ein Pärchen getroffen habe, das sie am nächsten Tag mit ihrem Wagen nach Rømø mitnehmen wollte.«

Bakkers nickte bestätigend. »Das ist richtig. Und da wir den Eindruck hatten, dass die Polizei nicht genug unternimmt, sind Leas Eltern und ich ein paarmal in diesem Gästehaus gewesen und haben eigene Nachforschungen angestellt. Irgendwann bin ich dann alleine gefahren, weil Günter, also Leas Vater, immer mehr dazu überging, mir Vorwürfe zu machen. Das habe ich nicht mehr ertragen.«

»Haben Sie denn noch mehr über dieses Pärchen herausgefunden? Ihre Eltern konnten mir da leider nicht weiterhelfen.«

»Nein. An Lea konnten sich zwei Angestellte anhand ihres Fotos erinnern, aber mit wem sie dort zusammen gewesen war, konnte niemand sagen.«

Wengler machte sich einige Notizen. Gästehaus: Überprüfung der Angestellten. Wer hatte an dem bewussten Tag oder in den Tagen davor eingecheckt beziehungsweise an den Folgetagen ausgecheckt? Um wen handelte es sich bei dem Pärchen? Mann und Frau? Zwei Männer? Oder gar zwei Frauen?

Er musste überprüfen, ob damals wirklich schlampig ermittelt worden war. Er konnte es sich kaum vorstellen. Sie hatten ihre Vorschriften, was Vermisstenfälle betraf, die für die Angehörigen allerdings nur schwer nachzuvollziehen waren. Da kamen schnell Vorwürfe auf, dass die Polizei nicht genug getan hätte.

Der weitere Verlauf des Gesprächs brachte keine neuen Erkenntnisse, da Bakkers nur das wiederholte, was Wengler bereits von Leas Eltern wusste. So fuhr er schließlich ins Büro zurück.

***

Nachdem sie Nina Kepplers Mutter verlassen hatte, rief Birte ihren Vorgesetzten an. »Nina Keppler hat sich in einem Gästehaus in Flensburg aufgehalten und dort ein Pärchen kennengelernt. Das Mädchen war als Tramperin nach Kopenhagen unterwegs und laut der Freundin, die sie angerufen hatte, sehr froh, als die beiden ihr angeboten haben, sie nach Fynshav mitzunehmen, von wo aus sie mit der Fähre nach Fünen übersetzen wollte. Die Freundin konnte ich leider nicht mehr dazu befragen, weil sie sich letztes Jahr den goldenen Schuss gesetzt hat.«

Wenglers Antwort kam prompt, und Birte glaubte im ersten Moment, sich verhört zu haben. »Wie jetzt? Bei Lea Ahlfeldt ist das genauso abgelaufen?«

»Ja«, hörte sie Wengler sagen. »Das ist jetzt doch ein bisschen zu viel des Zufalls, meinst du nicht?«

Das war es in der Tat, und nach Beendigung des Gesprächs dachte sie noch eine Weile darüber nach, bevor ihre Gedanken zu der Begegnung mit Ninas Mutter zurückkehrten.

Das Gespräch hatte ihr mächtig zugesetzt. Susanne Keppler hatte ihre Tochter mit knapp vierzig Jahren zur Welt gebracht. Nina war ihr einziges Kind und heiß ersehnt gewesen, die Kepplers hatten schon nicht mehr daran geglaubt, dass es noch klappen würde. Birte hatte sich einer Frau gegenübergesehen, die krampfhaft versuchte, Haltung zu bewahren, und dann doch irgendwann vor Kummer zusammengebrochen war. Zu ihrer großen Erleichterung hatte Birte sie in der Obhut einer Nachbarin zurücklassen können, die mit Susanne Keppler befreundet war und versprochen hatte, sich um sie zu kümmern.

Tief sitzende Ängste waren in Birte aufgestiegen, während sie Susanne Kepplers Worten gelauscht hatte. Die Frau war sehr offen zu ihr gewesen, hatte von schweren Zeiten mit ihrer Tochter berichtet, die nicht zu bändigen gewesen war. Zu viele Männer, zu viel Alkohol, zu aufreizend gekleidet. Bereits in der Teenagerzeit ständige Ausbrüche aus der gutbürgerlichen Welt, die Susanne Keppler ihr dank des Erbes ihres Mannes bieten konnte. Wochenlanges Fernbleiben, eine Mutter in ständiger Angst. Trotzdem war Nina auch nach ihrer Volljährigkeit nicht aus der kleinen Einliegerwohnung neben dem Elternhaus ausgezogen, da sie jeden Job schon nach kürzester Zeit schmiss und ihr somit ein eigener Verdienst fehlte. Hotel Mama. Dabei hatte sie ein Top-Abitur abgeliefert, aber für das Leben danach schien sie einfach keinen Plan zu haben, außer sich zu amüsieren.

»Ich habe ihr das Trampen verboten«, hatte Susanne Keppler gesagt. »Aber Verbote haben Nina noch nie interessiert. Ich hatte immer Angst, dass sie dabei an jemanden gerät, der ihr etwas antun wird. Vor allem auch deshalb, weil sie immer so provozierend angezogen war. Wie ein Flittchen. Es ist doch furchtbar, wenn man so etwas von seiner eigenen Tochter sagen muss.« Nach diesen Worten hatte Ninas Mutter zu weinen begonnen.

Das Gehörte hatte einen Nerv bei Birte getroffen. Auch ihre Tochter hatte aufreizende Fummel im Schrank, wie Birte bei einer Inspektion festgestellt hatte. Sie hasste es, in Lauras Privatsphäre einzudringen, aber seitdem sie ihre Tochter einmal dabei überrascht hatte, wie sie sich für die Geburtstagsparty einer Freundin aufrüschte, waren bei ihr alle Alarmglocken angegangen. Lauras Taschengeld hatte für derlei Extravaganzen nicht ausgereicht, und nach beharrlichem Nachfragen hatte Birte herausbekommen, das ihr Ex-Mann Laura hin und wieder Geld zusteckte.

Was das Trampen anbelangte, hatte der Haussegen in letzter Zeit auch einige Male schiefgehangen. Birte hatte es Laura strikt verboten, aber ihr Dienst ließ nun einmal keinen ständigen Einsatz des Eltern-Taxis zu. Lauras beste Freundin Sanne wohnte in Glücksburg, also gut zehn Kilometer entfernt. Wenn Birte Laura nicht abholen konnte, legte diese die Strecke mit dem Rad zurück, weil die Busverbindungen, vor allen Dingen am Abend, nicht die besten waren. Dass Laura trampte, war einer Nachbarin aufgefallen, die in einem Supermarkt einige Straßen entfernt noch etwas hatte einkaufen wollen und Laura aus einem Lieferwagen hatte steigen sehen. Darauf angesprochen, hatte Laura es zuerst geleugnet, dann aber zugegeben. Ein Riesenstreit war die Folge gewesen und Birtes nicht mehr versiegende Angst, dass ihre Tochter ihr entglitt und keine Probleme damit zu haben schien, sie zu belügen.

Auch wenn sie ihrer Familie normalerweise nichts von ihren Fällen erzählte, hatte Birte beschlossen, dieses Mal eine Ausnahme zu machen. Laura musste erfahren, was geschehen war, damit sie ihr leichtsinniges Verhalten endlich ablegte. Und auch für Charlotte war die Information wichtig, damit sie ein noch wachsameres Auge auf Laura hatte. Birte wollte die Sache noch am Abend hinter sich bringen.

Susanne Keppler hatte seinerzeit eine Vermisstenanzeige in

einem Polizeikommissariat in Hamburg-Mitte erstattet, das Birte vor ihrer Rückfahrt nach Flensburg aufsuchte. Da Nina Keppler bereits seit Jahren als Ausreißerin bekannt und ihre Mutter eine häufige Besucherin auf dem Kommissariat war, hatte man den neuerlichen Hinweis auf Ninas Verschwinden nicht allzu ernst genommen. Schließlich war sie bisher immer wieder nach Hause zurückgekehrt. Außerdem war sie volljährig und konnte gehen, wohin sie wollte. Dem Hinweis auf das Pärchen war man nicht nachgegangen.

»Ich finde das unmöglich!«, schimpfte Birte nach ihrer Rückkehr in die BKI. »Das hätten die doch verfolgen müssen!«

»Sehr wahrscheinlich hatten sie zu wenig Personal. Ich habe ja mittlerweile gesehen, dass ihr hier in Deutschland da wesentlich schlechter aufgestellt seid als wir in Dänemark«, sagte Frida. »Außerdem war das Mädchen als Ausreißerin bekannt.«

»Das ist doch keine Entschuldigung für diese Nachlässigkeit!«, entgegnete Birte, die Fridas Bemerkung noch wütender machte. »Als Nächstes wirst du dann behaupten, dass die junge Frau ja selber schuld ist an ihrem Tod, weil sie sich immer so provozierend angezogen hat und man dann schon mal an den Falschen geraten kann.« Als sie sah, dass Frida nach Luft schnappte, verspürte sie für einen Moment so etwas wie Genugtuung.

»Jetzt mach mal halblang, Birte«, mischte Wengler sich ein. »Ich kann ja verstehen, dass die Sache dich aufbringt, aber das ist doch nun wirklich kein Grund, Frida so anzugehen.«

»Na, dass du sie in Schutz nimmst, war ja klar.«

Birte sah, wie sich Wenglers Augen verengten. Er stand auf und machte eine Handbewegung Richtung Tür. »Lass uns in mein Büro gehen!« Sein Ton ließ keinen Widerspruch zu.

Birte folgte ihm. Sie war gerade so richtig auf Krawall gebürstet, und wenn es jetzt eine Diskussion über ihr Verhältnis zu Frida und deren Position in diesem Kommissariat geben sollte, dann gern!

»Was hast du eigentlich gegen Frida?«, fragte Wengler, nachdem sie Platz genommen hatten. »Ich habe in letzter Zeit immer mehr das Gefühl, dass du bei jeder Gelegenheit Streit mit ihr suchst.«

»Sie passt nicht in unser Kommissariat. Sie ist viel zu jung und unerfahren.«

»Frida ist nicht unerfahren. Sie hat in Kopenhagen bereits in einer Mordkommission gearbeitet. Das hatte ich euch gesagt.«

»Na, da muss sie dann ja wohl schon als Kind dort angefangen haben.«

»Soll das heißen, dass du mir nicht glaubst?«

Jetzt musste sie Farbe bekennen. »Ich weiß es nicht, Christoph. Ich habe nur das Gefühl, dass ihre Einstellung etwas mit eurem Fall in Kopenhagen zu tun hat. Mir kommt es vor, als wenn du dich auf irgendeine Art und Weise in ihrer Schuld fühlst.«

»Ist das nur deine Meinung oder auch die der Kollegen?«

»Das weiß ich nicht, ich habe nicht mit ihnen darüber gesprochen.«

»Dann sollten wir das Thema jetzt auch beenden.« Wenglers Gesicht war hart geworden. »Ich erwarte von dir, dass du dich in Zukunft zusammenreißt und wie ein Profi verhältst.«

»Christoph, ich –«

»Ich muss jetzt Frau Lundgren über den neuen Sachstand in Kenntnis setzen«, unterbrach er sie und griff zum Telefonhörer.

Birte kannte Wengler lange genug, um zu wissen, dass es nichts bringen würde, jetzt weiter in ihn zu dringen. Wenn er diesen dienstlichen Ton an den Tag legte, war mit ihm nicht mehr gut Kirschen essen. Also stand sie auf und verließ ohne ein weiteres Wort sein Büro. Eines hatte das Gespräch allerdings gebracht. Sie lag richtig mit ihrer Vermutung, da war sie sich jetzt hundertprozentig sicher.

***

Nach Wenglers Anruf rief Hannah ihre Kollegen zusammen und gab ihnen den Inhalt des Gesprächs wieder.

»Und dieses Pärchen ist nie gefunden worden?«, fragte Samira erstaunt. »Ich meine, immerhin gab es diesen Hinweis nach dem Verschwinden von zwei Frauen, der muss doch vermerkt worden sein. Da kann man ja nun wirklich nicht mehr von einem Zufall sprechen, da hätte doch mal jemand drüber fallen müssen.«

Hannah zuckte mit den Schultern. »Dem Verschwinden von Nina Keppler wurde nie intensiv nachgegangen, weil sie als Ausreißerin bekannt war und immer wieder über zum Teil längere Zeiträume verschwunden ist. Und selbst wenn ... viele unserer Systeme sind nicht bundesweit vernetzt, da hätte sich schon jemand die Mühe machen müssen, genauer nachzuforschen. Außerdem lagen weder bei Nina Keppler noch Lea Ahlfeldt Hinweise auf ein Verbrechen vor. Ihr wisst doch selbst, dass es in solchen Fällen auch immer ein Abwägen ist, ob Maßnahmen ergriffen werden oder nicht.«

»Und es ist nach wie vor nicht bekannt, ob es sich bei diesem Pärchen um einen Mann und eine Frau handelt?«, fragte Herbrecht. »Oder gibt es irgendwelche Altersangaben?«

»Nein, weder noch«, sagte Hannah.

»Ein Pärchen bedeutet im allgemeinen Sprachgebrauch doch immer ein Mann und eine Frau«, überlegte Samira. »Sonst würde man doch sagen, ich habe zwei Männer oder zwei Frauen kennengelernt. Dann hat es also im Moment den Anschein, als wenn sich ein Mann und eine Frau in diesem Gästehaus in Flensburg ganz gezielt auf die Suche nach jungen Frauen begeben und diese entführt haben. Oder es vielleicht immer noch tun.«

»Ich weiß nicht ...«, sagte Hannah zweifelnd.

Sie war nicht recht bei der Sache, weil sich ihr noch immer keine Lösung geboten hatte, wie sie an neue Tabletten kommen sollte. Sie hatte am Morgen dann doch ihren Arzt aufgesucht, aber unverrichteter Dinge wieder gehen müssen, da dieser zu einem Hausbesuch unterwegs gewesen war und ihr niemand sagen konnte, wie lange es dauern würde. Die Sprechstundenhilfe hatte ihr noch etwas hinterhergerufen, aber sie war in Eile gewesen und hatte nicht darauf geachtet. Sie würde es heute Abend erneut versuchen, denn eine andere Möglichkeit hatte sie nicht, aber bis dahin wäre sie ohne Tabletten. Ein Gedanke, der ihr großes Unbehagen verursachte. Sie musste versuchen, sich mit Arbeit abzulenken.

»Wir dürfen diese Überlegung nicht außer Acht lassen«, unterbrach Gehlberg ihr Grübeln. »Natürlich würde man zuerst daran denken, dass hier ein Mann oder mehrere dahinterstecken. Aber es hat auch immer wieder Fälle gegeben, in denen Männer zusammen mit ihren Frauen solche Verbrechen begangen haben. Denkt an Marc Dutroux und Michelle Martin.«

»Ja«, sagte Hannah. Wengler hatte das Paar in dem Telefonat ebenfalls erwähnt und zum Ausdruck gebracht, dass er sich eine solche Vorgehensweise auch in ihrem Fall vorstellen könne.

»Und du warst neulich auf die Verbrechen in Höxter zu sprechen gekommen, als wir uns Gedanken über das Versteck gemacht haben, in dem die Frauen gefangen gehalten wurden. Laut Gutachterin war in Höxter die Frau die treibende Kraft«, sagte Herbrecht.

»Das ist richtig«, musste Hannah zugeben. »Aber das sind doch eher Ausnahmen. In unserem Fall haben wir es mit sechs, vielleicht sogar sieben Frauen zu tun.«

»Ja, und?«, sagte Samira. »Wenn ich meinem Mann oder Partner einmal bei der Entführung einer Frau helfe, kann ich das doch auch ein zweites Mal oder öfter tun. Entweder werde ich von ihm unter Druck gesetzt, es besteht aber natürlich auch die Möglichkeit, dass es mir ebenfalls gefällt, andere Frauen zu missbrauchen und zu quälen. Wir weisen das immer so gern von uns, aber das ist ein großer Fehler. Bei einem Psychopathen denken wir automatisch an einen Mann. Das ist ein Klischee, dem einfach nicht beizukommen ist. Dabei gibt es auch eine Vielzahl weiblicher Psychopathen. Und die sind allemal gefährlicher, weil sie so viel raffinierter sind als die Männer. Diese Frauen sind eiskalt in der

Planung und Durchführung ihrer Taten. Und vielleicht haben wir es in unserem Fall mit genau einer solchen Frau zu tun.«

Nach Samiras Worten herrschte für eine Weile Schweigen.

»Okay«, sagte Hannah und massierte ihre Schläfen, hinter denen sich ein drohender Kopfschmerz auszubreiten begann. »Dann gehen wir jetzt mal davon aus, dass dieses Pärchen für das Verschwinden und den Tod der beiden Frauen oder vielleicht sogar aller sechs Frauen verantwortlich ist. Wie ist das Ganze dann abgelaufen?«

»Sie konnten so etwas ja nur planen, wenn sie einen Ort hatten, an dem es möglich war, die Frauen gefangen zu halten«, sagte Herbrecht. »Also dürften sie ein Einzelhaus besitzen, das ziemlich frei steht, denn andernfalls hätte ja die Gefahr bestanden, dass Nachbarn etwas mitbekommen.«

»Das Thema hatten wir doch schon«, unterbrach ihn Samira. »Da kann es durchaus Nachbarn gegeben haben, die nichts sehen und hören wollten.«

»Ja«, sagte Herbrecht und machte eine ungeduldige Handbewegung. »Aber ein Einzelhaus dürfte es auf jeden Fall sein. Dieses Pärchen hat also die Frauen in seinem Wagen mitgenommen. Entweder haben sie sie während der Fahrt betäubt, oder sie haben irgendeine Ausrede gebraucht, dass sie noch mal schnell bei ihrem Haus vorbeifahren müssen, weil sie zum Beispiel etwas vergessen haben. Und dann haben sie die Frauen ins Haus geschleppt, oder vielleicht sind diese auch freiwillig mit ihnen gegangen, weil die beiden so nett waren und noch eine Tasse Kaffee oder Tee vor der Weiterfahrt angeboten haben.«

»Das macht Sinn«, stimmte Gehlberg ihm zu. »Zumal dieses Pärchen ja von beiden Opfern als nett beschrieben wurde. Da wurde Vertrauen aufgebaut, und wenn tatsächlich eine Frau dazugehört und als Lockvogel gedient hat, kommt doch niemand auf die Idee, dass die einer anderen Frau etwas Böses will.«

***

Die Augen des Dienststellenleiters verengten sich und wurden schließlich zu einem schmalen Strich unter einer zerfurchten Stirn. »Wollen Sie etwa andeuten, dass unsere damaligen Ermittlungen schlampig durchgeführt wurden?«

Wengler hatte sich nach der Rückkehr ins Büro sofort Reinders geschnappt und war mit ihm zu der von Günter Ahlfeldt angegebenen Dienststelle gefahren. Frida hatte geschmollt, dass sie auch mal wieder vom Schreibtisch wegwolle, aber Wengler hatte das Geplänkel vom Morgen gereicht. Okay, er hätte die Angelegenheit etwas energischer angehen müssen, aber leider war er in solchen Dingen als langjähriger und treuer Ehemann nicht allzu geübt.

»Ich will überhaupt nichts andeuten, Herr Hildebrandt. Ich muss bloß den Vorwürfen von Lea Ahlfeldts Eltern nachgehen.«

Wengler kannte Klaus Hildebrandt bereits von einigen zurückliegenden Begegnungen. Der Mann war nicht sein Fall, weil er stets den knallharten Macker rauszukehren versuchte und in dem Ruf stand, seine Dienststelle mit eiserner Hand zu führen.

»Die Eltern von Lea Ahlfeldt und auch ihr Freund waren, sagen wir mal, etwas enervierend.« Ein verächtlicher Zug kräuselte Hildebrandts Mund. »Die haben einfach keine Ruhe gegeben, obwohl wir alles in unserer Macht Stehende getan haben, um ihre Tochter zu finden.« Er griff zu seiner Tasse und nahm einen Schluck Kaffee. Wengler und Reinders hatte er keinen angeboten. »Außerdem haben sie sich ständig eingemischt und versucht, ihre eigenen Ermittlungen durchzuführen.«

»Was war mit dem Pärchen, das Lea Ahlfeldt ihren Eltern gegenüber erwähnt hatte?«, fragte Reinders.

»Was soll damit gewesen sein?« Hildebrandts Stimme klang angriffslustig.

»Haben Sie diese Spur verfolgt?«

Hildebrandt sah angefressen aus. »Natürlich haben wir das! Es ist nur nichts dabei herausgekommen.«

»Was soll das heißen?«, fragte Wengler, langsam auch auf Zinne. »Hat sich denn niemand in diesem Gästehaus an das Pärchen erinnert? Es muss doch auch dort übernachtet haben.«

Hildebrandt seufzte genervt. »Mag sein, aber trotzdem hat sich niemand an sie erinnert. Außerdem waren um Lea Ahlfeldts Aufenthalt herum nur Einzelpersonen in dem Gästehaus registriert.«

»Aber die haben Sie befragt, oder?«

»Nein, das haben wir nicht.«

Wengler schwoll wieder der Kamm. »Warum nicht?«

»Weil das ein viel zu hoher Aufwand gewesen wäre. Von diesen Gästen war niemand mehr vor Ort, und ich hatte nicht die Kapazitäten, diesen Personen, die teilweise aus dem Ausland kamen, jemanden zur Befragung hinterherzuschicken. Schließlich hatten wir es nur mit einem Vermisstenfall zu tun. Und wir wissen doch beide, wie die ausgehen, wenn es sich um junge Leute handelt. Die verschwinden aus den lächerlichsten Gründen und tauchen in den meisten Fällen wieder auf.«

»Wenn Sie nicht die Kapazitäten hatten, dann hätten die jeweiligen ausländischen Dienststellen diese Befragungen durchführen müssen!« Wengler schlug mit der flachen Hand auf Hildebrandts Schreibtisch, so laut, dass der Dienststellenleiter und auch Reinders zusammenzuckten. »Aber für Sie war das ja nur eine junge Ausreißerin, da stellt man doch keine weiteren Nachforschungen an! Bloß nicht raus aus der Komfortzone, das könnte ja mit Arbeit verbunden sein.« Er beugte sich über den Schreibtisch und funkelte Hildebrandt wütend an. »Wenn Sie damals Ihren Job gemacht hätten, könnte Lea Ahlfeldt noch leben!« Ihm lag die Erwähnung von Nina Keppler auf der Zunge, aber er wollte die Sache noch so wenig publik machen wie möglich.

Hildebrandt erhob sich langsam von seinem Stuhl. Seine Miene war versteinert. »Ich denke, dass es besser ist, wenn Sie jetzt gehen.«

Wengler tat es ihm gleich und nahm sein Gegenüber ein

letztes Mal ins Visier. »Ich werde ein Ermittlungsverfahren gegen Sie einleiten lassen, Hildebrandt. Für diese Schlamperei, die mindestens ein Menschenleben gekostet hat, werden Sie sich verantworten müssen.« Er reagierte nicht auf die wütende Erwiderung und war mit drei Schritten an der Bürotür, die er zornig aufriss. Reinders folgte ihm.

※※※

Das Gästehaus »Fördeblick« lag auf der nördlichen Seite der Flensburger Förde mit einer vorgelagerten Terrasse und einem phantastischen Blick über das an diesem Tag stahlgraue, wie poliert aussehende Wasser. Es war vor zehn Jahren erbaut worden, wie Wengler im Internet herausgefunden hatte, und konnte eine Vielzahl positiver Bewertungen auf den einzelnen Internetportalen vorweisen.

Während der Fahrt kamen sie noch einmal auf die Auseinandersetzung mit Hildebrandt zurück. Wengler war so aufgebracht wie schon lange nicht mehr. Was zum Teil auch auf das Gespräch mit Birte zurückzuführen war. Er konnte jetzt keine Unstimmigkeiten im Team gebrauchen, aber er hatte auch nicht die Absicht, ihr die Hintergründe für seine damalige Entscheidung zu erklären. Die ging nämlich nur ihn und niemanden sonst etwas an. »Wenn wir davon ausgehen, dass dieses ominöse Pärchen für den Tod von Lea Ahlfeldt verantwortlich ist, dann könnten Nina Keppler und die anderen vier Frauen vielleicht noch leben, wenn dieser Vollpfosten seinen Job gemacht hätte.«

»Wir haben aber noch kein Feedback von den Familien der vier Frauen, ob es auch hier diesen Kontakt gegeben hat –« Reinders klang beschwichtigend und schien seinen Worten noch etwas hinzufügen zu wollen, aber Wengler grätschte dazwischen.

»Ich verwette Haus und Hof, dass es so war! Und selbst wenn nicht, hat Hildebrandt durch seine Nachlässigkeit zumindest den Tod von Nina Keppler zu verantworten!«

Als sie beim Gästehaus eintrafen, war Wengler wenigstens halbwegs wieder runtergekommen. Bevor sie hineingingen, besprach er mit seinem Kollegen noch die weitere Vorgehensweise. Sie wollten als Erstes den Eigentümer des Hauses befragen, dem Wengler ihren Besuch telefonisch angekündigt hatte. Sie brauchten die Namen der Gäste, die an den beiden fraglichen Terminen an- und abgereist waren. Allerdings hatte Wengler wenig Hoffnung, hier einen Treffer zu landen, da davon auszugehen war, dass das bewusste Pärchen unter falschen Namen eingecheckt hatte.

Weiterhin würden sie die Fotos von Lea Ahlfeldt und Nina Keppler herumzeigen in der Hoffnung, dass sich jemand an die beiden Frauen erinnerte und vielleicht auch mitbekommen hatte, mit wem sie Kontakt gehabt hatten. Mit etwas Glück trafen sie noch auf die beiden Angestellten, die sich damals an Lea Ahlfeldt erinnert hatten. Ansonsten hatte er wenig Hoffnung, weil einfach zu viel Zeit seit Leas Aufenthalt in dem Gästehaus vergangen war. Bei Nina Keppler dagegen bestand eine größere Chance, da hier erst vier Jahre verstrichen waren.

»Durch die Befragungen können wir die Angelegenheit aber nicht mehr unter dem Deckel halten«, meinte Reinders, als sie auf den Parkplatz des Gästehauses fuhren.

Der Gedanke war Wengler auch schon durch den Kopf gegangen, und er behagte ihm überhaupt nicht. »Wir werden so wenig wie möglich rauslassen. Bei dem Eigentümer werde ich wohl nicht drum rumkommen, von den Leichenfunden zu erzählen, aber die Belegschaft sollte es nicht erfahren. Hier werden wir nur die Fotos der beiden Frauen aus den Vermisstenanzeigen herumzeigen.«

Der Parkplatz war nahezu leer, nur ein Gärtner werkelte in den Blumenrabatten herum, die den Kiesweg zum Haus säumten. Wengler parkte den Wagen neben einem weißen Transporter mit der Aufschrift »Fördeblick – Ihr Zuhause in Flensburg« und machte sich mit Reinders auf die Suche nach der Rezeption.

»Was wollen Sie genau wissen?«, fragte Clemens Hellmer. Der Inhaber des Gästehauses hatte sie in sein Büro gebeten und ihnen einen Platz an einem mit Plakaten und Flyern bedeckten Tisch angeboten, die auf ein Kulturereignis im kommenden Monat hinwiesen.

»Wir benötigen im Zusammenhang mit aktuellen Ermittlungen einen Einblick in Ihre Gästedaten«, sagte Wengler und hoffte inständig, dass er sich jetzt keinen Vortrag über Datenschutz anhören musste, der ihnen bei Ermittlungen viel zu häufig im Wege stand.

Aber Hellmer schienen keine Skrupel zu plagen. Der Mann setzte sich vor seinen Computer und fragte kurze Zeit später: »Was brauchen Sie?«

Wengler schaute in seinen Notizblock. »In der Nacht vom 5. auf den 6. Mai 2011 hat hier eine junge Frau namens Lea Ahlfeldt übernachtet. Fünf Tage später wurde sie von ihren Eltern als vermisst gemeldet. Frau Ahlfeldt hat in ihrem letzten Telefongespräch erwähnt, dass sie an ihrem Ankunftstag hier ein Pärchen kennengelernt habe, das sie am nächsten Tag mit zu ihrem Urlaubsziel Rømø nehmen wollte. Wir müssten also wissen, wer am 6. Mai 2011 außer Frau Ahlfeldt noch ausgecheckt hat.« Wengler blätterte weiter und fand die Angaben, die er sich während des Telefonats mit Birte gemacht hatte. »Weiterhin brauche ich Angaben zu einem zweiten Datum. Am 13. Juli 2015 hat eine junge Frau namens Nina Keppler hier Quartier genommen. Frau Keppler wollte nach Kopenhagen und wird seit dem 20. Juli 2015 vermisst. Wir wissen, dass sie am 14. Juli bei Ihnen ausgecheckt hat, und auch bei ihr war die Rede davon, dass sie hier im Gästehaus ein Pärchen kennengelernt hatte, das sie im Auto mitnehmen wollte.«

Hellmer sah nicht mehr ganz so entspannt aus wie zu Beginn ihres Besuches. »Was wollen Sie damit andeuten? Dass jemand von uns etwas mit dem Verschwinden dieser Frauen zu tun hat?«

»Nein, das will ich nicht andeuten, Herr Hellmer. Ich will

herausfinden, um wen es sich bei diesem Paar gehandelt hat, weil die Möglichkeit besteht, dass es in Zusammenhang mit Lea Ahlfeldts und Nina Kepplers Verschwinden steht.«

»Sie haben doch gesagt, dass Sie von der Mordkommission sind. Bedeutet das, dass diese beiden Frauen tot sind?«

Wengler wechselte einen schnellen Blick mit Reinders. Es widerstrebte ihm nach wie vor, Hellmer gegenüber zu viel preiszugeben, aber andererseits ging er davon aus, dass der Mann alles daransetzen würde, die Angelegenheit nicht publik zu machen, weil andernfalls der Ruf des Gästehauses Schaden nehmen könnte. Wenn sich herumspräche, dass in diesem Haus ein Pärchen abgestiegen war, um in Kontakt mit jungen Frauen zu treten, die kurz darauf vermisst und irgendwann tot aufgefunden worden waren, würde hier niemand mehr ein Zimmer buchen. »Ja, das bedeutet es.«

»Oh!« Hellmer wurde bleich. »Das ist ja furchtbar. Wenn das rauskommt, kann ich den Laden über kurz oder lang dichtmachen. Selbst wenn dieses Pärchen überhaupt nichts mit dem Verschwinden der Frauen zu tun haben sollte. Ist so was erst mal in der Welt, wird man das doch nie wieder los!«

»Uns ist ebenso wenig wie Ihnen daran gelegen, dass das die Runde macht.« Falls bei den Befragungen der verbliebenen vier Eltern allerdings wieder die Rede von einem Pärchen sein sollte, könnte er diese Hoffnung begraben. Aber noch war es nicht so weit. »Wir werden die Fotos der beiden Frauen Ihren Angestellten zeigen. Vielleicht erinnert sich ja jemand an sie und an etwaige Kontakte, die hier entstanden sind.« Wengler zog die Fotos aus der mitgebrachten Mappe und legte sie vor Hellmer ab. »Das sind die beiden Frauen. Haben Sie eine Erinnerung an sie?«

Hellmer nahm die Fotos zur Hand und schaute sie sich aufmerksam an. Nach einer Weile schüttelte er bedauernd den Kopf. »Nein, tut mir leid. Ich bin nicht so gut mit Gesichtern.« Er gab die Fotos zurück.

»Okay.« Wengler gab Reinders ein Zeichen. »Mein Kollege

wird diese Fotos jetzt Ihren Angestellten zeigen. Wie viele Mitarbeiter haben Sie?«

»Zehn«, antwortete Hellmer. »Jeweils immer fünf in einer Schicht. Ein Mitarbeiter an der Rezeption, zwei in der Küche und zwei, die für die Reinigung der Zimmer und der anderen Räume zuständig sind.«

»Dann müssten also heute fünf Personen hier sein.«

»Ja.« Hellmers nickte.

»Gut.« Reinders stand auf und nahm die Fotos an sich.

»Können Sie uns die Adressen der anderen fünf Mitarbeiter geben?«, fragte Wengler, nachdem sein Kollege den Raum verlassen hatte.

Hellmer nickte, griff zu einem Blatt Papier und schrieb fünf Namen und die dazugehörigen Adressen auf.

»Und dann benötige ich auch noch die anderen Daten«, erinnerte Wengler ihn.

Hellmer sah ihn konsterniert an und wirkte für einen Augenblick vollkommen durch den Wind.

»Die Personen, die am 6. Mai 2011 und am 14. Juli 2015 hier ausgecheckt haben«, schob Wengler nach. Er musterte Hellmer und fragte sich, ob dessen Unkonzentriertheit nur mit ihrem überraschenden Besuch und den damit verbundenen Fragen zusammenhing.

»Ach so, ja.« Hellmer rückte wieder vor seinen Computer und begann, sein Keyboard zu bearbeiten. Kurze Zeit später sprang der Drucker an und warf zwei Bogen Papier aus, die Hellmer an Wengler weiterreichte.

Fünfzehn Abreisen am 6. Mai 2011, sechs Männer und neun Frauen. Achtzehn Abreisen am 14. Juli 2015, zwölf Frauen, sechs Männer. Wengler verglich die Namen, konnte aber keine Übereinstimmung feststellen. Er reichte Hellmer die beiden Blätter. »Kennen Sie eine oder mehrere dieser Personen? Es wird doch bestimmt Gäste geben, die hier häufiger Quartier nehmen.«

Hellmer schaute sich die Namen an und rief dann eine weitere Datei in seinem Computer auf.«Die gibt es natürlich«, sagte er nach einem Augenblick.»Aber die waren alle das erste Mal bei uns.«

Wengler überlegte. Sie würden Namen und Adressen überprüfen müssen, um herauszufinden, welche Angaben der Wahrheit entsprachen.»Waren Ehepaare unter den Gästen?«

Hellmer blickte wieder in seinen Computer.»Bei dem ersten Termin finde ich hier nur Einzelreisende, bei dem zweiten ein Ehepaar.« Er nannte die Namen, und Wengler markierte sie.

»Und Personen, die nicht miteinander verheiratet waren, aber in einem Doppelzimmer übernachtet haben?«

Hellmer nannte jeweils vier Namen, allerdings wieder nur für den zweiten Termin. Wengler markierte auch sie.»Bei dem ersten Termin hatten wir nur Einzelreisende zu Gast.«

Wengler fiel etwas ein.»Bieten Sie hier eigentlich nur Frühstück oder auch andere Mahlzeiten an?«

»Bei uns kann man auch Vollpension buchen.«

»Ist Ihr Restaurant auch für Gäste von außerhalb geöffnet?«

»Nein, nur für die Gäste, die bei uns wohnen.« Hellmer sah Wengler irritiert an.»Warum wollen Sie das wissen?«

Die Frage liegt doch auf der Hand, dachte Wengler.»Wenn Ihr Restaurant auch für andere Gäste offen wäre, hätte sich das bewusste Paar ja auch unter denen befinden können.« Er war erleichtert, dass sie diese Möglichkeit jetzt ausschließen konnten, denn sie hätte nun wirklich die Suche nach der Nadel im Heuhaufen bedeutet.

Es klopfte an der Tür, und Reinders betrat den Raum.

Wengler sah ihn fragend an.»Und?«

Sein Kollege schüttelte den Kopf.»Leider konnte sich niemand an die beiden Frauen erinnern.«

※※※

Was auch für vier weitere Mitarbeiter des Gästehauses galt, die Wengler und Reinders im Anschluss an ihren dortigen Besuch aufsuchten. Erst Hilde Jessen, die Letzte auf der Liste, konnte ihnen zumindest ein bisschen weiterhelfen. Sie wohnte in einem hübsch restaurierten Haus im Oluf-Samson-Gang in der Altstadt, in dem sich vor der Instandsetzung ein Bordell befunden hatte, wie auch in vielen anderen Häusern dieser kleinen Straße, die mittlerweile zu den schönsten und am besten erhaltenen Altstadtstraßen in Schleswig-Holstein zählte.

»Der Gang wurde früher nur die Sündenmeile genannt«, schmunzelte Hilde Jessen, nachdem sie Wengler und Reinders in ihrem ansprechenden Wohnzimmer mit Kaffee und selbst gebackenem Kuchen versorgt und über die Geschichte ihres Wohnhauses aufgeklärt hatte.

»Ich weiß«, sagte Wengler. »Meine Großeltern haben hier gewohnt.« Die Erinnerung kehrte für einen Augenblick zurück. Sorglose Kindertage, das Spielen mit seinen Schulfreunden in dem schmalen Gang zwischen Schiffbrücke und Norderstraße, dessen Fachwerkbauten größtenteils aus dem 18. Jahrhundert stammten. Aber auch andere Bilder tauchten vor seinem inneren Auge auf. Polizeieinsätze, wenn es Auseinandersetzungen zwischen Prostituierten und ihren Freiern gab. Zuhälter, die ihre Mädchen züchtigten, wenn sie aus der Reihe zu tanzen wagten.

»Oh, wie schön!« Hilde Jessens pausbäckiges Gesicht strahlte. Sie war eine sehr gepflegte, etwas mollige Frau, die Wengler auf Ende sechzig schätzte. Ihre nächsten Worte bestätigten seine Vermutung.

»Ich bin vor sechs Jahren nach meiner Pensionierung hierhergezogen. Aber plötzlich so ganz ohne Arbeit, das war nichts für mich. Zum Glück bin ich auf die Anzeige vom ›Fördeblick‹ gestoßen, in der eine Servicehilfe gesucht wurde. Da habe ich mich natürlich sofort beworben, und mittlerweile helfe ich auch in der Küche aus. Kochen und backen sind nämlich meine großen Leidenschaften.«

»Seit wann arbeiten Sie im ›Fördeblick‹?«, wollte Wengler wissen.

»Seit fünfeinhalb Jahren.«

Dann konnte Lea Ahlfeldt ihr nicht über den Weg gelaufen sein. Also legte Wengler Hilde Jessen nur das Foto von Nina Keppler vor und erklärte ihr den Sachverhalt bis auf die Tatsache, dass die Frau tot aufgefunden worden war.

Beim Betrachten des Bildes flog ein Schatten über Hilde Jessens Gesicht. »Ja, an das Mädel erinnere ich mich. Das war eine Wilde, das sah man sofort. Aber nach dem Abendessen hat sie mir gesagt, dass es ihr prima geschmeckt habe. An dem Tag hatte ich gekocht. Ich hab mich über ihr Lob gefreut, das hätte ich nämlich nicht von ihr erwartet. Da kann man mal sehen, dass der äußere Eindruck häufig täuscht.«

»Sie haben ein gutes Gedächtnis!«, sagte Wengler anerkennend.

»Nee, eher nicht!« Hilde Jessen winkte ab. »An diese junge Frau kann ich mich nur erinnern, weil sie so provozierend angezogen war. So müssen die Mädels früher hier in der Straße rumgelaufen sein.« Sie legte den Kopf zur Seite und überlegte. »Ich meine mich allerdings an ihren Namen zu erinnern. Ich glaube, dass sie Nina hieß.«

»Das stimmt«, bestätigte Reinders. »Nina Keppler.«

»Haben Sie mitbekommen, ob Frau Keppler während ihres Aufenthalts im Gästehaus mit irgendjemandem Kontakt hatte?«, wollte Wengler wissen.

Hilde Jessen runzelte die Stirn in angestrengtem Nachdenken. »Ja«, sagte sie schließlich. »Sie saß beim Abendessen mit einem Mann und einer Frau zusammen.«

»Haben Sie Frau Keppler davor oder danach noch einmal mit den beiden gesehen?«

Hilde Jessen schüttelte den Kopf. »Nein, tut mir leid.«

»Können Sie sich noch erinnern, wie alt die beiden waren?«

»Och, das ist etwas, das ich nur sehr schwer schätzen kann.«

»Waren sie noch jung oder eher mittleren Alters?«

»Eher mittleren Alters. Vielleicht so zwischen vierzig und fünfzig.«

»Können Sie uns das Äußere der beiden beschreiben?«

»Also sie war blond und schlank. Er war etwas kleiner und hatte schon ziemlich gelichtetes Haar. So grau meliert. Und einen ordentlichen Bierbauch.«

»Haben Sie zufällig mitbekommen, dass irgendwelche Namen gefallen sind?«

»Das weiß ich leider nicht mehr.«

Wengler überlegte. »Haben Sie die beiden Gesichter noch so gut in Erinnerung, dass wir ein Phantombild erstellen lassen könnten?«

Hilde Jessen neigte bedauernd den Kopf. »Nein, dafür ist es zu lange her. Tut mir leid.«

Schade, dachte Wengler. Er zog eine Visitenkarte aus der Tasche und reichte sie Hilde Jessen. »Danke erst mal, Frau Jessen. Falls Ihnen noch etwas einfallen sollte, rufen Sie mich bitte an.«

Bei der Rückkehr ins Büro erfuhren sie gleich mehrere Dinge. Zum einen hatte die deutschlandweite Abfrage nach Vergleichsfällen zu keinem Ergebnis geführt, auch von den Polizeidienststellen der Anrainerstaaten waren keine Erfolgsmeldungen gekommen. Die zweite Nachricht war positiver Natur. Mittlerweile hatten sich nämlich auch die restlichen Kollegen gemeldet, die für die Befragungen der Familien der weiteren Frauen zuständig gewesen waren. Überall war auf das Gästehaus in Flensburg und ein Pärchen, das die Frauen dort kennengelernt hatten, hingewiesen worden. Auch bei Kim Förster, der bisher noch vermissten siebten Frau. Die polizeilichen Nachforschungen waren in allen Fällen nur halbherzig verlaufen und irgendwann eingestellt worden, da alle Frauen bei ihrem Verschwinden volljährig gewesen waren.

Nach dieser Nachricht gab Wengler als Erstes eine detaillierte Fahndung nach Kim Förster raus und machte sich dann mit Reinders ein weiteres Mal auf den Weg ins Gästehaus, was jedoch zu keinem Erfolg führte. Weder Clemens Hellmer noch seine Mitarbeiter konnten sich an die jungen Frauen erinnern, und auch Hilde Jessen, die sie im Anschluss aufsuchten, war dieses Mal keine Hilfe. Dafür kamen sie mit den restlichen Gästelisten zurück, die es jetzt durchzuarbeiten galt.

»Seid ihr mit den Hufeisen und Kreuzen weitergekommen?«, wollte Wengler wissen, als er sich einen Kaffee in der Küche holte und Birte sich zu ihm gesellte.

»Wir sind immer noch dabei, das Internet zu durchforsten«, sagte sie. »Bis jetzt allerdings ohne Ergebnis.«

»Und die Planen?«

»Das sind tatsächlich Abdeckplanen für Teiche.« Sie zuckte die Achseln. »Da kommen wir aber nicht weiter, weil es die in jedem Baumarkt gibt. Da wird ja nicht Buch drüber geführt, wer so etwas kauft.«

»Aber solche Planen werden doch nicht jeden Tag gekauft. Checkt vorsichtshalber mal alle Baumärkte in der Umgebung, vielleicht kann sich da noch jemand an etwas erinnern. Außerdem müsste man so etwas doch auch im Internet bestellen können.«

»Mach ich.« Birte füllte ihren Becher.

»Was ist mit den Polaroids und dem Briefumschlag? Gibt's da schon Ergebnisse?«

»Bis jetzt noch nicht.«

»Mensch, die Kollegen sollen sich ranhalten!«

»Das tun sie, Christoph, aber sie können nicht hexen.«

»Ja, ich weiß.« Wengler ging in sein Büro zurück und rief Lundgren an, um sie auf den neuesten Stand zu bringen. Nach Beendigung des Telefonats lehnte er sich im Stuhl zurück und legte die Füße auf den Schreibtisch.

Lundgren war kurz angebunden gewesen und hatte gesagt, dass sie auf dem Sprung sei. Sie hatte merkwürdig geklungen. Fahrig und irgendwie abwesend. Als er gefragt hatte, wie sie mit ihrer Arbeit vorankämen, hatte sie »gut« gesagt, aber keine Erläuterung hinterhergeschickt. Dann hatte sie wiederholt, dass sie in Eile sei, und das Gespräch einfach beendet.

»Gut.« Was sollte er mit dieser Antwort anfangen? Zum ersten Mal kamen ihm Zweifel, ob es die richtige Entscheidung gewesen war, ihr Team in den Fall einzubinden. Andererseits war ihm bewusst, dass es mit dem, was ihnen bis zum heutigen Morgen an Ergebnissen vorgelegen hatte, noch zu früh für eine ausführliche Analyse gewesen war und sie erst jetzt, nachdem die Befragungen aller Eltern vorgenommen worden waren, verwertbare Angaben dafür vorliegen hatten.

***

Die Arztpraxis hatte bereits geschlossen, als Hannah um siebzehn Uhr vor der Tür stand. Sie unterdrückte ein Aufstöhnen, nachdem sie einen Blick auf das Schild neben der Tür mit den Öffnungszeiten geworfen hatte.

Freitag, natürlich, wie hatte sie das vergessen können. Der einzige Tag in der Woche, an dem nachmittags keine Sprechstunde war. Das musste es gewesen sein, was die Sprechstundenhilfe ihr am Morgen hinterhergerufen hatte. Verdammt! Jetzt musste sie auch noch das Wochenende ohne Tabletten überstehen. Das würde sie nicht schaffen.

Auf dem Weg zurück zu ihrem Wagen zerbrach sie sich den Kopf, wie groß die Chancen standen, in ihrer Stammapotheke eine Packung Tabletten auch ohne Rezept zu erhalten. Natürlich mit dem Hinweis, dass sie es am Montag umgehend nachreichen werde.

Wenn sie Glück hatte, träfe sie den älteren Apotheker an, mit dem sie sich schon einige Male sehr nett unterhalten hatte. Er hätte bestimmt Verständnis für ihre Lage. Wenn sie Pech hatte, würde sie auf die Inhaberin treffen, Typ Oberlehrerin, die ihr bereits mehrere Male einen Vortrag über die schädlichen Nebenwirkungen des Medikaments gehalten hatte.

Egal, sie musste es wenigstens versuchen.

Die melodische Türglocke klang verstimmt, als Hannah über die Schwelle trat. Sie schloss die Tür hinter sich, und als sie sich im Laden umschaute, sah sie den Apotheker in einer Ecke stehen und Medikamentenpackungen in ein Regal einsortieren. Er begrüßte sie freundlich, und Hannah begann umgehend, ihm ihr Malheur zu schildern, als plötzlich die Inhaberin aus den Tiefen des Ladens auftauchte. Die Frau schien das Gespräch mitbekommen zu haben und sah Hannah mit einem irritierten Blick an.

»Wie kommen Sie darauf, dass wir rezeptpflichtige Medikamente ohne Rezept rausgeben?«

»Ich habe es nicht mehr rechtzeitig zum Arzt geschafft«, setzte Hannah von Neuem an, im vollen Bewusstsein, dass jetzt alle weiteren Erklärungen vergebens sein würden. Trotzdem wollte sie sich noch nicht geschlagen geben, denn der Gedanke, das Wochenende ohne Tabletten verbringen zu müssen, verstärkte das Flattern in ihrem Magen von Minute zu Minute. »Am Montag bekommen Sie das Rezept auf jeden Fall. Ich bringe es Ihnen vorbei. Sie kennen mich doch, das ist jetzt wirklich ein absoluter Ausnahmefall. Sie können sich auf mich verlassen!«

»Frau Lundgren, es tut mir leid, aber das geht nicht. Sie sind bei der Polizei, also müssten Sie doch wissen, dass ich mich strafbar mache, wenn ich Ihrer Bitte nachkomme.«

Vor Hannahs Augen begann es zu flimmern, und sie hielt sich am Verkaufstresen fest.

»Geht es Ihnen nicht gut?«, fragte der Apotheker besorgt. »Soll ich Ihnen ein Glas Wasser holen?«

»Alles okay«, wehrte sie ab.

Nur raus hier. Sie drehte sich um und sah die Eingangstür wie durch einen Schleier. Beine aus Gummi, ihr Herz wummerte gegen die Rippen, sie bekam immer schwerer Luft. Schließlich hatte sie die Tür erreicht und atmete mehrere Male tief durch, nachdem sie ins Freie getreten war. Die frische Luft machte ihren Kopf wieder etwas klarer.

»Die ist doch schon längst abhängig«, hörte sie die Inhaberin hinter sich sagen, dann klappte die Tür wieder zu.

Schritt für Schritt stakste Hannah zu ihrem Wagen und stieß einen erleichterten Seufzer aus, als sie sich endlich auf den Sitz fallen lassen konnte. Sie steckte den Schlüssel ins Zündschloss, ließ den Wagen aber nicht an, sondern starrte durch die Frontscheibe nach draußen.

Sollte sie es in einer anderen Apotheke versuchen? Nein, das würde nichts bringen. Wenn sie dort, wo man sie kannte, kein Medikament ohne Rezept erhielt, bekäme sie es in einer anderen Apotheke erst recht nicht.

Der Regen hatte erneut zugenommen, trotzdem waren die Gehwege bevölkert, weil viele Menschen schon heute Abend ihre letzten Wochenendeinkäufe erledigten, damit sie den Sonnabend und den Sonntag ausschließlich ihren Freizeitaktivitäten widmen konnten. Sie sollte dies ebenfalls tun, denn in ihrem Kühlschrank herrschte ziemliche Ebbe, und wer konnte sagen, wann ihr die Arbeit am kommenden Tag Zeit dafür ließe? Aber sie konnte sich nicht dazu aufraffen, sie saß einfach nur da und starrte ins Leere, immer noch den Satz der Apothekerin im Ohr.

Hatte die Frau recht? War sie wirklich abhängig?

Hannah hatte den Gedanken bisher immer verdrängt, aber jetzt wurde ihr klar, dass sie sich ihm endlich stellen musste.

***

Olaf Reinders hatte sich mit seiner Schwester verabredet, weil er ihr die Frage wegen einer eventuellen Betreuung von Jonas nicht am Telefon stellen wollte. Vera hatte sich über seinen Anruf gefreut und ihn zum Abendessen eingeladen. Nichts Großes, hatte sie gesagt und ihn dann mit einem Fischbuffet empfangen, bei dem Olaf das Wasser im Mund zusammengelaufen war. Seit Elkes Eröffnung hatte er kaum noch etwas heruntergenommen, aber jetzt, in dem gemütlichen Esszimmer seiner Schwester und seines Schwagers, überkam ihn der Hunger.

Nach dem Essen machte sein Schwager Anstalten, zu seiner Modelleisenbahn im Keller zurückzukehren. »Ich lass euch dann mal allein«, meinte er. »Wenn der Olaf nach Feierabend hier antanzt, hat er bestimmt was auf dem Herzen.«

Reinders bat ihn, zu bleiben. »Es betrifft euch beide.«

Gerd Böttcher ließ sich auf seinen Stuhl zurücksinken und sah ihn ebenso wie seine Frau erwartungsvoll an.

»Ist etwas passiert?«, fragte Vera. »Du wirkst schon die ganze Zeit über so angespannt.«

Reinders erzählte von Elkes Ultimatum.

»Das kann sie doch nicht machen!«, empörte sich Vera nach seinen letzten Worten. »Sie kann doch nicht ihr Kind im Stich lassen!«

»Nu mal halblang«, sagte ihr Mann und nickte Reinders aufmunternd zu. »Elke kümmert sich jetzt schon so lange um den Jungen, und ich finde es vollkommen in Ordnung, wenn sie sagt, dass Olaf jetzt auch mal an der Reihe ist. Das hat doch nichts mit Im-Stich-Lassen zu tun.«

»Aber ein Kind gehört zu seiner Mutter. Erst recht, wenn es krank ist.« Vera ließ sich nicht beirren.

Ihr Mann ebenfalls nicht. »Tünkram. Olaf ist genauso eine Bezugsperson für den Jungen. Dein Bruder ist doch auch schon zu Hause geblieben, wenn Jonas nicht in die Kita oder die Schule konnte, weil er zum Beispiel eine Erkältung hatte.«

»Das Problem ist, dass ich dieses Mal aber nicht zu Hause bleiben kann«, sagte Reinders. »Jedenfalls nicht sofort. Wir haben einen neuen Fall, und ich kann im Moment keinen Urlaub nehmen. Es sei denn, wir lösen ihn in den nächsten Tagen, was allerdings unwahrscheinlich ist.«

»Dann kümmern wir uns um den Jungen«, sagte Vera, und ihr Mann nickte eifrig.

»Klar machen wir das! Ich will meine Anlage unten erweitern und hab gerade ein paar neue Schienen und Züge reinbekommen. Da kann mir der Junge beim Aufbau helfen, das bringt ihn auf andere Gedanken.«

Reinders fiel ein Stein vom Herzen. »Danke!«

»Warte mal«, wandte Vera ein. »Ich finde es besser, wenn Jonas in seiner vertrauten Umgebung bleibt.« Sie blickte Reinders an. »Ich kann doch in euer Gästezimmer ziehen, oder?«

»Natürlich kannst du das.«

»Das halte ich für keine gute Idee«, sagte ihr Mann. »Sein Zuhause ist für den Jungen meiner Meinung nach im Moment viel zu sehr mit seiner Krankheit belastet. Er müsste in eine andere Umgebung und Dinge tun, die ihn ablenken.«

Insgeheim stimmte Reinders seinem Schwager zu, aber sie vereinbarten, dass er sich erst mit Elke austauschen solle und sie dann Jonas die Entscheidung überlassen wollten. Falls er sich dazu entschließen sollte, zu seiner Tante und seinem Onkel überzusiedeln, könnten Reinders und seine Frau ihn trotzdem jeden Abend besuchen, da die Böttchers in Harrislee wohnten, also nur knappe zehn Autominuten entfernt.

***

Obwohl sie noch zu Laura und ihren Eltern wollte, beschloss Birte, etwas länger zu bleiben und die neu hinzugekommenen Gästelisten mit den bereits vorhandenen abzugleichen. Das Gästehaus besaß nur zwanzig Zimmer, also war die Anzahl der Namen überschaubar. Nach einer Stunde war sie durch und ließ sich in ihrem Stuhl zurücksinken.

Keine Übereinstimmungen.

Wenn sie ehrlich war, hatte sie auch nicht damit gerechnet. Das Pärchen hatte seit 2011 vermutlich sieben Frauen verschleppt und deren Bekanntschaft immer in diesem Gästehaus gemacht. Es hatte einen jährlichen Abstand bei den Entführungen gegeben, nur zweimal hatten zwei Jahre dazwischengelegen. Bei einem solchen Zeitraum konnten sie davon ausgehen, dass sich Angestellte nicht mehr an Namen oder Gesichter erinnerten, aber da waren ja immer noch die Anmeldeformulare. Sie waren nicht zu umgehen; da man allerdings keinen Personalausweis vorlegen musste, war es ein Leichtes, sich mit einem falschen Namen und einer falschen Anschrift einzutragen. Und das war hier offensichtlich geschehen.

Birte stand auf und ging zum Fenster hinüber. Sie massierte ihren schmerzenden Nacken und schaute hinaus. Es regnete noch immer in Strömen, und die Wettervorhersage versprach keine Besserung. Karibik wäre jetzt schön, dachte sie sehnsuchtsvoll, oder Dom Rep, egal, irgendwohin, wo die Sonne schien. Am liebsten natürlich mit Laura. Vor einem Jahr hatte Birte das Thema zum ersten Mal angesprochen, und Laura war begeistert gewesen. Allerdings hatte damals noch das nötige Kleingeld gefehlt. Mittlerweile war es zusammen, aber jetzt wollte Laura nicht mehr. Urlaub mit ihrer Mutter, du meine Güte, wie ätzend.

Birtes Eltern hatten angeboten, Laura solange zu sich zu nehmen. Aber Birte konnte sich nicht entschließen, allein in Urlaub zu fahren. Sie hatte immer Fabian an ihrer Seite gehabt, später dann auch Laura, aber nachdem sie und ihr Mann sich getrennt hatten, war sie im Urlaub stets zu Hause geblieben und hatte höchstens mal Tagestouren unternommen.

Mach es, hatten einige Freundinnen geraten, die das Ganze bereits ausprobiert hatten. Es ist überhaupt nicht so schlimm, wie du denkst. Du wirst im Restaurant nicht an den Katzentisch gesetzt, und selbst wenn man es versuchen sollte, bist du doch wohl Frau genug, dem zu widersprechen.

Ja, natürlich war sie das, aber sie wollte nun mal nicht allein verreisen. Sie wollte wieder einen Mann an ihrer Seite, mit dem sie alles teilen konnte. Aber der war weit und breit nicht in Sicht.

Sie seufzte tief und rief sich zur Ordnung. Hör auf mit dem Selbstmitleid, verdammt noch mal, dir geht es doch gut! Du musst dich bloß endlich an dein neues Leben gewöhnen. Ein Mann ist doch nicht das Maß aller Dinge! Sie musste kichern. Wenn sie es sich lange genug einredete, würde sie vielleicht irgendwann tatsächlich daran glauben.

Zurück am Schreibtisch, legte sie die Listen zusammen und heftete sie in einem Ordner ab. Morgen würde sie als Erstes checken, welche Namen falsch waren. Viel würde das allerdings nicht bringen, weil sie dann ja immer noch nicht wussten, wer sich hinter diesen falschen Namen verbarg. Sie würde Wengler fragen, ob sie die Personen, die ihren richtigen Namen eingetragen hatten, überprüfen sollten. Falls ja, würde das einen Berg zusätzlicher Arbeit bedeuten.

Sie streifte ihren Mantel über, löschte das Licht der Schreibtischlampe und verließ das Büro. Als sie auf den Fußweg vor dem Gebäude der BKI trat, das Ende des 19. Jahrhunderts als »Hotel Flensburger Hof« erbaut worden war und mit den beiden Nachbarhäusern zu den Kulturdenkmälern Flensburgs gehörte, peitschte ihr der Regen ins Gesicht. Der Wind hatte zugenommen, er kam jetzt von Osten und trieb den Regen vor sich her. Einen so scheußlichen Oktober hatten sie schon lange nicht mehr gehabt. Kein langsames Ausklingen des Sommers wie in den vergangenen Jahren, keine Abende mehr, die man noch auf der Terrasse verbringen konnte. Birte schauderte und lief so schnell sie konnte zu ihrem Wagen, den sie zwischen einigen Einsatzfahrzeugen geparkt hatte. Sie steckte den Schlüssel ins Zündschloss, startete den Wagen und machte sich auf den Weg nach Glücksburg. Während der Fahrt ging ihr wieder das Gespräch mit Susanne Keppler durch den Kopf. Die Angst, dass Laura ihr entgleiten könnte. Birte hatte dieses Thema erst einmal ihrer Mutter gegenüber angesprochen. Und das auch nur kurz, weil es ihr immer widerstrebte, andere Menschen mit ihren Sorgen zu behelligen. Selbst bei ihrem engsten Umfeld hatte sie Probleme damit.

Charlotte war allein zu Hause. Birtes Vater war mit seinen Kegelfreunden verabredet, und Laura übernachtete bei ihrer Freundin Sanne. Birte beschloss, nicht lange um den heißen Brei herumzureden, und gab ihrer Mutter eine kurze Zusammenfassung des aktuellen Falls. Wie erwartet, zeigte sich Charlotte schockiert und versprach, am kommenden Tag sofort mit

Laura zu sprechen und sie eindringlich zu ermahnen, sich nicht mit fremden Personen abzugeben.

»Danke, Mama!«, sagte Birte erleichtert. Sie realisierte den aufmerksamen Blick ihrer Mutter.

»Du hast doch noch etwas auf dem Herzen, oder?«

Birte seufzte und erzählte ihr von den Ängsten, die sie wegen Laura umtrieben. Nachdem sie geendet hatte, strich ihre Mutter über ihre Hand.

»Laura hat sich verändert, das ist mir auch aufgefallen. Wir haben sie ja nun schon etwas länger nicht mehr bei uns gehabt und hatten uns wirklich sehr auf sie gefreut. Aber nachdem wir sie jetzt einige Tage erlebt haben, muss ich sagen, dass es nicht einfach ist mit dem Kind.«

»Hat sie was angestellt?«, fragte Birte erschrocken.

Charlotte stellte ihre Teetasse auf dem Couchtisch ab und lehnte sich im Sessel zurück. »Nein, das nicht. Uns ist einfach nur aufgefallen, dass sie sich sehr verändert hat. Und zwar nicht zu ihrem Vorteil. Beim Essen lümmelt sie zum Beispiel auf ihrem Stuhl herum, und wie man mit Messer und Gabel isst, scheint sie auch verlernt zu haben. Wenn sie denn überhaupt mal was Richtiges isst. Meistens kaut sie ja nur auf ihren Äpfeln rum und zwischendurch vielleicht noch mal auf einer Banane. Das ist doch keine Ernährung für ein Mädchen in ihrem Alter. Sie muss doch mal was Vernünftiges zwischen die Zähne kriegen.«

»Ja, das ist auch ein ewiges Streitthema zwischen uns.« Birte sah ihre Mutter voller Anspannung an. »Und was sonst noch?«

»Na ja, sie ist halt ziemlich aufmüpfig. Wenn ich sie bitte, mal einige Haushaltspflichten zu erledigen, wird sie bockig und verweigert sich, weil sie angeblich Schularbeiten machen muss. Als ich einmal in ihr Zimmer gekommen bin, hing sie am Smartphone rum. So viel zum Thema Schularbeiten. Gestern Nachmittag hatte ich sie gebeten, noch schnell Brot zu holen, weil unseres schimmelig geworden war. Das war natürlich ein Ansinnen für Madame. Sie hat es dann getan, widerwillig natürlich, und auch nicht das Brot mitgebracht, das ich haben wollte. Das sei ausverkauft gewesen. Nun gut, ich konnte ihr ja nicht das Gegenteil beweisen, aber ich glaube, dass sie gelogen hat und das reine Schikane war.«

Meine Tochter lügt nicht, hätte Birte noch vor einem Jahr gesagt, aber heute schwieg sie. Denn schließlich hatte auch sie Laura schon dabei erwischt.

»Ich weiß ja, dass Kinder in der Pubertät nicht einfach sind«, sagte Charlotte. »Mit dir hatte ich es damals auch nicht immer leicht. Aber diese Aggressivität, die Laura teilweise an den Tag legt, hast du nie gezeigt.« Sie sah ihre Tochter mit einem nachdenklichen Blick an. »Mir ist natürlich klar, dass eure Scheidung hart für Laura war. Aber es ist doch ein großer Pluspunkt, dass du und Fabian euch noch immer gut versteht und die beiden sich häufig sehen. Ich habe auch nicht das Gefühl, dass hier der Grund liegt. Das muss etwas anderes sein.« Sie schaute Birte jetzt direkt an. »Kann es sein, dass Laura magersüchtig ist?«

Birte schluckte. »Ich weiß es nicht«, gab sie zu. »Ich weiß es wirklich nicht.«

»Aber den Gedanken hattest du auch schon, oder?«

»Ja«, sagte Birte deprimiert.

»Magersucht ist ja auch immer ein Hilferuf.« Charlotte griff nach ihrer Hand. »Ich weiß, wie viel dein Job dir bedeutet und dass du lange darauf hingearbeitet hast, in die Mordkommission zu kommen. Aber wie es aussieht, braucht Laura dich im Moment mehr als sonst. Wir würden uns natürlich immer um sie kümmern, aber wenn sie wirklich ernsthafte Probleme hat, braucht sie dich, Birte. Gibt es die Möglichkeit, dass du deine Stunden reduzierst? Zumindest für eine gewisse Zeit?«

»Nein, die Möglichkeit besteht nicht. In unserem Kommissariat gibt es keine Teilzeitstellen.«

»Kannst du denn nicht in ein anderes Kommissariat wechseln? Vielleicht mit so einer Art Rückkehrrecht in die Mordkommission?«

»Vergiss es, Mama. Wenn ich die MK freiwillig verlasse,

komme ich da nie wieder rein. Selbst wenn ich nur für eine gewisse Zeitspanne gehe.«

»Würde dein Vorgesetzter denn kein Verständnis für die Situation aufbringen?«

»Doch, das würde er, aber er hat ja noch ein paar über sich. Das ist ein reiner Männerverein, bei dem teilweise heute noch Sprüche fallen, dass die Frauen nach Hause zu ihrer Familie gehören. Da sind einige noch immer nicht in diesem Jahrtausend angekommen, und sie wollen es auch gar nicht. Die haben ihre Frauchen zu Hause sitzen, die ihnen das Nest und das Bett warm halten, und alles ist gut.«

»Hm.« Charlotte strich sich über die Nasenwurzel, wie sie es immer tat, wenn sie nachdachte. »Ich verstehe, dass das eine schwere Entscheidung für dich ist, Kind. Aber vielleicht ist jetzt die Zeit gekommen, in der du Prioritäten setzen musst.«

Tag 5

Der Sonnabend begann mit einem Paukenschlag, der Reinders nach einer Nacht voller Diskussionen mit Elke und dementsprechend wenig Schlaf auf einen Schlag hellwach machte.
»Das Grundbuchamt hat sich gemeldet!« Frida kam ihm bei seiner Ankunft im Büro zettelwedelnd entgegen. »Du wirst es nicht glauben, aber sie sind doch noch fündig geworden und haben mir durchgegeben, wem der Acker gehört.«
»Am Wochenende?«
»Ja, da muss wohl jemand ein ganz schlechtes Gewissen gehabt haben.«
»Manfred Krohn«, las Reinders, nachdem er Frida den Zettel abgenommen hatte.
»Genau«, bestätigte sie. »Sein Hof liegt ein Stück außerhalb von Bockholm. Krohn lebt dort mit seiner Frau Heike und den Kindern Lukas und Annika.«
»Na, endlich mal 'ne positive Nachricht. Weiß Christoph es schon?«
»Ja, weiß ich.« Wengler war in der Tür aufgetaucht. »Ich hab nur noch auf dich gewartet.«

Nach einer halbstündigen Fahrt erreichten sie den Hof der Krohns, den ein schmaler Fahrweg, der nur von Schlaglöchern zusammengehalten wurde, mit der Landstraße verband. Wengler parkte den Wagen vor dem Hauptgebäude.
Der Hof wirkte verlassen, alles atmete Verfall. Das Haupthaus aus rotem Backstein, der an vielen Stellen weiß und verwittert aussah. Das Dach mit den Eternitziegeln, die vor Urzeiten einmal schwarz gewesen sein mochten und schon lange den Kampf gegen das wuchernde Moos aufgegeben hatten. Die Fensterscheiben waren nahezu blind, und der weiße Farbauftrag an den hölzernen Läden blätterte in langen Streifen

von dem morschen Holz ab. Immerhin gab es eine Satellitenschüssel auf dem Dach. Drei ausgetretene Stufen führten zu einer doppelflügeligen Eingangstür aus dunklem Holz empor, auch sie verwittert und morsch, geriffelte Glaseinsätze im oberen Bereich. Reinders schirmte die Augen mit beiden Händen ab und versuchte, einen Blick ins Innere zu werfen, aber das Mattglas machte ihm einen Strich durch die Rechnung. Da er keine Klingel entdecken konnte, klopfte er schließlich an die Tür. Keine Reaktion, auch nach dem zweiten und dritten Mal nicht.

»Hallo? Ist jemand zu Hause?« Nichts. Reinders drückte die Türklinke herunter. Die Tür war zu.

»Scheint keiner da zu sein.« Reinders gesellte sich zu Wengler, der in der Zwischenzeit mit der Erkundung des Terrains begonnen hatte. An das Haupthaus grenzte eine große, rechteckige Scheune, auch hier roter Backstein, zum Dach hin mit Wellblech verkleidet. Eine Regenrinne führte an der Wand empor, vereinnahmt von einem kümmerlichen Efeu, der auf halber Höhe beschlossen hatte, sein Wachstum einzustellen. Dafür wucherte das Unkraut an der Scheunenwand umso munterer, an manchen Stellen stand es bis zu einem Meter hoch und war somit kaum noch von vereinzeltem Buschwerk zu unterscheiden. Gerümpel lugte daraus hervor, vergammelte Obstkisten, zerbrochene Tontöpfe, eine verrostete Wanne aus Emaille. An der Stirnseite des Gebäudes waren drei Mülltonnen platziert, allesamt leer, wie Reinders nach einem kurzen Blick feststellte.

Die Scheune sah ebenso hinfällig aus wie das Haupthaus. Das dunkle Eisentor wurde von einer Vielzahl unterschiedlich großer Rostflecken zusammengehalten, hielt aber zu Reinders' großem Erstaunen sämtlichen Öffnungsbemühungen stand. Das Gleiche galt für die Tür des kleinen Stallgebäudes gegenüber, neben dem sich eine Koppel erstreckte, die ein verrotteter Holzzaun umgab. Auf der Rückseite des Stalls entdeckten sie eine Ansammlung alter Reifen, zu einem Stapel aufgetürmt und notdürftig von einer halb zerfetzten und mit Steinen beschwerten Plane bedeckt. Als sie schließlich um die Ecke der Scheune bogen, fiel ihr Blick auf einen ausgeschlachteten BMW älteren Datums, der an der Begrenzung des Grundstücks unter einem knorrigen Apfelbaum stand. Da niemand Hand angelegt hatte, hatte sich der Baum schließlich selbst seiner Last entledigt und sie großzügig über seine Umgebung verteilt. Äpfel, wohin das Auge blickte, die meisten verfault, eine gärig riechende Masse, am Boden, im Wagen, an ihren Gummistiefeln.

Der Platz vor dem Haupthaus war mit Kopfsteinen gepflastert; auf dem restlichen Teil des Anwesens wechselten sich Graswuchs und dunkles Erdreich ab, das der Regen der letzten Tage in eine Schlammwüste verwandelt hatte.

Tiere schien es hier nicht zu geben, nicht einmal eine Katze streunte herum. Die Stille über dem Anwesen hatte etwas Gespenstisches.

Zurück am Haupthaus rief Reinders Frida an, die versprochen hatte, so schnell wie möglich etwas über das Ehepaar Krohn und dessen Kinder in Erfahrung zu bringen. »Manfred Krohn ist einundfünfzig Jahre alt, seine Frau Heike neunundvierzig«, war ihre Stimme aus dem Lautsprecher zu vernehmen. »Ihre Kinder Annika und Lukas sind zwanzig, ein Zwillingspaar, das ebenfalls auf dem Hof gemeldet ist. Manfred Krohn hat den Hof von seinem verstorbenen Vater geerbt und ihn anscheinend seit seiner Geburt nicht verlassen. Ich hab jedenfalls keine Einträge gefunden, die auf andere Wohnorte hindeuten. Seine Frau Heike wurde in Bremen geboren. Die Krohns sind seit achtundzwanzig Jahren verheiratet. Die Eltern der beiden sind tot, weitere Verwandte hab ich nicht finden können. Von der Familie ist bisher nur Lukas Krohn in Erscheinung getreten. Er ist mehrere Male mit Alkohol am Steuer erwischt worden und hat einmal sogar eine Nacht in der Ausnüchterungszelle verbracht.« Eine Pause folgte, dann: »Ach, noch was. Der Typ vom Grundbuchamt hat gesagt, dass die beiden Felder, die den Hof umgeben, schon immer im Besitz der Familie gewesen seien. Den Acker habe Manfred Krohn allerdings erst vor acht Jahren erworben.«

»Danke, Frida.« Reinders beendete das Gespräch und schaute nachdenklich auf das Display seines Handys, als gäbe ihm dieses den nächsten Schritt vor.

»Ich glaube nicht, dass die Krohns noch hier leben«, sagte Wengler unvermittelt.

»Sie könnten einkaufen sein oder im Urlaub.« Reinders hörte selbst, wie lahm sein Erklärungsversuch klang. Wer würde freiwillig auf so einem verwahrlosten Anwesen leben? Andererseits ... ausschließen konnte man es auch nicht. Ratlos sah er sich um. »Was wollen wir jetzt tun?«

Wengler zog eine Visitenkarte aus der Brieftasche, schrieb einen kurzen Text auf die Rückseite und schob sie dann in Ermangelung eines Briefkastens unter der Haustür durch. »Falls die Krohns wirklich noch hier leben sollten und nichts zu verbergen haben, werden sie sich melden. Ich werde mich aber trotzdem schon mal mit der Staatsanwaltschaft wegen eines Durchsuchungsbeschlusses in Verbindung setzen. Vielleicht stellt Gärtner mir ja jetzt schon einen aus.«

Der Oberstaatsanwalt hatte ihm bereits angekündigt, dass er den Fall delegieren werde, weil sein Schreibtisch voll sei. Aber vielleicht hatten sie ja Glück und eine Übergabe war noch nicht erfolgt. Mit Gärtner war es immer ein unproblematisches Arbeiten, was man von einigen seiner Mitarbeiter nicht behaupten konnte. Trotzdem konnte Reinders sich nicht vorstellen, dass sie bereits in diesem frühen Stadium einen Beschluss bekommen würden. Als er es Wengler sagte, verzog dieser genervt das Gesicht. »Ich muss es wenigstens versuchen, Olaf.«

Reinders nickte. »Jetzt können wir hier im Umfeld ja endlich gezielte Fragen stellen. Das müsste doch mit dem Teufel zugehen, wenn uns da nicmand weiterhelfen könnte.«

***

Der Bauernhof hatte Wengler angesprungen und eine Ahnung in seinen Kopf gepflanzt, die sich mit jedem Schritt, den er über das Anwesen tat, zur Gewissheit verstärkte.

An diesem Ort hatte sich das Böse eingenistet, schon vor langer Zeit, hatte Gemäuer durchdrungen, war in die Erde gesickert, wie ein schleichendes Gift, das am Ende jedes Leben tilgt. Alles in ihm drängte danach, sofort die Gebäude öffnen zu lassen und jeden Millimeter darin eigenhändig zu untersuchen, denn er war sich sicher, dass er keinen Anruf der Krohns erhalten würde. Die hatten den Hof aufgegeben, so viel stand für ihn fest.

Weil sie etwas mit den Toten auf dem Acker zu tun hatten?

Wengler griff zum Handy und drückte die Nummer von Oberstaatsanwalt Richard Gärtner. Als er von dessen Sekretärin erfuhr, dass der Fall jetzt von Staatsanwalt Kossack bearbeitet wurde, konnte er gerade noch einen Fluch unterdrücken. Ausgerechnet Peer Kossack, ein selten sturer Hund, mit dem er bereits einige Kämpfe ausgefochten hatte. Wengler redete eine Viertelstunde auf den Staatsanwalt ein, der sich, wie erwartet, nicht von seiner Argumentation überzeugen ließ. Kossack sagte fast wortwörtlich das, was Reinders bereits vorgebracht hatte. Zurzeit nicht zu Hause, Urlaub, es gebe diverse Gründe, warum niemand anwesend sei. Wo käme man denn hin, wenn man hier gleich ein Haus stürmen würde. Nein, er werde mit Sicherheit bei keinem Richter um einen Beschluss nachsuchen.

»Kossack? Na, prost Mahlzeit! Das war ja zu erwarten, dass der Typ sich stur stellt«, lautete Reinders' Kommentar nach Beendigung des Gesprächs, während er den Wagen auf den Hof lenkte, der dem der Krohns am nächsten lag.

»Meine Güte, warum mussten wir denn jetzt ausgerechnet an den geraten?« Wengler seufzte und folgte seinem Kollegen über einen großen, kopfsteingepflasterten Hof zu einer mit Ornamenten verzierten Eingangstür, die zu einem ansehnlichen Eindachhof gehörte. Das Anwesen beeindruckte Wengler, stellte es doch einen vollkommenen Gegensatz zum Hof der Krohns dar.

»Moin, Herr Finnern«, grüßte Reinders den kahlköpfigen Riesen mit Schmerbauch, der ihnen öffnete, und hielt seinen Dienstausweis hoch. »Ich war mit meiner Kollegin gestern schon mal hier, Sie erinnern sich?«

Sein Gegenüber runzelte die Stirn und nickte dann. »Jo.«

»Wir hätten noch einige Fragen an Sie. Dürfen wir reinkommen?«

Finnern nickte erneut und machte den Weg frei. Er führte sie durch einen hellen Flur in ein gemütliches Wohnzimmer und machte eine auffordernde Handbewegung in Richtung der cremefarbenen Couchgarnitur.

Wengler blickte sich voller Interesse um. Sein Onkel besaß einen Bauernhof, und als er sich jetzt dessen Einrichtungsstil vor Augen rief, schien er ihm ein Jahrhundert von dem entfernt, den er hier vor sich hatte. Dort Eiche brutal und grauenhaft gemusterte Tapeten, hier helles Holz, Lack und Chrom und weiß gekalkte Steinwände. Reinders hatte ihm erzählt, dass Finnern zu den Betuchten in dieser Ecke gehörte. Was schon bei den Außenanlagen ersichtlich gewesen war, die sich alle in einem gepflegten Zustand befanden.

Sie nahmen in zwei Sesseln Platz, Finnern setzte sich auf die Couch ihnen gegenüber. »Worum geht's?«

»Wir haben mittlerweile ermittelt, dass der Acker, zu dem meine Kollegin und ich Sie gestern befragt haben, einem Manfred Krohn gehört«, sagte Reinders.

»Ah.« Finnern lehnte sich zurück und sah sie interessiert an.

»Kennen Sie die Familie?«

»Jo.«

Wengler wurde ungeduldig. Er war selbst Norddeutscher, aber die von vielen seiner Landsleute kultivierte Maulfaulheit ging ihm doch so manches Mal gehörig auf die Nerven. »Dann können Sie uns doch sicherlich etwas zu den Krohns sagen. Wir kommen gerade von deren Hof und fanden, dass er verlassen aussieht. Ist Ihnen bekannt, ob die Krohns ihn aufgegeben haben?«

Finnern guckte verständnislos. »Warum sollten sie das denn tun?«

»Wie ich gerade sagte, der Hof wirkt verlassen. Und auch ziemlich verwahrlost.«

Finnern schüttelte bedächtig den Kopf. »Nee, also, da weiß ich nichts von, dass die den Hof aufgegeben haben.«

»Wann haben Sie sie das letzte Mal gesehen?«

»Die Heike hab ich doch neulich noch beim Einkaufen im Supermarkt getroffen.«

»Wann war neulich?«

Finnern wiegte den Kopf hin und her. »Na, so vor drei oder vier Wochen.«

»Und Manfred Krohn und die beiden Kinder?«

»Das liegt bestimmt schon Monate zurück.«

»Dann hatten Sie keinen näheren Kontakt zur Familie?«, fragte Reinders.

»Nee, die sind nicht so unser Fall.« Finnern verzog das Gesicht.

»Warum nicht?«

»Och … die sind in den letzten Jahren irgendwie immer komischer geworden. Gut, sie waren jetzt nie so die geselligen Typen, aber mittlerweile halten sie sich von allem fern. Sie kommen schon lange zu keinen Veranstaltungen mehr, auch nicht, wenn man sie mal privat einlädt. Was inzwischen niemand mehr tut. Umgekehrt läuft da natürlich auch nichts. Manfreds Eltern waren da ganz anders, die waren immer mittenmang.« Finnern schien seine Maulfaulheit überwunden zu haben und richtete sich auf. »Was ist denn mit diesem Acker? Haben Sie da irgendwas gefunden oder so? Sonst hätten Sie doch gestern nicht überall nach den Besitzern rumgefragt.«

Der Dorfklatsch funktioniert, dachte Wengler. Gut so. »Tut mir leid, Herr Finnern, aber dazu können wir nichts sagen.

Das sind laufende Ermittlungen«, gab er zur Antwort, wohl wissend, dass dieser Ausspruch die Gerüchte befeuern würde, die seit dem Vortag ganz offensichtlich schon die Runde gemacht hatten. Wenn sie Glück hatten, spielte ihnen das in die Hände.

»Kennen Sie auch die Kinder der Krohns?«, fragte Reinders.

»Ja, die sind mit meinen zur Schule gegangen. Aber da war nichts mit Spielen am Nachmittag oder so. Die mussten nach der Schule immer gleich nach Hause. Lukas war ein ziemlicher Rabauke, der sich in der Schule ständig mit anderen angelegt hat. Unsere Kinder haben ihn gemieden wie die Pest.«

»Aber jetzt sind Lukas und Annika doch nicht mehr im schulpflichtigen Alter. Wissen Sie, ob die beiden einem Beruf nachgehen?«

»Ich hab gehört, dass Lukas eine Lehre zum Kfz-Mechaniker begonnen hat. Aber ob er die abgeschlossen hat … keine Ahnung. Und Annika …« Finnern runzelte die Stirn. »Nee, das weiß ich nicht, tut mir leid. Jedenfalls dürften die beiden nicht viel Geld verdienen, denn sonst würden sie ja mit zwanzig nicht immer noch zu Hause wohnen.«

»Gab es mal irgendetwas Außergewöhnliches in Verbindung mit den Krohns?«, wollte Wengler wissen.

»Was meinen Sie damit?«

»Sind sie zum Beispiel einmal mit der Polizei in Konflikt geraten?«

»Nicht, dass ich wüsste.«

»Der Acker grenzt nicht an den Hof der Krohns«, sagte Reinders. »Ist das normal, dass ein Landwirt Grund und Boden erwirbt, der ein ganzes Stück weiter weg liegt?«

Finnern grinste breit. »Oh, das merkt man aber, dass Sie nicht vom Fach sind. Natürlich ist das normal, wenn man erweitern will und nichts in der Nähe kriegt.«

Sie blickten auf, als sich die Tür öffnete und eine Frau mittleren Alters das Zimmer betrat. Blond, mollig, mit einem freundlichen Gesicht, machte sie einen sympathischen Eindruck. Sie erkannte Reinders sofort. »Na, Herr Kommissar, Sie können sich wohl gar nicht von uns trennen.«

Reinders lachte auf. »Ihr Kaffee war extrem lecker, Frau Finnern. So einen bekommt man nicht überall angeboten.«

Sie erwiderte sein Lachen, und ihr Mann stellte sie Wengler als seine Frau Rieke vor. Sie reichte Wengler die Hand und warf dann ihrem Angetrauten einen strafenden Blick zu. »Du hast unseren Gästen ja gar nichts angeboten.«

»Ja … nun …« Ihr Tadel ließ ihn erneut in seine Sprachlosigkeit zurückfallen.

Sie winkte ab und ging wieder zur Tür. Bereits nach wenigen Augenblicken kehrte sie mit einer Tortenplatte zurück, auf der sich mehrere Stücke Apfelkuchen befanden. »Wenn ich mich recht erinnere, hat Ihnen gestern doch nicht nur mein Kaffee geschmeckt, was, Herr Reinders?« Ihr Lachen war ansteckend. Sie holte Geschirr und Besteck aus einem weißen Vitrinenschrank, deckte im Nu den Couchtisch ein und verteilte die großzügig geschnittenen Kuchenstücke auf die Teller. »Kaffee ist gleich fertig, aber langen Sie doch ruhig schon mal zu.«

Sie setzte sich neben ihren Mann und blickte Wengler und Reinders erwartungsvoll an. »Was führt Sie denn heute zu uns? Immer noch die Frage, wem dieser Acker gehört? Sönke und ich haben da gestern noch drüber gesprochen. Da muss doch irgendwas passiert sein, wenn Sie sich so für den Besitzer interessieren.«

»Lass es, Rieke! Ich hab auch nichts rausgekriegt.«

Wengler unterdrückte ein Schmunzeln und erzählte Rieke Finnern, dass sie den Besitzer des Ackers ausfindig gemacht hatten. »Haben Sie die Krohns näher gekannt?«

»Nein.« Sie wiederholte das, was bereits ihr Mann ausgesagt hatte. »Heike ist allerdings vor einigen Jahren mal bei dem Yoga-Kurs aufgetaucht, den ich damals in Flensburg besucht habe. Das hat mich gewundert, weil sie sich ja sonst nirgendwo blicken ließ. Nach ein paar Wochen ist sie dann wieder weggeblieben. Was uns allen nur recht war.« Sie sah ihren Mann an.

»Ich hatte dir doch damals von ihrem merkwürdigen Verhalten erzählt, daran musst du dich doch noch erinnern.«

»Och, Rieke, nicht jeder hat dein Elefantengedächtnis. Das ist jetzt wirklich ein bisschen zu viel verlangt.«

Sie zwickte ihn liebevoll in die Wange. »Ja, ich weiß, die Aufnahmekapazität deiner Festplatte ist beschränkt.« Sie stand auf. »Ich hol mal eben den Kaffee.« In Windeseile war sie wieder zurück und füllte die Tassen.

»Was war das für ein merkwürdiges Verhalten?«, hakte Wengler nach, nachdem sie wieder Platz genommen hatte.

Rieke Finnern sah ihn mit einem unbehaglichen Ausdruck an. »Wir sind nach dem Kurs immer noch in eine Kneipe gegangen, und als Heike das erste Mal auftauchte, hab ich sie gefragt, ob sie mitkommen möchte. Die anderen waren ja alle aus Flensburg, sie kannte nur mich. Erst wollte sie nicht, aber dann konnte ich sie überreden. Hätte ich das mal bloß nicht getan. Heike hat ziemlich viel getrunken, und dann fing sie plötzlich an, eine Kursteilnehmerin anzubaggern. Das war so was von peinlich.« Sie blickte Wengler direkt an. »Verstehen Sie mich bitte nicht falsch. Die sexuelle Orientierung eines Menschen ist mir herzlich egal, aber man kann doch nicht einer bis dahin unbekannten Person in aller Öffentlichkeit an die Wäsche gehen. Das geht nun wirklich zu weit! Corinna hat Heike deutlich die Meinung gesagt und die anderen Mädels auch, und so hat sich die Runde dann ziemlich schnell aufgelöst. Ich hatte Heike zu Beginn des Kurses angeboten, sie hinterher mit nach Hause zu nehmen, weil sie mit dem Bus gekommen war und später keiner mehr fuhr. Nach dem Erlebnis in der Kneipe hatte ich allerdings keine Lust mehr dazu. Sie muss dann eine Bedienung gebeten haben, ihr ein Taxi zu rufen, denn als wir gehen wollten, habe ich mitbekommen, wie es hieß, dass es bis zu einer Stunde dauern könne, bis ein Wagen käme. Da habe ich mich dann erweichen lassen, Heike doch mitzunehmen. Oh Mann! Sie hat mir die ganze Fahrt über die Ohren vollgejault, dass ihr Mann ständig fremdgehen würde.

Die hat sich so richtig ausgekotzt bei mir. Ich war heilfroh, als wir endlich an ihrem Hof ankamen.« Sie hielt inne und fuhr dann fort. »Heike war so betrunken, dass ich sie zur Haustür bringen musste, weil sie es allein nicht geschafft hätte. Ich habe den Schlüssel in ihrer Handtasche gesucht, und dann waren da plötzlich diese Schreie. Die sind mir durch Mark und Bein gegangen. Ganz hoch waren die und schrill. Es hörte sich an, als wenn sie aus dem Haus kämen. Ich hab Heike gefragt, aber sie hat nur gemeint, das sei bestimmt eine Katze gewesen. Dann fing sie auf einmal an zu lachen. Ganz hässlich und böse. Und dann hat sie gesagt, dass ihr Mann vielleicht auch eine Freundin zu Besuch habe. Er liebe es nun mal hart.« Sie fuhr sich über das Gesicht. »Puh … Ich hab gemacht, dass ich wegkam. Heike war dann, wie gesagt, noch einige Male im Kurs, aber wir haben ihr keine Beachtung mehr geschenkt, und sie ist natürlich hinterher auch nicht mehr mitgekommen. Sie ist dann ziemlich schnell weggeblieben.«

»Wann war Heike Krohn in diesem Kurs?«, fragte Wengler.

»Das muss …«, Rieke Finnern runzelte die Stirn, »… das muss vor drei Jahren gewesen sein.« Sie nickte bekräftigend. »Ja, vor drei Jahren, sie ist nämlich zwei Tage vor Sönkes fünfundvierzigstem Geburtstag das erste Mal dort aufgetaucht.«

»Um noch mal auf die Schreie zurückzukommen. Klangen die so, als ob ein Mensch sie ausgestoßen hätte?«

Rieke Finnern hob unschlüssig die Schultern. »Das war wirklich schwer zu sagen. Katzen schreien tatsächlich manchmal ähnlich, das kenne ich von unseren. Aber vielleicht hatte der Krohn ja auch tatsächlich eine Frau da.«

»Haben Sie irgendetwas unternommen?«

»Was hätte ich denn unternehmen sollen?«

»Zur Polizei gehen?«

»Und was hätte ich denen sagen sollen? ›Ich habe da einen Schrei gehört, der von einer Katze, aber vielleicht auch von einer Frau stammen könnte, die gerade hart rangenommen wird‹?« Ihre kurzzeitige Entrüstung wich Verlegenheit. »Entschuldigung. Selbst wenn es Letzteres gewesen wäre, geht mich das doch nichts an.«

Das kann man so oder so sehen, dachte Wengler, aber er sprach es nicht aus. Natürlich konnte man nicht immer sofort zur Polizei rennen, aber ein wenig mehr Achtsamkeit konnte auch nicht schaden.

»Haben Sie Heike Krohn danach noch einmal gesehen?«, wollte Reinders wissen.

»Ab und an mal beim Einkaufen. Da haben wir so getan, als ob wir uns nicht kennen würden.«

Dass die Krohns den Hof aufgegeben hatten und weggezogen waren, konnte Rieke Finnern sich ebenso wenig wie ihr Mann vorstellen. Einen Verkauf hätte man doch mitbekommen müssen, meinte sie.

Der Meinung schlossen sich die anderen Landwirte an, die Wengler und Reinders im Anschluss aufsuchten. Die Ergebnisse der Gespräche waren im Großen und Ganzen die gleichen. Die Krohns hätten sich in den letzten Jahren immer mehr zurückgezogen, man laufe ihnen höchstens noch mal beim Einkaufen über den Weg. Was das Fremdgehen von Manfred Krohn und eventuelle körperliche Gewalt gegenüber Frauen anbelangte, wusste niemand etwas zu sagen. Wobei solche Aussagen ja immer mit Vorsicht zu betrachten seien, meinte Reinders auf dem Rückweg nach Flensburg. Wegschauen und Weghören seien ja mittlerweile zu einer Volkskrankheit geworden.

»Was hältst du denn von dieser Sache mit den Schreien?«, fragte Wengler, während sie durch die Dunkelheit fuhren.

»Vielleicht verhilft sie uns zu einem Beschluss.« Reinders stieß ein trockenes Lachen aus. »Dann darf bei deinem Gespräch mit Kossack aber an keiner Stelle das Wort Katze fallen.«

»Schon klar. Allerdings habe ich nach unserem Gespräch Zweifel, dass dem sturen Hund diese Aussage ausreichen wird«, meinte Wengler. »Lass uns noch mal auf den Hof fahren. Ich glaube zwar nicht, dass wir jemand antreffen werden, aber wir kommen ja eh fast dran vorbei.«

Er stellte sich schon mal auf einen Kampf mit Kossack ein. Der Staatsanwalt war ein Mensch ohne jegliches Rückgrat, ein Schreibtischtäter und Paragrafenreiter, der nur an seinen Aufstieg dachte. Was wusste ein solcher Mensch von der Arbeit eines Mordermittlers, von der Angst, einen Fall nicht aufklären zu können oder in einem anderen vielleicht zu spät zu kommen? Die einzige Angst, die Kossack umtrieb, war die, dass er es nicht bis zu seinem fünfzigsten Geburtstag schaffen würde, Oberstaatsanwalt zu werden. Es war eine einzige Zumutung, mit einem solchen Menschen zusammenarbeiten zu müssen.

Der Hof lag im Dunkeln. Wengler erinnerte sich an eine Außenlaterne zwischen Haupthaus und Scheune, musste aber feststellen, dass sie nicht brannte. Auch hinter den Fenstern des Hauses war kein Licht zu sehen. Trotzdem stiegen sie aus, und Wengler klopfte mit aller Kraft an die Tür, während sich Reinders im Licht einer starken Taschenlampe bei der Scheune und der Koppel umsah und mehrere Male »Hallo, ist hier jemand?« rief. Nichts. Sie begannen, das Haus zu umrunden. Leuchteten in jedes Fenster des Erdgeschosses, konnten aber durch die Gardinenstores nichts im Inneren der Zimmer erkennen. Die Überprüfung der wenigen Kellerfenster brachte ebenfalls kein Ergebnis, da alle mit geriffelten Glasbausteinen versehen waren. Es war zum Aus-der-Haut-Fahren. Schließlich trafen sie an der Haustür wieder zusammen.

»Was meinst du?«, fragte Reinders.

»Die sind weg«, sagte Wengler und griff zum Handy, um Kossack anzurufen. Er hatte keine Geduld mehr, zu warten, schilderte die neu gewonnenen Erkenntnisse und bekam nach nicht einmal fünf Minuten die Zusage, dass der Staatsanwalt den Durchsuchungsbeschluss sofort am nächsten Morgen beantragen und ihm zustellen werde. Nach Beendigung des Gesprächs teilte Wengler seinem Kollegen die überraschende Nachricht mit. »Wir kriegen den Beschluss.«

Reinders sah ihn verdutzt an. »Echt?«

Wengler nickte. »Kossack schien auf einer Feier zu sein, da waren Stimmen und Gelächter im Hintergrund zu hören. Ich hatte den Eindruck, dass er schon ziemlich betrunken war. Er hat zwischendurch mit einer Frau gesprochen, die ihm wohl das Handy wegnehmen wollte, und er hat vor ihr damit geprahlt, dass es ein ganz wichtiger Anruf sei und er der Polizei unter die Arme greifen müsse, weil die ohne ihn nichts auf die Reihe kriegen würden.« Wenglers Kiefer mahlten. »Es kommt der Tag, an dem ich mir diesen Fatzke mal so richtig zur Brust nehme.«

»Na, dann wollen wir mal hoffen, dass er sich morgen noch an seine Zusage erinnert. Oder sie nicht womöglich rückgängig macht.«

Wengler überlegte kurz und traf eine Entscheidung. »Er hat gesagt, dass wir den Beschluss bis morgen früh um neun Uhr bekommen. Falls das nicht der Fall sein sollte, gehen wir ohne ins Haus.«

Ihm war klar, dass ihn diese Entscheidung unter Umständen den Kopf kosten würde, falls Kossack seine Zusage widerriefe oder, noch schlimmer, behauptete, sie nie gemacht zu haben. Denn das traute Wengler dem Staatsanwalt durchaus zu. Aber das wäre ihm in diesem Fall egal, denn er hatte keine Wahl.

»Ich muss dir nicht sagen, dass du dir eine Menge Ärger einhandeln wirst, falls Kossack an plötzlichem Gedächtnisschwund leiden sollte.«

»Nein, das musst du nicht.«

Reinders seufzte, und Wengler griff erneut zum Handy, um Hannah Lundgren davon in Kenntnis zu setzen, dass man jetzt wisse, wem der Acker gehöre. Er versorgte sie mit den Informationen, die sie in den Befragungen gewonnen hatten, und wies darauf hin, dass sie auf dem offensichtlich verlassenen Hof am kommenden Morgen eine Durchsuchung planten. »Sie kommt dazu«, sagte er nach Beendigung des Gesprächs. »Um halb zehn legen wir los.«

***

Wenglers Anruf hatte Hannah in ihrem Büro erreicht. Sie hatte ihre Mitarbeiter bereits nach Hause geschickt und auch gerade gehen wollen, entschloss sich aber, das eben Gehörte noch auf dem Whiteboard zu vermerken.

Auf dem Weg in den Besprechungsraum wurde ihr wieder schwindelig. Nicht zum ersten Mal an diesem Tag. Sie hoffte, dass ihre Kollegen bei der mehrstündigen Zusammenkunft am Vormittag nicht mitbekommen hatten, dass es ihr schlecht ging.

Die vergangene Nacht war eine einzige Quälerei gewesen. Sie war nahezu jede Stunde aufgewacht, meistens schweißgebadet. Ihr Zustand ängstigte sie, zeigte er doch, wie abhängig sie von den Psychopharmaka mittlerweile war. Da hatte die Apothekerin recht, das gestand Hannah sich jetzt ein. Himmel, das musste ein Ende haben, sie war doch sonst nicht so willensschwach.

Sie trat zum Whiteboard, nahm einen Stift und schaute auf ihre zitternde Hand.

Reiß dich zusammen, verdammt noch mal!

Sie setzte den Stift an und begann zu schreiben.

- *Manfred Krohn: lebt wie die ganze Familie sehr zurückgezogen, keine Kontakte. Wurde bereits länger nicht mehr gesehen. Soll laut Aussage seiner Frau einer Bekannten gegenüber ein notorischer Fremdgeher sein.*
- *Heike Krohn: wurde vor drei bis vier Wochen das letzte Mal gesehen (Supermarkt). Hat bei einer Feier eine ihr bis dahin unbekannte Frau sexuell belästigt.*
- *Lukas und Annika Krohn: hatten bereits in der Schulzeit keinerlei Kontakt zu anderen Kindern. Wurden ebenfalls schon länger nicht mehr gesehen. Leben sie*

überhaupt noch auf dem Hof??? Lukas = in der Schule offensichtlich als Schläger bekannt.

Sie schreckte zusammen, als es an der Tür klopfte. »Ja?«
Gehlbergs Kopf erschien im Türrahmen.
»Wieso bist du noch hier?«, wollte sie wissen.
»Musste noch was erledigen.« Er trat neben sie und schaute auf die Anmerkungen auf dem Whiteboard. »Hast du das geschrieben?«
Als sie seinem Blick folgte, verstand sie seine Frage. Die Angaben sahen aus, als hätte ein Kind sie notiert. Krakelig, immer wieder tanzten Buchstaben aus der Reihe. Das war ihr beim Schreiben überhaupt nicht aufgefallen. »Ich ... ich hab mir heute Morgen die Hand in der Tür geklemmt.« Ihr Lachen klang zu hoch. »Ungeschickt lässt grüßen.«
Bevor sie reagieren konnte, ergriff Gehlberg ihre Hand und untersuchte sie mit fachmännischem Blick. »Ist aber noch nichts zu sehen. Der blaue Fleck kommt dann wohl erst morgen. Wo tut's denn weh?«
Sie entzog ihm die Hand. »Halb so wild. Daran stirbt man nicht.« Sie deutete auf das Whiteboard, da sie verhindern wollte, dass Gehlberg das Thema vertiefte, und erzählte ihm von Wenglers Anruf. »Ich hab mal kurz zusammengefasst, was er mir durchgegeben hat.«
Gehlberg studierte die Notizen, und Hannah sah, wie sich seine Stirn runzelte. »Was ist?«
»Der Mann geht fremd, und seine Frau baggert andere Frauen an.« Er drehte sich um und grinste verlegen. »Entschuldige meine saloppe Ausdrucksweise.«
»Kein Problem, es scheint ja den Tatsachen zu entsprechen.«
»Alles irgendwie merkwürdig. Hoffen wir, dass bei der Durchsuchung des Hofes etwas gefunden wird.«
Hannah nickte. Wengler hatte kurz gezögert, als sie ihrer Verwunderung Ausdruck gegeben hatte, dass Kossack einen Durchsuchungsbeschluss ausstellen wollte. Schließlich seien

die Schreie, die die Befragte gehört haben wollte, kein Indiz dafür, dass auf dem Hof etwas Unrechtes vor sich ginge. Wengler war nicht auf ihre Bemerkung eingegangen, und sie überlegte seitdem, ob er die Wahrheit gesagt hatte oder nicht vielmehr ein eigenmächtiges Vorgehen plante. Sie sprach ihre Befürchtung Gehlberg gegenüber aus.

»Oh, in dem Fall dürfte Wengler aber eine Menge Ärger bekommen«, sagte er.

»Er scheint zu vermuten, dass sich die siebte vermisste Frau dort befindet. Hoffentlich vergisst er darüber nicht die Vorschriften.«

»Es wäre seine Entscheidung, Hannah, und ich gehe davon aus, dass er sie sich reiflich überlegen wird.«

Es war merkwürdig. Hatte sie sich zu Beginn noch einen anderen Ermittlungsleiter gewünscht, war sie jetzt an dem Punkt angelangt, an dem sie gern weiter mit Wengler zusammenarbeiten würde. Weil sie seine Zuverlässigkeit schätzen gelernt hatte.

Sie warf einen Blick auf die Uhr. Schon nach acht, Zeit, nach Hause zu fahren. Sie wollte noch ein paar Runden joggen, in der Hoffnung, dass sie danach so erschöpft sein würde, dass sie wenigstens einige Stunden am Stück schlafen könnte. Außerdem knurrte ihr Magen, und im Kühlschrank wartete ein Hühnchen-Curry auf sie, das nur noch warm gemacht werden musste. »Lass uns Schluss machen für heute.« Sie ging zur Tür.

»Kannst du mich mitnehmen? Ich bin mit dem Rad gekommen, aber bei dem Wetter würde ich ungern damit zurückfahren.« Er deutete auf die Fenster, hinter denen der Regen prasselte.

»Klar, komm mit!« Dass es regnete, bekam sie jetzt erst mit, dann musste die Joggingrunde also ausfallen.

Sie eilten über das Gelände der Landespolizei am Mühlenweg in Richtung Parkhaus und waren trotz ihrer Regenschirme ziemlich durchnässt, als sie Hannahs Wagen erreichten. Auf dem Rückweg erzählte Gehlberg einige lustige Begebenheiten aus seiner Anfangszeit als Rechtsmediziner, und Hannah dachte wieder einmal, wie viel Glück sie doch mit ihren Mitarbeitern hatte.

Eine halbe Stunde später parkte sie ihren Wagen vor dem Mehrfamilienhaus, in dem Gehlberg wohnte. »Bis morgen, Volker.«

Er öffnete die Beifahrertür, zögerte aber mit dem Aussteigen. »Ich hätte noch einen Rotwein im Angebot. Der hat dir doch neulich so gut geschmeckt.«

Sie zwang sich ein Lächeln auf ihr Gesicht. »Vielleicht ein anderes Mal, Volker. Okay?«

Er schien verlegen wegen seiner Frage. »Tut mir leid. Ich wollte dich nicht bedrängen.«

»Das tust du nicht.«

»Du sollst nur wissen, dass ich immer für dich da sein werde, wenn du Hilfe brauchst.« Er stieg aus, holte sein Fahrrad aus dem Kofferraum und lief durch den stärker gewordenen Regen zu einer Kellertür, hinter der er nach wenigen Sekunden verschwand.

Hatte er bemerkt, dass es ihr heute nicht gut ging? Oder war seine Frage eher allgemeiner Natur gewesen? Sie konnte es nicht einschätzen. Den morgigen Tag musste sie noch ohne Tabletten überstehen, aber am Montag würde sie als Erstes zu ihrem Arzt gehen und sich ein neues Rezept verschreiben lassen. Er würde verärgert sein, aber es musste ihr gelingen, ihn zu überzeugen. Der neue Fall war wichtig, sie musste funktionieren, und das konnte sie nun mal nur mit medikamentöser Unterstützung.

**

Als Birte gegen zwanzig Uhr nach Hause kam, ließ sie sich als Erstes ein heißes Lavendelbad einlaufen. Ihr ganzer Körper war verkrampft, außerdem fror sie schon den ganzen Tag über. Hoffentlich hatte sie sich keine Erkältung eingefangen, die konnte sie jetzt nämlich wirklich nicht gebrauchen.

Das Wasser entspannte ihren Körper, brachte ihrem Geist allerdings keine Ruhe. Die Gedanken wirbelten nur so durch ihren Kopf. Sie dachte an die geplante Hausdurchsuchung am kommenden Tag, an das, was sie womöglich finden würden. Keine ideale Voraussetzung, um zur Ruhe zu kommen.

Weitaus belastender war allerdings der Gedanke an das Gespräch mit ihrer Mutter am Abend des Vortages gewesen. Die nun nicht mehr zu verdrängende Überlegung, auf eine Teilzeitstelle zu gehen. Wann immer sie dieser Gedanke in der letzten Zeit heimgesucht hatte, hatte sie alles darangesetzt, ihn so schnell wie möglich wieder von sich zu schieben. Aber nach dem gestrigen Gespräch gelang es ihr nicht mehr. Sie musste sich ihm stellen und fing am besten gleich damit an.

Eine Teilzeitstelle in einem anderen Kommissariat zu finden, lag im Moment tatsächlich im Bereich des Möglichen, da sie zwei Ausschreibungen im Intranet gesehen hatte. Aber der Gedanke, ins Einbruchsdezernat oder den KDD zu wechseln, gefiel ihr überhaupt nicht. Sie hatte jahrelang darauf hingearbeitet, in die Mordkommission zu kommen, und der Gedanke, ihren dortigen Job aufgeben zu müssen, setzte ihr zu. Wengler würde sich mit Sicherheit dafür einsetzen, dass sie zurückkehren könnte, aber bei dieser Entscheidung wäre er das kleinste Glied in der Kette. Und selbst wenn man ihr eine Rückkehr schriftlich zusagen würde, müsste sie damit rechnen, dass die Kollegin oder der Kollege, der für sie kommen würde, sich nicht so einfach wieder vertreiben ließe.

Und Frida würde an ihr vorbeiziehen. Wenn Birte ehrlich zu sich war, war das ihre größte Angst.

Der Festnetzanschluss im Wohnzimmer begann zu klingeln. Nach einem Augenblick hörte Birte, wie jemand auf den Anrufbeantworter sprach, aber sie konnte die Stimme nicht erkennen. Etwas Dienstliches dürfte es nicht sein, weil diese Anrufe nur auf ihrem Handy eingingen. Und ihre Mutter hatte sich angewöhnt, auf ihrem privaten Smartphone anzurufen. So ließ Birte sich Zeit und sank noch etwas tiefer in die duftenden Fluten.

Als sie eine halbe Stunde später den AB abhörte, war es mit ihrer mühsam erzwungenen Ruhe in Sekundenschnelle vorbei. Voller Hektik drückte sie die eingespeicherte Nummer ihrer Eltern.

»Reg dich nicht auf, Kind!«, waren Charlotte Werners erste Worte.

»Du hast gut reden. Erzählst mir, dass Laura bei einem Freund übernachtet hat statt bei ihrer Freundin, und ich soll mich nicht aufregen. Wie hast du das überhaupt erfahren?«

»Reiner Zufall. Ihre Freundin Sanne hatte vorhin bei uns auf dem Festnetz angerufen, weil sie Laura nicht auf dem Handy erreichen konnte. Und da hat sie sich verplappert.«

Birte war schon auf dem Weg in den Flur. »Ich komme sofort.«

»Das wirst du schön bleiben lassen! Deine Tochter hat schon von mir eine Standpauke erhalten, weil sie uns angelogen hat. Du kannst morgen mit ihr sprechen, dann haben sich bei euch beiden die Wogen geglättet.«

»Hast du mit ihr über unseren Fall gesprochen?«

»Ja, das habe ich. Sie hat nur mit den Schultern gezuckt und gemeint, dass sie sich nicht mit Fremden abgeben würde.«

»Okay, das ist richtig, das habe ich ihr immer eingetrichtert. Da hat sie schon als Neunjährige einem suspekten Typ im Schultreppenhaus eine Abfuhr erteilt«, sagte Birte. »Dann komme ich morgen Abend vorbei und spreche auch noch mal mit ihr.«

Sie verabschiedete sich von ihrer Mutter und starrte für einen Augenblick vor sich hin, bevor sie ins Schlafzimmer ging und sich aufs Bett fallen ließ.

Laura hatte einen Freund. Natürlich war das nichts Ungewöhnliches für eine Vierzehnjährige, und das Thema Verhütung hatten sie schon lange abgehandelt. Laura hatte versprochen,

Bescheid zu sagen, wenn sie die Pille brauchte. Aber das hatte sie nicht, und genau dieser Umstand machte Birte jetzt Angst. Wer war der Freund, bei dem sie übernachtet hatte? Wie alt war er? Hatten sie womöglich Sex gehabt, ohne zu verhüten? Warum kam Laura nicht zu ihr, wann war das Vertrauen verloren gegangen?

Tag 6

Wengler hatte schlecht geschlafen und war voller Anspannung ins Büro gefahren, wo er dem Rest des Teams Bericht erstattete. Als um Viertel nach neun noch immer kein Durchsuchungsbeschluss eingegangen war, rief er in der Staatsanwaltschaft an und erfuhr von der Sekretärin, die am heutigen Tag Bereitschaftsdienst hatte, dass Staatsanwalt Kossack erst gegen Mittag ins Büro komme. Und dann auch nur kurz, schließlich sei Sonntag.

»Aha«, sagte Frida. »Der Suffkopp muss erst mal seinen Rausch ausschlafen.« Kossack war bei niemandem beliebt.

»Und jetzt?«, fragte Reinders.

Wengler hatte seine Pistole aus dem Waffenschrank geholt und steckte sie ins Holster. »Jetzt fahren wir zum Hof. Falls dort noch immer niemand anwesend sein sollte, drehen wir ihn auf links!«

Wengler war stinksauer auf Kossack, auch wenn etwas tief in ihm damit gerechnet hatte, dass es so kommen würde. Er ging mittlerweile jede Wette ein, dass der Staatsanwalt seine gestrige Aussage widerrufen würde. Ob aus Schikane oder weil er es tatsächlich vergessen hatte, war letztlich egal.

»Nehmen wir ein SEK mit?«, fragte Reinders.

»Nein. Wenn unsere Rambos da reingehen, zerstören sie unter Umständen wichtige Spuren. Das will ich nicht riskieren. Wir nehmen aber die Spusi mit.«

Sein Instinkt sagte ihm, dass die toten Frauen in diesem Haus gefangen gehalten worden und dort auch ums Leben gekommen waren. Und deshalb mussten jetzt so viele Spuren wie irgend möglich gesichert werden.

Er blickte zu Birte und Karcher hinüber. »Bleibt an den Hufeisen und Kreuzen dran. Wir müssen da jetzt endlich weiterkommen.«

Auf dem Hof sah noch alles wie am Vortag aus. Kein Auto vor der Tür, und auch sonst deutete nichts darauf hin, dass in der Zwischenzeit jemand hier gewesen war oder sich im Haus aufgehalten hatte. Auf ihr Klopfen reagierte auch dieses Mal niemand.

Sie umrundeten das Haupthaus und hielten Ausschau nach offen stehenden Fenstern oder Türen. Ohne Ergebnis. Als sie wieder zur Haustür zurückkehrten, fuhren gerade das Einsatzfahrzeug der Spurensicherung und ein dunkelgrauer Volvo auf den Hof, dem Hannah Lundgren entstieg. Nach der allgemeinen Begrüßung wurde eine Absprache über die Vorgehensweise getroffen.

»Ich werde versuchen, die Haustür mit einem Dietrich aufzubekommen«, sagte Wengler. »Falls das nicht hinhaut, nehme ich ein Brecheisen. Wenn wir drin sind, sichern wir als Erstes die Räume.« Er blickte die Kollegen der Spusi an. »Danach seid ihr dran.« Er ging zum Wagen zurück, öffnete den Kofferraum, in dem er Werkzeug für alle Fälle verstaut hatte, und bemerkte, dass Lundgren ihm gefolgt war.

»Haben Sie den Beschluss bekommen?«, fragte sie.

Er fingerte den Dietrich aus der Werkzeugkiste und schloss die Kofferraumklappe wieder. »Bis jetzt noch nicht.«

»Und Sie wollen –«

»Ja«, fiel er ihr ins Wort, »wir gehen da jetzt rein!« Es kam schärfer raus als beabsichtigt, aber er hatte keine Lust mehr auf weitere gut gemeinte Ratschläge oder Ermahnungen. Mit schnellen Schritten ging er zum Haus zurück, wo die Kollegen bereits in Schutzanzügen an der Tür standen und diese einer ausführlichen Begutachtung unterzogen. Das Schloss schien ein normales Sicherheitsschloss zu sein, Einbruchssicherungen wie zum Beispiel einen Panzerriegel gab es nicht.

Wengler streifte sich ebenfalls einen Overall über und setzte dann den Dietrich an. Innerhalb von Sekunden hatte er die Tür aufbekommen. Er schaute auf den Boden und entdeckte den Zettel, den er am Vortag dort durchgeschoben hatte. Also war seitdem niemand hier gewesen. Trotzdem zog er seine Pistole aus dem Holster und entsicherte sie, bevor er das Haus betrat.

Das Innere entsprach nicht ganz dem, was Wengler erwartet hatte. Die Räume waren zwar in einem heruntergekommenen Zustand, aber den Möbeln und anderen Einrichtungsgegenständen war anzusehen, dass sie einmal bessere Zeiten gesehen hatten und nicht billig gewesen sein dürften.

Als Erstes durchkämmten sie das Erdgeschoss. Wohnzimmer, Küche, Gäste-WC, ein kleiner Abstellraum. Dann war das Obergeschoss dran. Ein großes Schlafzimmer, offensichtlich das der Eltern, und zwei kleinere, auf deren Türen »Annika« und »Lukas« stand. Ein Bad mit Dusche, Wanne und WC.

Als Letztes war der Keller dran. Waschküche und eine große Speisekammer, die Regale mit Konserven und Eingewecktem enthielt. Wengler suchte nach Verstecken, konnte aber auf den ersten Blick keine entdecken. Da mussten sie wie in den übrigen Räumen nachher genauer ran. Was ihn nachdenklich stimmte, war die Tatsache, dass auf einer von Wand zu Wand gespannten Leine Bettwäsche hing. Er befühlte sie. Trocken. Komisch.

Sie stiegen wieder ins Erdgeschoss hinauf und ließen die Spusi-Kollegen und Lundgren herein.

»Und?«, fragte sie.

»Niemand hier. Wir stellen jetzt die Räume auf den Kopf.«

Die Kollegen waren instruiert. Sie wussten, dass sie nach verborgenen Zimmern Ausschau halten, aber ebenso Spuren sichern sollten, damit sie, hoffentlich, in Erfahrung brächten, ob sich die toten Frauen in diesem Haus aufgehalten hatten.

Der Keller war als Erstes dran, da Wengler die Möglichkeit, dass hier jemand in einem geheimen Raum gefangen gehalten wurde, am wahrscheinlichsten erschien. Die Spurensicherung leuchtete die beiden Räume aus, die auch im Hellen nicht einladender aussahen. Graue, grob verputzte Steinwände. Stockflecken unter dem einzigen, hoch angebrachten schmalen Fenster an der Wand zu ihrer Rechten, vor dem ein Gitter befestigt war. Der Fußboden schien schon lange nicht mehr gereinigt worden zu sein. Zwei Wäscheboxen neben der Waschmaschine; in einer waren zwei dreckige Jeans und ein ausgeblichenes T-Shirt zu sehen, die andere war leer. Die Speisekammer war vollgestellt mit Lebensmitteln, als gälte es, einen Jahrhundertwinter oder eine Belagerung zu überstehen. Von Konserven unterschiedlichster Art über Eingemachtes bis hin zu Getränken, bei denen auch die alkoholischen reichlich vertreten waren.

Wengler rief einen der Spusi-Kollegen zu sich und rückte mit ihm die Waschmaschine und den Trockner von der Wand. Gemeinsam nahmen sie sich die Wände der Waschküche vor und klopften sie Zentimeter für Zentimeter ab, auf der Suche nach dahinterliegenden Hohlräumen. Ohne Erfolg.

Als Wengler sich dem Fußboden zuwenden wollte, klingelte sein Handy. Er nestelte es aus der Tasche seiner Jeans und warf einen Blick auf das Display.

Kossack.

Mit zusammengekniffenen Augen starrte Wengler auf den Namen, unschlüssig darüber, ob er das Gespräch annehmen, wegdrücken oder einfach warten sollte, bis Kossack aufgäbe. Schließlich entschloss er sich schweren Herzens zu Ersterem und meldete sich. »Wengler.«

Kossacks Stimme geiferte aus dem Smartphone. Er habe niemals zugesagt, einen Durchsuchungsbeschluss zu besorgen, was Wengler dort mache, sei eine unglaubliche Insubordination. Wengler konnte sich nicht erinnern, den Staatsanwalt jemals so wütend erlebt zu haben, und er hatte schon eine Reihe von Kämpfen mit ihm ausgefochten. Während Kossack sich austobte, griff Wengler zu einer Notlösung. »Hallo ... wer ist denn dort ... hallo ...?« Er drückte das Gespräch weg. Die Nummer mit der vermeintlich schlechten Verbindung war uralt und wenig einfallsreich, und ihm war klar, dass er damit nicht durchkommen würde. Aber sie verschaffte ihm einen Aufschub, in dem sie ihre Suche fortsetzen konnten. Wengler ging davon aus, dass Kossack noch weitere Anrufe starten würde, aber es war nicht damit zu rechnen, dass er zu ihnen herauskäme und die Suche abbrechen ließe. Hoffte er jedenfalls. Das dicke Ende würde dann später kommen, es sei denn, sie würden bei dieser Durchsuchung fündig.

Lundgren hatte vor Kurzem die Kellerräume betreten. »War das Kossack?«, wollte sie wissen.

Wengler hob die Schultern und schaute sie mit einem unschuldigen Blick an. »Keine Ahnung. Die Verbindung war zu schlecht, um etwas zu verstehen.«

Sie erwiderte nichts. Gut möglich, dass sie ihm nicht glaubte. Wengler fiel ihr blasses Gesicht auf, und er stellte sich die Frage, ob sie dem Job wirklich schon wieder gewachsen war. Immerhin lag der Suizid ihres Mannes noch nicht lange zurück, vielleicht hatte sie einfach zu früh wieder angefangen. Jedenfalls hatte er den Eindruck, dass sie alles viel zu nahe an sich heranließ. »Alles okay?«, fragte er.

»Ja, natürlich, alles okay.«

Wengler nahm ihr das nicht ab, aber er hakte nicht nach. Sie war eine erwachsene Frau und für sich selbst verantwortlich.

Erneut wandte er sich dem Fußboden zu und überprüfte ihn bis in die hinterste Ecke. Aber auch hier: nichts. Keinerlei Hinweise auf eine Falltür, die in einen darunterliegenden Gang oder Raum führte. Was ebenso für die Decke galt, die er und ein Spusi-Kollege als letztes untersuchten.

In der Speisekammer ergab sich das gleiche Bild. Wengler hatte gehofft, etwas hinter den vollgestellten Regalen zu finden, aber nachdem diese geleert und beiseitegerückt worden waren, offenbarten die dahinterliegenden Wände ebenfalls keine Geheimnisse.

Als Nächstes war der Dachboden dran. Hier handelte es sich zum Glück um keinen Kriechboden, aber selbst Lundgren konnte den einzelnen großen Raum, gefüllt mit Gerümpel unterschiedlichster Art, nur gebückt erkunden. Alte Möbel, Umzugskartons, Plastikschränke mit Reißverschluss, in denen offensichtlich ausgemusterte Kleidungsstücke hingen. Mehrere Koffer, die allesamt leer waren. Wengler suchte nach einer

Abseite oder etwas Ähnlichem, in dem man einen Menschen verstecken könnte, aber er fand nichts.

Das Elternschlafzimmer im ersten Stock sah aufgeräumt aus. Das Bett war gemacht, eine bunt gemusterte Tagesdecke lag darüber. Der große Kleiderschrank war voll. Sommer- und Wintergarderobe für einen Mann und eine Frau. Unterwäsche, Nachthemden und Pyjamas waren neben dem Bettzeug akkurat in den Fächern gestapelt. Auf dem linken Nachttisch lagen eine Herrenarmbanduhr und eine randlose Brille, in der Schublade entdeckte Wengler eine Packung Papiertaschentücher, eine angebrochene Schachtel mit Hustenbonbons sowie einige Comichefte. Der Nachttisch auf der anderen Seite war bis auf die Nachttischlampe und einen Wecker leer, in der Schublade lag ein giftgrüner Vibrator mit Noppen.

In den Zimmern der Zwillinge sah es ähnlich aus. Auch sie waren aufgeräumt, nichts lag herum. Die Räume wirkten steril, weder Bilder noch Poster an den Wänden, und auch von der Einrichtung ließ nichts darauf schließen, ob hier ein junger Mann oder eine junge Frau wohnten.

Jeweils ein Einzelbett, ein Schrank und ein Schreibtisch aus Kiefernholz. Zwei Schreibtischstühle, zwei abgewetzte braune Ledersessel. Auf den Schreibtischen stand nichts Überflüssiges herum, nur eine Lampe, ein Zettelkasten und ein Becher mit Stiften.

»Komisch«, hörte Wengler Lundgrens Stimme hinter sich.

Er drehte sich zu ihr um. »Was meinen Sie?«

»Ich habe selten so unpersönliche Räume gesehen. Die sehen ja aus wie genormt.« Sie schüttelte den Kopf. »Sie sagten doch, dass die Zwillinge zwanzig Jahre alt sind, oder?«

»Ja, das stimmt.«

»In dem Alter lässt man doch Klamotten und andere Dinge rumliegen, da sehen Zimmer doch nicht so aufgeräumt aus. Aber hier liegt ja überhaupt kein persönlicher Gegenstand herum.«

Wengler stimmte ihr zu, das hatte ihn auch irritiert. Wenn er da an Kristinas Zimmer dachte ... Okay, seine Tochter war neun Jahre jünger als die Zwillinge, aber trotzdem war die Ordnung, die sie hier vorfanden, schon mehr als ungewöhnlich.

Er durchsuchte die Schränke in beiden Zimmern, die ebenfalls eine Reihe von Kleidungsstücken enthielten. In Annikas Schreibtischschublade fand er einige billige Schmuckstücke, in der von Lukas mehrere Computerzeitschriften.

»Keine Bücher«, sagte Lundgren. »Keine Fernseher, keine Festplatten-Rekorder, keine MP3-Player, keine Notebooks, nichts. Das gehört doch heute zur Standardausrüstung junger Menschen.« Sie ließ noch einmal den Blick durch Lukas' Zimmer schweifen. »Auf mich machen die Zimmer der Zwillinge den Eindruck, als wenn hier Menschen leben würden, die ohne jede Emotion sind.«

Das Bad war gereinigt, aus dem Duschkopf tropfte es in unregelmäßigen Abständen. Unmöglich zu sagen, wann Dusche und Wanne das letzte Mal benutzt worden waren.

Ein Handtuchhalter, das Handtuch darauf war trocken. Die Heizung stand auf Stufe drei, in den anderen Räumen waren die Heizkörper ausgestellt gewesen.

Wengler überprüfte den über dem Waschbecken angebrachten Spiegelschrank. Jeweils zwei Zahnbürsten auf der linken und rechten Seite und ansonsten die üblichen in einem Badezimmer vorhandenen Utensilien.

Nachdem er seine Inspektion beendet hatte, trat er zurück auf den Flur und schaute sich noch einmal um. Aber da war nichts, kein einziges Indiz, das ihm einen Hinweis darauf geben konnte, ob das Haus noch bewohnt war oder nicht.

Sie stiegen wieder ins Erdgeschoss hinab, wo sie Reinders und zwei Spusi-Kollegen im Wohnzimmer vorfanden.

Weiß gekalkte Wände, dunkle, verwitterte Fachwerkbalken mit Spinnweben in den Ecken. Zwei weiße Schränke und eine Wohnlandschaft aus dunkelrotem Leder, die schon bessere Tage gesehen hatte.

Die Kollegen hatten die Möbel bereits zusammengerückt

und nahmen sich jetzt die Wände vor. Wengler inspizierte den Fußboden. Abgenutzte Terrakottafliesen, ein Läufer vor dem alten, mit Fayencefliesen verzierten Kachelofen in der Ecke. Er schob ihn mit dem Fuß zur Seite und blickte nachdenklich auf die Kratzspuren, die der Läufer bedeckt hatte und die in einer Art Halbrund verliefen. »Guck dir das mal an, Olaf.«

Reinders trat neben ihn. »Hm …« Er schaute auf den Boden, den Kachelofen und dann wieder auf den Boden. »Das sieht aus, als wenn der Ofen von der Wand abgerückt worden wäre.«

Sie nahmen den Kachelofen genauer unter die Lupe. Er schien in der Wand verankert zu sein, da er sich keinen Millimeter bewegen ließ.

Wengler hockte sich hin und untersuchte die Kratzspuren noch einmal genauer. Sie hatten sich tief in die Kacheln gefräst, was seiner Meinung nach nicht von der Installation des Kachelofens herrühren konnte. Dies hier sah aus, als wäre eine Seite des Ofens häufiger von der Wand weg- und wieder zurückbewegt worden. Wie eine Tür, die man öffnet.

Waren sie womöglich fündig geworden?

Wengler verspürte den altbekannten Adrenalinstoß, wie immer, wenn er das Gefühl hatte, dass sie vor einem entscheidenden Durchbruch standen. »Ich hole das Brecheisen.«

»Wollen Sie nicht erst mal auf den Durchsuchungsbeschluss warten?«, sagte Lundgren, die ihr Tun beobachtet hatte. »Kossack steht nicht immer zu seinem Wort; was ist, wenn er einen Rückzieher macht?«

»Dann kriege ich Ärger.« Wengler zuckte die Achseln, aber er war lange nicht so gleichgültig, wie er gerade tat. Kossack würde ihm eine Menge Unannehmlichkeiten bereiten, so viel war klar. Doch eine innere Stimme sagte Wengler, dass er auf dem richtigen Weg war.

Als er mit dem Brecheisen in der Hand wieder an der Küche vorbeikam, wurde er von Frida aufgehalten.

»Guck dir das an.« Sie hockte neben dem geöffneten Kühlschrank und deutete auf das vollgefüllte Innere. Wengler schaute über ihre Schulter, als sie die Lebensmittel durchsah.

Milch, Joghurt, Käse, Butter und Aufschnitt mit erst zum Teil abgelaufenen Haltbarkeitsdaten. Tomaten, Porree und Gurken im Gemüsefach, Letztere sahen verschrumpelt aus.

»Und hier ...« Frida erhob sich und deutete auf einen Korb mit Obst auf der Anrichte. Alles sah noch frisch aus. »Im Schrank habe ich angeschnittenes Brot entdeckt.« Sie öffnete den Geschirrspüler, der zur Hälfte mit gereinigten Tellern, Gläsern, Tassen und Besteck gefüllt war. »Das sieht für mich aus, als wären die Krohns nur mal kurz weggegangen.«

Zum ersten Mal seit Beginn ihrer Suchaktion breitete sich ein flaues Gefühl in Wenglers Magen aus. Frida hatte recht. Das alles deutete nicht darauf hin, dass die Krohns den Hof aufgegeben hatten. Ebenso wenig auf eine längere Reise. Andererseits war hier seit drei Tagen offensichtlich niemand mehr gewesen, denn sonst hätte doch jemand den Zettel aufgehoben.

»Komisch«, meinte Frida und warf einen Blick über ihre Schulter. »Was mag hier los sein?«

»Ich weiß es nicht.« Er eilte hinaus, weil er jetzt lieber nicht darüber nachdenken wollte, was das Gesehene bedeuten könnte. Jetzt galt es erst einmal herauszufinden, was sich hinter dem Kachelofen befand.

»Bist du dir sicher?«, fragte Reinders und deutete auf das Brecheisen.

»Bin ich!« Wengler bemühte sich, das erneute Klingeln seines Handys zu ignorieren.

»Willst du nicht rangehen?«, fragte Reinders irritiert.

Wengler schüttelte den Kopf und überlegte, wo er das Brecheisen ansetzen sollte.

»Es könnte Kossack sein.«

»Es ist Kossack«, sagte Wengler, nachdem er das Handy doch aus der Jeanstasche genestelt und einen kurzen Blick auf das Display geworfen hatte. Er vergewisserte sich, dass Lundgren das Zimmer verlassen hatte und auch die Spusi-Kollegen außer Hörweite waren, und erzählte seinem Kollegen von dem ersten Anruf des Staatsanwalts.

»Mit der Ausrede von wegen Funkloch kommst du doch im Leben nicht durch«, meinte Reinders besorgt.

Wengler winkte ab und wollte sich gerade wieder dem Kachelofen zuwenden, als vor dem Haus eine laute Stimme zu hören war und sich Sekunden später polternde Schritte im Flur näherten.

»Scheiße«, murmelte Reinders.

Ja, Scheiße, dachte Wengler entmutigt, wo kommt der denn jetzt so plötzlich her?

»Sagen Sie mal, sind Sie verrückt geworden?« Der Mann, der das Zimmer betrat, hatte einen schütteren Haarwuchs, stechende blaue Augen und trug stets Schuhe mit erhöhtem Absatz, weil ihm die Natur ein männliches Gardemaß verwehrt hatte. Wengler stellte fest, dass Peer Kossack seit ihrer letzten Begegnung in die Breite gegangen war.

»Wie meinen Sie das?« Jetzt bloß die Nerven behalten.

»Das wissen Sie ganz genau!« Kossack trat näher heran, allerdings nicht so weit, dass er seinen Kopf in den Nacken legen musste, um zu ihm aufzuschauen. »Sie werden diese Durchsuchung jetzt augenblicklich abbrechen.«

»Wieso sollte ich? Ich habe Ihre Zusage, dass Sie einen Beschluss besorgen wollten.«

»Sind Sie irre, Mann? Diese Zusage habe ich nie gemacht!«

Wenglers Vorsatz, ruhig zu bleiben, geriet ins Wanken. Diesen Ton musste er sich nun wirklich nicht gefallen lassen. »Diese Zusage haben Sie sehr wohl gemacht. Und jetzt würde ich Sie bitten, sich zu mäßigen!«

Nun trat Kossack doch näher an ihn heran. Seine Augen verengten sich. »Was sollte diese Nummer vorhin am Telefon? Was fällt Ihnen ein –« Kossack konnte seinen Satz nicht beenden, da ein Mitarbeiter der Spurensicherung den Raum betrat.

»Wir haben was gefunden!« Er schwenkte einen Beweismittelbeutel in der Hand.

Wengler musste sich ein triumphierendes Grinsen verkneifen, als er den Inhalt des Beutels begutachtete. Ein Hufeisen, das eine große Ähnlichkeit mit den in den Gräbern aufgefundenen Exemplaren zeigte. Und ebenfalls über diesen besonderen Öffnungsmechanismus verfügte, wie er nach einem kurzen Versuch feststellen konnte. »Wo habt ihr das entdeckt?«

»In der Scheune.«

Der Kollege hatte sich auf Spurensuche in den Außengebäuden begeben und mit der Scheune begonnen. Hier hatte er das Hufeisen zwischen allerlei Gerümpel auf einem Tisch entdeckt.

»Ein Hufeisen, na und?« Kossack war ihnen gefolgt und warf jetzt zum ersten Mal einen kurzen Blick auf den Inhalt des Beutels. »Wir sind hier auf einem Bauernhof. Vielleicht gibt es Pferde.«

»Ach ja?«, sagte Wengler aufgebracht und zog ihn ins Freie, wo er auf das Areal deutete, das sie umgab. »Sehen Sie hier irgendwo welche?«

Kossack starrte ihn verärgert an, hatte aber offensichtlich keine Antwort parat.

»Sie haben die Fotos der Hufeisen aus den Gräbern doch gesehen«, sagte Wengler eindringlich. Verdammt noch mal, dachte er wütend. Wie kann man nur so ignorant sein. »Sie hatten eine andere Form als ein normales Hufeisen, weil sie um einen menschlichen Hals passen mussten. Außerdem haben sie einen Mechanismus, mit dem sich das Eisen zu den Seiten hin öffnen ließ. Genau wie dieses hier.« Er hielt Kossack den Beutel noch einmal vor die Nase.

»Blödsinn!« Der Staatsanwalt ging zurück ins Haus. Drinnen klatschte er in die Hände. »So, Schluss jetzt, Leute. Die Durchsuchung ist beendet. Sie wurde nicht genehmigt, also begeht ihr hier gerade Hausfriedensbruch.«

Wengler realisierte den Unmut der Kollegen, aber niemand wagte es, gegen den Staatsanwalt aufzubegehren.

Und was war mit ihm? Er war stinksauer, und wenn es nur

um ihn allein gegangen wäre, hätte er weitergemacht. Aber in diese Angelegenheit waren zu viele Kollegen involviert. Er konnte nicht verantworten, dass sie es ihm gleichtaten, denn wenn sie sich über Kossacks Anordnung hinwegsetzen würden, bekämen sie ebenso großen Ärger wie er.

»Stopp!«, kam es da aus dem Nebenraum. Reinders trat auf den Flur, er wirkte aufgeregt. »Das solltet ihr euch mal anschauen, bevor hier irgendwas abgebrochen wird.«

»Was erlauben Sie sich!« Kossacks Gesicht lief rot an. »Ich habe gesagt, dass die Durchsuchung beendet ist.«

»Jetzt halten Sie doch endlich den Mund!«, herrschte Reinders ihn an. »Ihre Ignoranz ist ja nicht zum Aushalten!«

Kossacks Gesicht wurde, wenn überhaupt möglich, noch roter. Er setzte zu einer erneuten Replik an, die aber ins Leere lief, weil Wengler ihn stehen ließ und Reinders in das Wohnzimmer folgte, wo er voller Erstaunen das Bild betrachtete, das sich ihm bot.

Der Kachelofen stand nicht mehr an seinem ursprünglichen Platz. Seine rechte Seite war einen knappen Meter von der Wand weggerückt und gab den Blick auf eine dahinterliegende, halb geöffnete Tür frei.

»Wie hast du den denn von der Wand bekommen?«, fragte Wengler perplex, da er weder am Ofen noch an der Wand irgendwelche Spuren der Zerstörung sehen konnte und das Brecheisen noch immer dort lag, wo er es abgelegt hatte.

»Damit«, sagte Reinders. Wengler trat näher und sah, wie sein Kollege auf einen kleinen Schließmechanismus an der rechten Seite des Kachelofens deutete. »Ich habe ein bisschen herumgefingert und bin dabei auf dieses Ding gestoßen. Ein kleiner Druck, und der Ofen ließ sich mühelos öffnen.«

»Super, Olaf! Du hast was gut bei mir.« Wengler fiel ein Stein vom Herzen, denn ohne die Entdeckung seines Kollegen hätten sie jetzt ihre Sachen zusammenpacken müssen. Er drehte sich um und sah, dass Kossack und Lundgren das Wohnzimmer betreten hatten. Der Staatsanwalt sah angefressen aus, und sein forsches Auftreten schien dahin. Auf Lundgrens Gesicht lag ein Lächeln, und sie streckte hinter Kossacks Rücken den Daumen in die Höhe. Wengler realisierte, dass sich auch Reinders angesichts dieser Geste ein Grinsen verkneifen musste.

»Du zuerst?«, fragte sein Kollege.

Wengler schüttelte den Kopf. »Das ist dein Erfolg, also nach dir.«

Reinders trat durch die Tür, hinter der sich ein Gang befand. Ein Lichtschalter war auf der rechten Seite. Grelles Neonlicht flutete aus einer Deckenröhre und offenbarte weiß gekalkte Wände und einen steinernen Boden. Der Gang war eng, aber hoch genug, sodass sie aufrecht gehen konnten. Er war nicht besonders lang und führte geradeaus zu einer Metalltreppe mit vier Stufen, die auf ein Zwischengeschoss hinunterführten, an dessen hinterer und rechter Wand zwei weitere Türen zu sehen waren. Beide waren aus Metall und mit soliden Schlössern gesichert, denen Wenglers Dietrich dieses Mal nicht beizukommen vermochte.

»Frau Lundgren, ich brauche das Brecheisen«, rief er nach hinten. Augenblicke später stand sie neben ihm und drückte es in seine Hand.

»Kossack wird nachkommen«, informierte sie ihn. »Er hat sich gerade auf die Suche nach einem Schutzanzug gemacht.«

»Sie scheinen mir auch kein großer Fan von ihm zu sein«, meinte Wengler und blickte sie kurz an.

»Der Mann ist ein Idiot«, sagte sie verächtlich.

»Mit welcher Tür wollen wir denn beginnen?«, fragte Reinders.

»Mit der an der hinteren Wand. Ich kenne zwar nicht den Grundriss des Hauses, könnte mir aber vorstellen, dass die rechte Tür auf irgendeinem Weg ins Freie führt.«

Es war nicht einfach, die Tür aufzubekommen, und sie mussten das Eisen mehrere Male ansetzen, aber mit vereinten Kräften gelang es Reinders und ihm schließlich. Wengler war auf alles gefasst, aber der Gestank, der ihnen entgegenschlug, ließ ihn zurückweichen. Lundgren hinter ihnen stöhnte auf, Reinders hielt sich eine Hand vor den Mund.

Es war eine Mischung aus Fäkalien, Urin und dem metallischen Geruch von Blut. Reinders knipste seine Taschenlampe an, unruhig zerschnitt der Strahl die Dunkelheit vor ihnen. Eine Matratze, ein Stuhl, ein Tisch, immer hektischer wurde der Tanz des Lichts, bis Wengler ihm schließlich die Taschenlampe entwand.

»Sorry«, sagte sein Kollege und stützte sich am Türrahmen ab. »Aber dieser Gestank ... puh ...«

»Ist schon okay.« Wengler sah sich suchend um und entdeckte einen Lichtschalter, dieses Mal ein altmodisches Modell, das er drehen musste.

»Mein Gott«, sagte Reinders und atmete tief aus. Wie angewurzelt blieb er im Türrahmen stehen, und als Wengler sich an ihm vorbeidrängte, musste auch er tief durchatmen.

**

Marie, Juli 2012

Die beiden sind nett.
Wirklich nett.
Normalerweise dauert es seine Zeit, bis ich mich fremden Menschen anschließe. Und bei manchen klappt es überhaupt nicht, weil sie mir zu laut, zu aufdringlich und viel zu selbstbezogen sind. Mein Umfeld kann das nicht verstehen. Es wirft mir vor, dass ich zu wählerisch sei, als ob es sich dabei um einen charakterlichen Makel handeln würde.

Wir sind uns vor einer Stunde im Restaurant des Gästehauses über den Weg gelaufen. Ich sah, wie sie auf der Suche nach einem Platz ein wenig unschlüssig mit ihren Tabletts herumstanden. Die größeren Tische waren alle besetzt, ich hatte mich an einen Vierertisch in der Ecke verzogen. Ich war gerade erst angekommen und müde von der langen Bahnfahrt. Ich wollte nur etwas essen und mich dann ins Bett hauen, bevor es am nächsten Tag weiter nach Dänemark ginge. Als mich ihr fragender Blick traf und sie näher traten, geriet ich kurz in Versuchung, abzuwinken und zu sagen, dass die freien Plätze besetzt seien und meine Begleiter gleich wieder zurückkommen würden. Aber dann siegte meine Ehrlichkeit. »Wenn Sie wollen, können Sie sich zu mir setzen.«

Sie bedankten sich, nahmen Platz und stellten sich vor.

Heike und Manfred.

Ich nannte ebenfalls meinen Namen, wir blieben beim Du und plauderten miteinander, als ob wir uns schon ewig kennen würden.

»*Wie lange willst du in Dänemark bleiben?*«, *fragt Heike mich jetzt. Sie ist apart, groß und schlank, mit halblangen blonden Haaren und grünen Katzenaugen. Ein Gegensatz zu Manfred, der etwas kleiner ist als sie und mit schwindendem Haarwuchs und einem beginnenden Bierbauch kämpft. Ich schätze sie auf Anfang bis Mitte vierzig.*

»*Sehr wahrscheinlich nur zwei Wochen. Ich würde gerne vor dem Beginn des Studiums noch etwas länger durch die Gegend reisen, aber ich habe nicht so viel Geld. Außerdem kann ich meinen Vater nicht so lange allein lassen.*«

»*Was ist mit ihm?*«

»*Er sitzt seit einem Autounfall im Rollstuhl.*« *Ich schlucke, Tränen füllen meine Augen, ich hätte das nicht sagen dürfen. Verdammt noch mal, ich weiß doch, dass ich bei dem Thema sofort wieder anfange zu weinen.*

»*Aber deine Mutter wird sich doch sicherlich auch um ihn kümmern.*«

»*Meine Mutter ist bei dem Unfall ums Leben gekommen.*«

Mein Herz beginnt zu rasen, meine Erinnerung katapultiert mich zurück an diesen Tag vor einem Jahr, seit dem nichts mehr ist wie vorher. Der Anruf der Polizei, mein Vater im Koma, niemand, der mir sagen konnte, ob er überleben wird. Die Identifizierung meiner Mutter. Die Vorbereitung der Beerdigung, der Tag der Beerdigung, Menschen um mich herum, die mir ihre Anteilnahme ausdrücken.

»Oh, Marie.« Heike legt ihre rechte Hand auf meine, auch Manfreds sanfte braune Augen schauen betroffen. »Das ist ja furchtbar. Mein herzliches Beileid.«

Ich schniefe, ihre Anteilnahme tut mir gut. Mein heimisches Umfeld ist mittlerweile überfordert mit mir und meiner Trauer, da hat es manchmal sogar ganz brutal geheißen, ich solle doch jetzt endlich mal wieder zur Tagesordnung übergehen.

»Hast du denn keine Geschwister?«, will Manfred nach einer Weile wissen.

Ich schüttele den Kopf. »Nein. Es gibt jetzt nur noch meinen Vater und mich.«

Unser Verhältnis ist seit Mamas Tod noch enger geworden. Papa war zeit seines Lebens für mich da, und nun ist es eben umgekehrt.

»Und wer kümmert sich während deiner Abwesenheit um deinen Vater?«, fragt Heike.

»Eine gute Freundin. Sie arbeitet im Pflegebereich und hat sich für die beiden Wochen beurlauben lassen.«

»Das ist ja toll«, sagt Manfred anerkennend. »So eine Pflege schlaucht doch bestimmt sehr. Gut, dass du dir Urlaub nehmen konntest.«

»Ja, ich bin auch ziemlich erschöpft«, gebe ich zu. »Der Unfall liegt jetzt ein Jahr zurück, und nachdem mein Vater aus dem Krankenhaus zurückgekommen ist, kümmere ich mich um ihn. Außerdem habe ich noch das Abi gemacht, es war ein hartes Jahr.«

Das war es wirklich, und in den letzten Wochen hatte ich manchmal das Gefühl, dass ich im Stehen hätte einschlafen können. Papa hat nie viel gefordert, aber ich habe versucht, alles zweihundertprozentig zu machen. So ticke ich nun mal, den höchsten Anspruch stelle ich immer an mich selbst.

Es ist ein schönes Beisammensein mit den beiden, ich kann mir vieles von der Seele reden, was ich in den vergangenen

Monaten hinuntergeschluckt habe. Gegen einundzwanzig Uhr beschließen wir, die ernsten Themen für diesen Tag zu beenden und einen Tapetenwechsel vorzunehmen. Heike und Manfred sind bereits seit gestern in Flensburg und schlagen vor, einen Pub am Hafen zu besuchen, der ihnen empfohlen worden sei. Ich stimme begeistert zu. Vor dem Unfall bin ich abends häufig auf die Piste gegangen, danach war nur noch selten Zeit dafür. Ich hatte mir eingeredet, dass es mir nicht fehlen würde, aber nachdem wir den urigen Pub in der Nähe der Schiffbrücke betreten haben, merke ich, dass dies ein Irrtum war. Die Atmosphäre nimmt mich sofort gefangen, ich lache und unterhalte mein Umfeld, so wie ich es früher getan habe, und habe dabei von Sekunde zu Sekunde mehr das Gefühl, endlich wieder im Leben anzukommen.

Gegen ein Uhr morgens bezahlt Heike unsere Drinks und bestellt ein Taxi. Ich bin ziemlich hinüber, es war wohl ein Cocktail zu viel. Heike bringt mich auf mein Zimmer und hilft mir aus den Klamotten, weil sich plötzlich alles um mich dreht.

»Soll ich noch ein wenig bei dir bleiben, Marie?«

Es tut so gut, dass sich jemand um mich kümmert, und ich würde so gern Ja sagen, aber ich schüttele den Kopf. »Nein, das musst du nicht, aber danke. Du brauchst auch deinen Schlaf, und mir geht es schon wieder besser.«

Eine faustdicke Lüge, mittlerweile ist mir speiübel, und ich habe das Gefühl, im nächsten Augenblick kotzen zu müssen. Heike scheint es zu spüren, denn sie weicht nicht von meiner Seite, und als ich wenig später aufspringe und ins Bad renne, folgt sie mir und hält meinen Kopf, als ich mich in die Kloschüssel übergebe. Später bleibt sie neben meinem Bett sitzen, bis ich eingeschlafen bin.

Als ich am nächsten Morgen aufwache, habe ich einen gewaltigen Kater. Aber tief in mir drinnen sitzt ein wohliges Gefühl, wenn ich an Heikes Fürsorge denke.

Im Frühstücksraum überfällt mich dann ein großer Schreck. Wir sitzen natürlich wieder zusammen und plaudern angeregt, als mir plötzlich einfällt, dass ich mir noch Zigaretten kaufen wollte.

»Mein Portemonnaie ist weg!« Mir wird ganz schlecht, hektisch leere ich den Inhalt meines Rucksacks auf dem Tisch aus. Aufgeregt durchwühle ich alles, aber das Portemonnaie bleibt verschwunden.

»Was ist mit den Seitentaschen?«, fragt Heike.

Ich schüttle den Kopf, mein Portemonnaie ist zu dick, als dass es dort reinpassen würde. Trotzdem fingere ich in jeder einzelnen herum.

»Hast du es vielleicht in deinen Trolley gepackt?«, fragt Manfred.

Das kann ich mir nicht vorstellen, aber ich laufe sofort los, um es zu überprüfen. Die beiden folgen mir. Ich öffne den kleinen Trolley und hole jedes einzelne Stück heraus. Ich falte die beiden Hosen, die T-Shirts und Pullover, die Unterwäsche auseinander, in der wilden Hoffnung, dass das Portemonnaie doch irgendwo dazwischen gelandet sein könnte. Aber da ist nichts.

»Wann hast du es denn das letzte Mal in Händen gehabt?«, fragt Heike.

Es fällt mir schwer, mich zu erinnern, denn der Kater hat mich trotz der Einnahme von zwei Kopfschmerztabletten immer noch fest im Griff. Im Pub hatte Heike die Rechnung beglichen, das weiß ich noch. Aber wer hat das Taxi bezahlt?

»Das war ich«, sagt Manfred auf meine Frage hin.

Ich hocke mich auf das Bett und berge meinen Kopf in den Händen. Mein Gott, was soll ich tun? Geld, Bahn- und EC-Karte, alles weg.

Heike setzt sich neben mich. »Denk doch noch mal ganz genau nach. Du hattest gestern erzählt, dass du dir während der Bahnfahrt ein Sandwich gekauft hast. Hast du danach noch weiteres Geld ausgegeben?«

Ich überlege angestrengt. »Nein«, sage ich dann. Plötzlich fällt mir etwas ein. »Ich war im Zug noch auf der Toilette und habe den Rucksack unter dem Sitz gelassen. Die Kabinen sind immer so eng, da wollte ich ihn nicht mitnehmen. Es saßen lauter Leute neben mir, und ich hab mir gedacht, dass sich da wohl keiner trauen würde, etwas zu klauen, weil die anderen es ja mitbekommen würden.« Ich beginne zu weinen. Wie blöd kann ein Mensch sein. »Wie soll ich denn jetzt nach Dänemark kommen? Ich habe ja nicht mal mehr das Geld für die Fahrt zurück nach Hause.«

»Ssscht«, sagt Heike und streicht beruhigend über meinen Rücken. »Was hältst du davon, wenn du ein paar Tage mit zu uns kommst? Unser Bauernhof ist groß genug, und du scheinst mir Erholung wirklich dringend nötig zu haben. Du spannst ein bisschen bei uns aus, Kost und Logis sind natürlich frei, und wir geben dir auch das Geld für deine Rückfahrt. Du kannst es uns dann ja überweisen, wenn du wieder zu Hause bist.«

»Das ist eine prima Idee, Heike«, pflichtet Manfred ihr bei.

Ich hebe den Kopf und schaue die beiden an, sprachlos über so viel Hilfsbereitschaft von im Grunde ja noch wildfremden Menschen. »Das kann ich nicht annehmen.«

»Doch, natürlich kannst du das! Wir bestehen darauf, nicht wahr, Manfred?«

»Ja, das tun wir!«

Jetzt weine ich noch mehr, weil ich so gerührt bin. Heike zieht mich sanft in ihre Arme und wiegt mich wie ein kleines Kind. Nachdem ich mich wieder beruhigt habe, steht sie auf. »Dann lass uns fahren, wir wollten jetzt sowieso auschecken.«

»Aber ich muss doch noch Anzeige bei der Polizei erstatten«, fällt mir ein.

»Das wird nichts bringen, wenn dir das Portemonnaie tatsächlich im Zug gestohlen wurde«, sagt Manfred.

Ja, da hat er recht.

»Du solltest allerdings den Verlust von EC- und Kreditkarte melden«, sagt Heike. »Denn die hast du doch sicherlich im Portemonnaie gehabt, oder?«

Mein Gott, ich bin so konfus, wieso habe ich daran nicht

gedacht? »*Ja, eine EC-Karte.*« *Ich ziehe mein Handy aus der Hosentasche, um meine Sparkasse anzurufen, froh darüber, dass ich es immer bei mir trage. Sonst wäre es womöglich auch geklaut worden, und dieser Verlust hätte mich mindestens ebenso hart getroffen.*

Dass Heike und Manfred einen Bauernhof haben, habe ich bereits gestern erfahren. Er liegt in der Nähe von Glücksburg. Die beiden leben dort mit ihren Kindern Lukas und Annika, einem dreizehnjährigen Zwillingspaar. Da diese gerade auf Klassenfahrt sind, haben Heike und Manfred sich ein Wochenende in Flensburg gegönnt. Längere Urlaube seien leider nicht drin bei einem Bauernhof mit Viehwirtschaft, denn schließlich müssten die Kühe gemolken werden. Für ein oder zwei Tage finde sich da immer wieder ein benachbarter Bauer, der das übernehmen würde, für länger allerdings nicht.

  Die Fahrt dauert zum Glück nur kurz, denn ihr Auto ist nicht klimatisiert, und die Sonne brennt von einem wolkenlosen Himmel. Es sei hier bereits seit drei Wochen so heiß, fast jeden Tag über dreißig Grad, erzählt mir Heike. Sie sitzt auf dem Beifahrersitz, und wenn Manfred etwas sagt, streichelt sie manchmal über seine Hand auf dem Lenkrad. Sie gehen sehr liebevoll miteinander um, das ist mir schon einige Male aufgefallen.

  Der Bauernhof macht einen ansprechenden Eindruck. Ein Haupthaus aus rotem Backstein, an den eine rechteckige Scheune grenzt, ein kleines Stallgebäude am linken Ende des Grundstücks, dahinter eine Koppel. Vor dem Haupthaus blühen verschiedenfarbige Begonien in großzügigen Rabatten, kein Fitzelchen Unkraut auf dem kopfsteingepflasterten Hof, alles sieht sehr gepflegt aus.

  »*Fühl dich wie zu Hause*«, *sagt Heike, nachdem Manfred den Wagen geparkt hat und wir das Haus betreten haben. Das Innere überrascht mich. Es sieht ein bisschen aus wie in diesen Hochglanz-Magazinen, deren Titel alle mit* »*Land-*« *beginnen.*

Schwarz gebeizte Fachwerkbalken, alte, aber tipptopp instand gehaltene Terrakottafliesen auf dem Fußboden, weiß gekalkte Steinwände und Zimmerdecken. Im Wohnzimmer ein bis zur Decke reichender alter Kachelofen, der zu beiden Seiten von einer Sitzbank eingerahmt ist und auf dessen Kacheln ländliche Motive abgebildet sind. Die beiden weiß gebeizten Schränke scheinen antik zu sein, die großzügige Wohnlandschaft aus rotem Leder ist dagegen eindeutig jüngeren Datums. »Wir haben hier nach dem Tod von Manfreds Eltern ein bisschen frischen Wind in die Einrichtung gebracht«, *verrät mir Heike.* »Das war doch alles schon ziemlich old-fashioned. Eine Tante hatte mir etwas Geld hinterlassen, und da haben wir gedacht, dass wir uns mal was gönnen.«

Auch die Küche ist eine Mischung aus Alt und Neu. Die technischen Geräte sind allesamt neu, aber das Küchenbüfett mit dem prachtvollen Aufsatz und der massive Holztisch sind schon über hundert Jahre alt, wie mir Heike verrät. »Den haben wir eigenhändig auf Vordermann gebracht«, *lacht sie.* »Zum Glück sind Manfred und ich mit handwerklichen Fähigkeiten gesegnet.«

Heike schlägt vor, dass ich in Annikas Zimmer übernachte, da sie leider kein Gästezimmer haben. Schwungvoll öffnet sie die Tür im ersten Stock des Hauses.

Das Zimmer sieht karg aus. Kiefernmöbel und kaum persönliche Gegenstände, die etwas über seine Bewohnerin aussagen. Ich beschließe, mich trotzdem wohl darin zu fühlen.

»Wenn du deine Sachen ausgepackt hast, können wir einen kleinen Spaziergang machen«, *schlägt Heike vor. Der Gedanke gefällt mir, und ich beeile mich. Nach einer Viertelstunde brechen wir auf.*

Es ist schön hier, Felder, Wald und Wiesen ringsherum und eine himmlische Ruhe. Allerdings auch sehr einsam, im Winter würde ich nicht hier leben wollen.

Als wir zurückkehren, beschließt Heike, dass es Zeit für das

Mittagessen ist. Ich will ihr helfen, aber sie verfrachtet mich in einen bequemen Liegestuhl im Garten, der unter einer mächtigen Eiche steht.

»Ruh dich aus, du siehst nämlich ziemlich kaputt aus«, ordnet sie an, und ich folge dieser Anweisung nur zu gern. Einfach mal nichts tun, den Stress der letzten Zeit vergessen und sich verwöhnen lassen. Langsam dämmere ich weg und werde erst wieder wach, als ich Heike rufen höre.

»Mittagessen ist fertig!«

Heike hat einen Gemüseauflauf zubereitet, neben unseren Tellern stehen Gläser mit einer Rhabarberschorle.

»Selbst gemacht«, sagt sie. »Ich hoffe, sie schmeckt dir.«

Ich liebe Rhabarberschorle und nehme einen großen Schluck. Herrlich kalt rinnt das herbe Getränk meine Kehle hinunter.

»Lang zu«, sagt Heike, nachdem sie mir aufgelegt hat und Manfreds und ihren Teller füllt. Das tue ich, es schmeckt köstlich.

Wir reden über alles Mögliche, und irgendwann merke ich, wie mich schon wieder die Müdigkeit überkommt. Nein, keine Müdigkeit, es ist eine merkwürdige Benommenheit, die meinen Blick trübt und den Raum zum Schwanken bringt.

»Alles in Ordnung, Marie?«, höre ich Heikes Stimme wie aus weiter Ferne.

»Sie sieht ganz blass aus.« Manfreds Hand tätschelt meine, und ich versuche, meinen Blick auf sein Gesicht zu fokussieren. Es verschwimmt immer wieder, trotzdem habe ich den Eindruck, als wenn er mich mit einem breiten Lachen anschaut.

»Trink noch einen Schluck, das wird dir guttun. Es ist sicherlich nur die Hitze, die dir zusetzt.« Der Saftkrug bewegt sich in meine Richtung, er erscheint mir überdimensional. Nachdem das Glas wieder gefüllt ist, ergreife ich es mit zitternden Händen und leere es auf einen Zug.

Heike hat bestimmt recht, es ist sicher nur die Hitze, die mich gerade so fertigmacht. Hohe Temperaturen konnte ich noch nie ab, und in der Küche scheint es mir unnatürlich warm zu sein.

Ich will das Glas wieder auf dem Tisch abstellen, aber es gleitet mir aus den Händen und zerspringt mit einem klirrenden Geräusch auf den Bodenfliesen.

Mein Kopf sinkt auf die Brust, ich kann meine Augen nicht mehr offen halten. Ich klammere mich mit beiden Händen am Stuhl fest, weil ich das Gefühl habe, im nächsten Moment ohnmächtig zu werden. Was ist denn bloß los, das kann doch nicht nur von der Hitze kommen.

Ich nehme eine Bewegung neben mir wahr, eine Hand legt sich unter mein Kinn und zieht es mit einem Ruck hoch. Ich will schreien, weil ich plötzlich Angst bekomme, weil hier etwas schrecklich verkehrt läuft, aber kein Laut dringt über meine Lippen.

»Komm, Schätzchen, ich bringe dich jetzt in dein neues Zuhause.«

Manfred. Ich habe nicht mitbekommen, dass er aufgestanden ist. Er hält noch immer mein Kinn und zieht mich vom Stuhl hoch. Ein hässliches Lachen ist das Letzte, was ich höre, dann sacke ich in seinen Armen zusammen.

Als ich wieder zu mir komme, denke ich im ersten Moment, dass ich blind bin. Tiefste Schwärze um mich herum. Ich liege auf etwas Weichem, mein Herz rast und trommelt gegen meine Rippen, als ob es meinen Brustkorb sprengen will.

Ich blinzle, drehe den Kopf und schluchze vor Erleichterung auf, als ich zu meiner rechten Seite die schemenhaften Umrisse eines Stuhls wahrnehme.

Ich bin nicht blind!

Ich versuche mich aufzurichten, weil ich den Eindruck habe, dass es irgendwo rechts eine schwache Lichtquelle gibt. Wie hätte ich sonst den Stuhl sehen können? Schwindel erfasst mich, ich gerate ins Taumeln, falle wieder zurück. Ich taste den Boden neben meinem Körper ab, das Ding, auf dem ich gelegen habe, als ich wieder zu mir kam.

Eine Matratze.

Wie bin ich hierhergekommen? Und vor allen Dingen: Wo bin ich? Ich habe nicht die geringste Erinnerung.

Ich versuche ein weiteres Mal hochzukommen, und diesmal gelingt es mir. Vorsichtig gehe ich in Richtung des Stuhls, Schritt für Schritt, mein Körper zittert, aber der Schwindel ist weniger geworden.

Der Stuhl steht vor einer Wand, oben ist ein schmaler Lichtstreifen zu sehen. Ich blinzle erneut, denn vor meinen Augen liegt noch immer ein leichter Schleier.

Ich lege den Kopf in den Nacken. Eine Art Fenster mit Glasbausteinen, vielleicht zehn Zentimeter hoch und dreißig Zentimeter breit. Davor ein engmaschiges Gitter. Unmöglich, dort hochzukommen, selbst wenn ich auf den Stuhl steigen würde.

Aber vielleicht kann ich mich mit Rufen bemerkbar machen ...

Ich hole tief Luft, und dann schreie ich so laut ich kann um Hilfe. Ich weiß nicht, wie lange, aber als ich schließlich aufhöre, schmerzt meine Kehle, und ich huste mir die Seele aus dem Leib.

Trotzdem, ich darf nicht nachlassen und versuche es ein weiteres Mal. Da höre ich plötzlich ein Geräusch hinter mir und im nächsten Moment flutet Licht den Raum. Ich fahre herum und muss die Hände vor die Augen halten, so stark schmerzt diese plötzliche Helligkeit.

»Marie.«

Ich erinnere mich an diese Stimme und lasse die Hände sinken. Der Schmerz weicht und ebenso der Schleier vor meinen Augen.

Heike ...

Sie steht in der Tür und lächelt mich an. Ich verstehe nichts mehr.

»Gefällt es dir in deinem neuen Heim?«

Ihre Stimme klingt schmeichelnd, sie kommt näher. Instinktiv weiche ich zurück, versuche voller Hektik, den Raum zu erfassen.

Er ist quadratisch, Wände und Boden sind weiß gekalkt.

Der Stuhl hinter mir, die Matratze, ein Tisch auf der anderen Seite. Eine zweite Tür im hinteren Bereich, sie steht offen, ich erblicke eine Toilette und ein Waschbecken.
Die Wand zur Linken...
Schweiß bricht aus meinen Poren, als ich die Haken sehe. Die Eisenketten, die daran befestigt sind und sich auf dem Boden kringeln, Schlangen gleich. Eine Art Hufeisen am Ende einer jeden Kette.
Mein Blick zuckt zurück zu Heike.
»Du musst keine Angst haben, Schätzchen. Wir meinen es gut mit dir.« Sie deutet zu dem Fenster. »Schreien hilft übrigens nicht, das Glas ist sehr dick, da dringt kein Laut nach draußen.«
Sie ist näher gekommen und steht jetzt ganz dicht bei mir. Ich rieche Pfefferminz und einen Hauch von Zitrone, als sie erneut zu sprechen beginnt.
»Du wirst es gut bei uns haben, Schätzchen.« Sie hebt ihre rechte Hand, ihre Finger streichen sanft über meine Wange.
Ich bin paralysiert, zu keiner Bewegung mehr fähig. »Wenn du unsere Wünsche erfüllst.«
Adrenalin durchströmt meinen Körper, und eine jähe Erkenntnis überkommt mich. Mein Portemonnaie wurde nicht im Zug geklaut. Heike hat es an sich genommen, als ich geschlafen habe. Ohne Geld war ich aufgeschmissen und deshalb natürlich leicht empfänglich für das Angebot, einige Tage auf ihrem Hof zu verbringen. Ich will an ihr vorbeilaufen, aber sie stößt mich mit einer Kraft, die ich in dieser zarten Gestalt nicht vermutet habe, zu Boden. Ehe ich zum Nachdenken komme, kniet sie neben mir und zieht mit brutaler Gewalt meine Haare zurück, dass ich aufstöhne.
»Und du wirst unsere Wünsche erfüllen, Schätzchen, glaube es mir.«
Sie kettet mich an, bevor ich zu irgendeiner Gegenwehr ansetzen kann. Das Hufeisen liegt so eng um meinen Hals, dass es mir unmöglich ist, mich zu rühren. Heike steht wieder auf und

geht zum Tisch hinüber. Ein leises Lachen ertönt, dann dreht sie sich wieder zu mir herum.

Ich beginne zu schreien, als sie langsam auf mich zukommt und ich entdecke, was sie in der Hand hält …

***

Das Innere des Raumes glich zwar einem Horrorkabinett, aber trotzdem spürte Wengler nach einem schnellen Rundumblick eine große Erleichterung.

Keine weitere Tote.

Er sah sich genauer um. Der Raum maß circa vier mal vier Meter, mit einer Deckenhöhe von schätzungsweise zweieinhalb Metern. Ein quadratischer Holztisch mit einer Lederpeitsche darauf. Daneben ein Stuhl. Eine versiffte Matratze. Ein Fenster mit Glasbausteinen und einem engmaschigen Gitter davor. Eine offen stehende Holztür an der hinteren Wand. Vier halbrunde Halterungen an der Wand daneben mit darin befestigten Eisenketten in circa einem Meter Höhe. Ein Eimer mit weißer Farbe in einer Ecke. Daneben Malerutensilien.

Wengler runzelte die Stirn und warf einen Blick zu Reinders und Lundgren, die ebenfalls Schutzanzüge trugen. Ihre Gesichter spiegelten die Erschütterung, die auch ihn gepackt hatte. Er drehte sich zurück und schaute hinter die Holztür, hinter der sich eine Toilette und ein Waschbecken in einem schmalen Kabuff verbargen.

»Was ist da drin?«, fragte Reinders.

»Eine Toilette und ein Waschbecken.« Er winkte die beiden Kollegen herein. »Schaut euch mal den Fußboden an.«

Der Boden wies eine Reihe unterschiedlich großer Flecken auf. Eindeutig Blut, der Farbintensität nach zu urteilen älteren Datums.

Wengler schaute sich den Farbeimer an und sah, dass er nicht mehr fest verschlossen war. Er öffnete den Deckel. »Der Eimer ist nur noch halb voll.« Ein Gedanke formte sich in seinem Kopf, und er blickte zu Reinders und Lundgren hinüber. »Dies muss der Raum sein, in dem die Frauen gefangen gehalten wurden. Wir müssen den Boden genauestens untersuchen, denn ich kann mir vorstellen, dass mehrere Farbschichten und auch das Blut von verschiedenen Personen zum Vorschein kommen werden.«

»Sie meinen …«, Lundgren stockte, eine steile Falte erschien auf ihrer Stirn, »… dass hier jedes Mal neu gestrichen wurde, wenn eine Frau gestorben und weggeschafft worden war?«

Wengler nickte. »Warum sollten hier sonst Farbe und dieses ganze Malerzubehör stehen? Und es ist ja gerade wieder eine Frau gestorben.«

»Oh Mann«, murmelte Reinders.

Wengler unterzog die Wände noch einmal einer genaueren Prüfung. »Die scheinen schallisoliert zu sein«, sagte er nach einer Weile. Er verließ den Raum und ging zur Tür an der rechten Wand. »Vielleicht wurden die Frauen durch diese Tür hier reingebracht. Denn das wird ja wohl kaum jedes Mal durch das Wohnzimmer passiert sein.« Er griff erneut nach dem Brecheisen und schaffte es mit Reinders' Hilfe, auch dieses Mal die Tür aufzubekommen.

Wieder ein Gang, gewunden diesmal und länger als der erste, der an einer massiven Holztür endete, die zu ihrer aller Verblüffung offen war. Wie von Wengler vermutet, führte der Gang nach draußen. Als sie ins Freie traten, fanden sie sich vor einem nahezu undurchdringlichen und mannshohen Forsythienstrauch wieder, der die Tür vor Blicken schützte.

»Bingo!«, sagte Reinders und trat in den Gang zurück. »Dann hol ich jetzt mal besser die Spusi.«

»Bring bei der Gelegenheit Kossack mit«, sagte Wengler. »Ich will, dass er sich das alles anschaut und endlich mit seinem Zickenkram aufhört. Und gib die Fahndung nach der Familie raus.«

Kossack stieß zu ihnen, als sie wieder bei dem geheimen Raum eingetroffen waren. Als er an der Tür stehen blieb und einen

Blick hineinwarf, nahm sein Gesicht einen Grünstich an. Es hätte Wenglers Hinweises nicht bedurft, dass er vor der Tür stehen bleiben solle, denn der Staatsanwalt sah nicht so aus, als verspüre er den Wunsch, den Raum zu betreten. Im Gegenteil, er erweckte den Eindruck, als würde er sich im nächsten Moment erbrechen oder weglaufen wollen. Oder beides. Wengler trat auf ihn zu. »Bekomme ich jetzt einen Durchsuchungsbeschluss?«

Kossack würgte und nickte.

»Ich kann Sie nicht hören, Herr Kossack.« Wengler führte normalerweise keine Menschen vor, aber in diesem speziellen Fall hatte er nicht die Absicht, den Mann, der wie ein Häufchen Elend vor ihm stand, so einfach davonkommen zu lassen. »Ich möchte, dass Sie mir laut und deutlich im Beisein meiner Kollegen sagen, dass ich einen Beschluss bekomme. Nur für den Fall, dass Sie auch dieses Mal wieder beabsichtigen, einen Rückzieher zu machen.«

»Sie bekommen den Beschluss«, stammelte Kossack.

»Wie bitte? Das habe ich nicht richtig verstanden.«

»Sie bekommen den Beschluss!« Jetzt schrie Kossack die Worte heraus, dann machte er auf dem Absatz kehrt, stürmte die Treppe hinauf und den Gang zurück, in dem sich gerade drei Spusi-Mitarbeiter näherten.

»Na, hoffentlich kotzt er uns jetzt nicht unseren Tatort voll«, kommentierte Reinders trocken.

**

Johanna, August 2014

Wie lange bin ich jetzt hier? Einen Tag, eine Woche? Ich weiß es nicht. Mein Kopf ist wie zugekleistert, einen klaren Gedanken zu fassen fällt mir immer noch schwer. Erinnerungsfetzen …
Die Begegnung in dem Gästehaus …
Hallo, ich bin Johanna …

Gespräche, Lachen ...
Eine Bar, später am Abend ...
Eine Bar ...
Das Getränk ... plötzlich sehe ich es vor mir ...
Ein Cocktail, mit Farben wie ein Regenbogen ...
Rainbow, sagt eine Stimme zu mir. Trink, Johanna, er wird dir schmecken ...
Ja, er schmeckt lecker, obwohl ich normalerweise keinen Alkohol mag ...
Für Sekundenbruchteile wird mein Kopf ganz klar.
Sie haben mir etwas in das Getränk gemischt!
Wir albern herum und trinken, und plötzlich steht ein zweites Glas vor mir. Daran könnte ich mich gewöhnen, höre ich mich sagen. Ich nehme einen großen Schluck und merke, wie mir übel wird.
Ich komme mit zur Toilette, sagt sie und hakt mich unter, als ich vom Barhocker gleite.
Wieso kann ich mich nicht mehr an ihren Namen erinnern? Auch ihr Äußeres bleibt merkwürdig verschwommen.
Sie hat mich den ganzen Weg gestützt, weil meine Beine mir nicht mehr gehorchen wollten, das weiß ich noch. Danach? Nichts mehr.
Als ich wieder zu mir kam, war ich hier.
Ich hatte elenden Durst und hab fast die ganze Flasche leer getrunken, die neben mir stand. Danach bin ich wieder weggesackt, und als ich ein weiteres Mal zu mir kam, entdeckte ich zwei neue Wasserflaschen auf dem Tisch. Also musste in der Zwischenzeit jemand hier gewesen sein.
Nein, ich werde diese Flaschen nicht anrühren!
Die haben mir da doch bestimmt auch was reingetan.
Ich muss mich konzentrieren, sonst habe ich keine Chance, hier rauszukommen.
Wo bin ich?
Ein quadratischer Raum mit einem weiß gekalkten Steinfußboden und ebensolchen Wänden. Ein schmales Fenster aus

Glasbausteinen, weit oben, mit einem Gitter davor. Eine nackte Glühbirne an der Decke, deren grelles Licht in meinen Augen schmerzt. Kein Lichtschalter. Eine Metalltür und eine Holztür auf der gegenüberliegenden Seite des Raumes. Ein kleiner Tisch mit einem Stuhl an einer der Wände. Es riecht nach Farbe, als wäre der Raum erst vor Kurzem gestrichen worden.

Mühsam rapple ich mich von der Matratze hoch, auf der ich liege. Sie ist groß und sieht neu aus. Ich tappe ein paar Schritte, den Blick auf den Boden gerichtet, weil mir schwindelig ist. Ein großer Fleck zu meinen Füßen, den die Farbe nicht vollständig überdecken konnte. Braun oder ein rostiges Rot. Als ich den Kopf hebe und mich langsam umdrehe, fällt mein Blick auf die Wand hinter der Matratze.

Was sind das für Halterungen?

Wuchtig ragen sie aus der Wand, an allen sind massive Eisenketten befestigt.

Von der Tür ist ein Geräusch zu hören, erschrocken fahre ich herum.

»Hallo, Johanna, hast du dich schon eingelebt?«

Eine Frau, Mitte vierzig vielleicht. Mittelgroß, schlank, halblange blonde Haare. Ein schmales Gesicht, die grünen Augen mustern mich mit einem Ausdruck, bei dem es mir kalt über den Rücken läuft.

Das ist sie! Die Frau, die ich in dem Gästehaus kennengelernt habe. Plötzlich steht mir ihr Gesicht wieder deutlich vor Augen. Ebenso wie das ihres Mannes. Manchmal trifft man Menschen, die einem auf Anhieb sympathisch sind und mit denen man reden kann, als würde man sie schon ewig kennen.

»Wo bin ich?«, bringe ich mühsam heraus.

»Bei uns«, sagt sie lächelnd.

»Aber ...« Ich verstehe überhaupt nichts mehr.

Sie weist mit der Hand in den Raum. »Wir haben alles für dich hergerichtet, Freddie hat sogar dein Zimmer neu gestrichen.«

»Ich ... ich ...«

»Du musst keine Angst haben, Johanna. Wenn du unseren Vorstellungen entsprichst, wirst du es gut bei uns haben.«
Ihren Vorstellungen entsprechen? Wovon redet sie?
»Deine Vorgängerinnen waren manchmal ein bisschen störrisch, weißt du. Ich musste sie dann immer an die Kette legen, das hat ihnen natürlich gar nicht gefallen.« Sie deutet auf die Eisenketten. »Aber wir denken, dass du verständiger sein wirst.«
Ein Lächeln überzieht ihr Gesicht, sie kommt ganz nah an mich heran. Ich weiche zurück, falle auf die Matratze, die Halterungen drücken schmerzhaft in meinen Rücken. Sie hockt sich vor mich und streicht sanft über mein Gesicht und meine Haare. Ich will mich wehren, sie zurückstoßen, aber ich bin wie gelähmt. Selbst als ihre Lippen über meinen Hals zu wandern beginnen und sich schließlich auf meinen Mund legen, bleibe ich passiv. Ein Stöhnen kommt tief aus ihrer Kehle, als ihre Hände die Träger meines Kleides herunterstreifen.
»Heike? Wo bist du?«
Die Stimme eines Mannes, irgendwo in der Nähe. Sie lässt von mir ab, streift die Träger wieder hoch und wendet sich mit einem Ausdruck des Bedauerns ab.
»Schade«, sagt sie und dreht sich an der Tür noch einmal zu mir herum. »Ich wäre dieses Mal so gerne die Erste gewesen.« Sie wirft mir eine Kusshand zu und schließt die Tür hinter sich. Ich höre, wie sich ein Schlüssel im Schloss dreht. Das Licht geht aus.

Johanna, September 2014

Wie lange dauert mein Martyrium jetzt schon an?
Ich weiß es nicht.
Am Anfang habe ich noch versucht, mit dem kleinen Kreuz, das ich an einer Kette um meinen Hals trug, Striche in die Wand zu ritzen. Als das Kreuz schließlich zerbrach, habe ich geweint. Stundenlang, ich konnte gar nicht mehr aufhören. Das Kreuz hat

meiner verstorbenen Oma gehört und mir sehr viel bedeutet, ich habe es niemals abgelegt und mich durch seine Gegenwart immer beschützt gefühlt. Nachdem es kaputtgegangen war, wurde mir klar, dass ich niemals mehr das Tageslicht erblicken würde.

Freddie und Heike. Wenn sie sich über ihn geärgert hat, ruft sie ihn Manfred. Mit schriller Stimme.

Im Gegensatz zu ihm hat sie viele Stimmen. Lockend und verführerisch, höhnisch und verächtlich, kalt wie zerspringendes Glas.

Er hat nur zwei Stimmen.

Schmeichelnd und böse.

Schmeichelnd, wenn er mich zu umgarnen versucht, damit ich freiwillig mit ihm schlafe und meine Gegenwehr aufgebe. Wenn er mir ins Ohr flüstert, dass er mich liebt und wie schön ich sei, die Frau seines Lebens. Dass ich das doch auch spüren müsse. Johanna, wir sind füreinander bestimmt, Heike ist doch nur eine Episode in meinem Leben. Sei lieb zu mir und zeig mir, dass du genauso viel für mich empfindest wie ich für dich.

Wie ein Hund kniet er in solchen Momenten vor mir, ein bettelndes Häuflein Mensch, das mich zum Würgen bringt.

Böse, wenn ich seinen Forderungen nicht nachkomme. Was ich nie tue.

Während er sich an mir vergeht, spaltet sich mein Ich von meinem Körper ab. Es gleitet in die Vergangenheit, klammert sich an die Erinnerung von Sommerurlauben am Meer, an Treffen mit Freunden, glückliche Kindertage.

Ich bleibe vollkommen passiv. Das stört ihn. Er will Gegenwehr, will mich niederringen, mir zeigen, dass er Macht über mich hat.

Meinen Körper kann er zerbrechen, meine Seele nicht.

Er nicht.

Aber sie.

Heike, der Teufel in Menschengestalt.

Johanna, Dezember 2014

»Hallo, meine süße Johanna. Ich hoffe, es geht dir gut?«
Ihre Stimme vibriert, ein Hauch von Vorfreude liegt darin. Der Duft von Gebackenem erfüllt den Raum. Ich blinzle in das Licht, meine Augen schmerzen nach endlosen Stunden in der Dunkelheit. Durch das Fenster kommt schon lange kein Licht mehr herein, vielleicht haben sie draußen etwas davorgestellt.
»Ich habe dir Weihnachtskekse gebacken. Morgen ist Heiligabend, und du sollst doch sehen, dass wir es gut mit dir meinen.«
Sie stellt einen Teller auf dem Tisch ab, er ist voll von Gebäck. Ich möchte mich drauf stürzen, alles auf einmal in mich hineinschlingen, da sie mir in den letzten Tagen kaum etwas zu essen gebracht hat.
Weil ich böse war.
Meine Stimmung hat sich gewandelt. Nein, sie schwankt, das drückt es richtiger aus. An manchen Tagen bin ich noch immer apathisch, an anderen setze ich mich jetzt zur Wehr. Auch wenn ich weiß, dass ich hinterher angekettet werde. So wie das letzte Mal.
Das Anketten übernimmt immer sie. Manchmal habe ich den Eindruck, dass sie daraus den größten Lustgewinn zieht. Sie ist mindestens so stark wie er und setzt meine Gegenwehr schnell außer Kraft. Schläge ins Gesicht, Tritte in den Bauch, ihre Hände um meinen Hals. Sie weidet sich an meiner Qual. Wenn ich schließlich am Boden liege, ergreift sie eine der Stahlketten und schlägt auf mich ein, bis ich zu bluten beginne. Mein Körper ist mittlerweile übersät von offenen und kaum verheilten Wunden. Wenn ich mich nicht mehr rühren kann, legt sie das Hufeisen um meinen Hals. Sie befestigt die Kette daran, und dabei höre ich sie jedes Mal leise lachen.
Die Kette erlaubt es mir, mich in einem Radius von circa einem Meter zu bewegen. Wenn sie mir etwas zu essen bringt, auch das tut immer nur sie, und auf dem Tisch abstellt, rückt sie ihn häufig so, dass ich nicht an den Teller herankomme.

Am Anfang glaubte ich noch, dass ich es doch schaffen würde, und habe aus allen möglichen Positionen versucht, den Teller zu erreichen. Ich hab einige Finger meiner linken Hand unter das Hufeisen gequetscht, damit es mir nicht die Luft abdrückt. Einmal hatte ich solchen Hunger, dass mir alles egal war. Ich muss mir die Halsschlagader abgeschnürt haben und bin ohnmächtig geworden.

»*Johanna, schau doch mal.*« *Sie hat sich am Teller bedient und kommt langsam auf mich zu. Ein großes Stück Stollenkonfekt in ihrer Hand, dick mit Puderzucker bestäubt, mir läuft das Wasser im Mund zusammen. Aufreizend langsam fährt ihre Hand an meinem Gesicht vorbei, der Duft lässt mich schier wahnsinnig werden. Nur mit einer fast übermenschlichen Kraftanstrengung gelingt es mir, mich zurückzuhalten.*

»*Was, keinen Hunger?*« *Sie lächelt und beginnt, an dem Kuchenstück zu knabbern, wobei sie mich nicht aus den Augen lässt. Puderzucker bleibt an ihrem Mund hängen, an den Fingern, die sie genüsslich ableckt, nachdem das Gebäck verzehrt ist.*

»*Die nächsten Stunden sind wir allein, meine kleine Johanna. Manfred muss eine Reparatur am Wagen erledigen lassen, das dauert bestimmt etwas länger.*« *Ihre Augen glitzern.* »*Freust du dich?*« *Unvermittelt hockt sie sich auf mich und drückt mit ihren Schenkeln meine Knie zusammen. Ich weiche zurück, Zentimeter nur, dann spüre ich die Wand im Rücken. Sie lacht und erhöht den Druck ihrer Schenkel. Ihre linke Hand umfasst mein Kinn, so fest, dass es wehtut, während ihre rechte Hand in den Ausschnitt meines Kleides greift und den dünnen Stoff mit einem einzigen Ruck zerreißt. Darunter bin ich nackt. In der Zeit, in der ich jetzt hier bin, hat sie mir einige neue Kleider gebracht, aber niemals neue Unterwäsche. Wozu, hat sie irgendwann gesagt. Ohne kommen wir doch viel schneller an dich ran.*

Ihre Zunge zieht eine heiße Spur über meinen Körper, ihre Hände kneten meine Brüste, so schmerzhaft, dass ich aufstöhne.

»*Das gefällt dir, was, Johanna?*«
Sie liegt jetzt mit ihrem ganzen Gewicht auf mir. Ihre Zunge stößt in meinen Mund, ich beginne zu würgen und versuche sie wegzustoßen. Meine Hände greifen wild um sich, und da ... ich kann es kaum fassen ... die zweite Kette zu meiner Rechten. Ich umklammere sie und hole mit aller Kraft, zu der ich noch fähig bin, aus.
Sie jault auf, der Druck weicht von meinem Körper. Ich sehe Blut an ihrem linken Ohr, in den Haaren und will ein weiteres Mal zuschlagen. Aber sie kommt mir zuvor und reißt die Kette aus meinen Händen. Blanker Hass steht in ihren Augen, als sie ausholt und den ersten Schlag mit voller Wucht auf meinen Körper herabsausen lässt. Der nächste Schlag trifft meinen Kopf, ich spüre, wie etwas Nasses über mein Gesicht zu rinnen beginnt. Dann umhüllt mich Schwärze.

Johanna, später

»*Ich habe gesagt, dass du sie in Ruhe lassen sollst!*«
»*Sie ist nicht dein Eigentum, mein Lieber, ich will auch meinen Spaß mit ihr haben. Also hör endlich auf, hier den dicken Macker zu geben. Wenn ich nicht wäre, würdest du keine einzige hierherkriegen.*«
Ich versuche, die Augen zu öffnen, aber es gelingt mir nicht. Mein Körper ist ein einziger Schmerz. Selbst das Atmen tut weh.
»*Jetzt schau dir an, wie du sie zugerichtet hast. Und wie das hier aussieht. Alles voller Blut.*« *Seine Stimme klingt jetzt näher, eine Alkoholfahne streift mein Gesicht.* »*Ich glaub, die ist tot.*«
»*Blödsinn!*«
»*Doch, schau mal, die rührt sich nicht mehr.*« *Seine Stimme wird ärgerlich.* »*Jetzt können wir uns wieder 'ne Neue holen. Bloß weil du dich nicht unter Kontrolle hast.*«
»*Die ist nicht tot!*«

Ich spüre eine Bewegung neben mir, dann streicht eine Hand über meinen Hals, und ein Finger legt sich auf meine Halsschlagader. Ich zucke zusammen.
»Siehst du, was hab ich gesagt.« Ihre Stimme klingt triumphierend. »Die ist nicht tot.«
»Aber so, wie sie daliegt, ist sie auch zu nichts mehr zu gebrauchen.«
Ein Klatschen ist zu vernehmen, gefolgt von einem Schmerzensschrei. »Bist du verrückt geworden? Was soll das?«
»Du bist wirklich ein selten dämliches Weib. Wir hätten noch lange was von ihr haben können, und was machst du? Schlägst sie zu Brei. Und ich darf sie dann wieder entsorgen.«
»Sag mal, bist du taub? Sie ist nicht tot!« Ihr Tonfall verändert sich, klingt auf einmal einschmeichelnd. »Ich krieg sie schon wieder hin. Und falls nicht, schaff ich sie fort.«

※※※

Wengler hatte mit seiner Vermutung tatsächlich richtiggelegen. Es würde noch Tage dauern, die einzelnen Schichten auf dem Boden des geheimen Raumes freizulegen, aber ein erster Versuch auf einem Teilstück hatte bereits eine darunterliegende weiße Farbschicht zum Vorschein gebracht.

Die Kollegen der Spurensicherung hatten alle rausgescheucht, und so war Hannah mit Wengler ins Freie gegangen, um die weitere Vorgehensweise zu besprechen. Kossack war nirgends zu sehen, vermutlich hatte er das Weite gesucht.

»Ich rufe sofort mein Team zusammen«, sagte Hannah, die froh war, wieder an der frischen Luft zu sein. Das Gesehene hatte sie fertiggemacht, umso mehr, als sie nach der Entdeckung des Geheimgangs und der Tür an dessen Ende überzeugt gewesen war, dass sie dahinter eine, wenn nicht sogar noch mehr Leichen finden würden. Umso größer war die Erleichterung, als sie einen leeren Raum vorfanden, aber die Vorstellung, was hier geschehen sein mochte, war trotzdem unerträglich für sie.

Wengler nickte, und sie verabschiedeten sich. Auf dem Rückweg nach Kiel trommelte Hannah ihre Kollegen zusammen, denen sie heute eigentlich einen freien Tag versprochen hatte. Niemand hatte sich etwas vorgenommen, alle erklärten sich sofort bereit, zu kommen.

»Dann können wir jetzt davon ausgehen, dass es sich bei diesem Pärchen um Heike und Manfred Krohn handelt«, stellte Samira fest, nachdem Hannah alle auf den neuesten Stand gebracht hatte. Vor den Fenstern des Besprechungsraumes war die Dämmerung aufgezogen, und es hatte wieder zu regnen begonnen.

»Ja«, bestätigte Hannah.

»Die vermutlichen Tatabläufe haben wir ja bereits zu rekonstruieren versucht«, sagte Herbrecht. »Was mich jetzt beschäftigt, ist die Frage, ob die Entführung 2011 wirklich die erste war oder ob es davor schon welche gegeben hat.«

»Das können dann aber nur Personen gewesen sein, die nicht als vermisst gemeldet wurden«, gab Gehlberg zu bedenken.

»Das ist ja nicht unwahrscheinlich. Sie könnten sich zum Beispiel Obdachlose oder auch Prostituierte geholt haben. Deren Verschwinden würde doch überhaupt nicht auffallen. Und selbst wenn sich da jemand Gedanken gemacht hat, geht der doch nicht zur Polizei.« Die Benachteiligung dieser Personengruppen war ein rotes Tuch für Samira.

Hannah überlegte. Das war nicht von der Hand zu weisen. Sie loggte sich in ihren Computer ein und rief die Fahndungsseite des BKA auf, auf der auch die nicht identifizierten Toten aufgeführt waren. Aufmerksam scrollte sie durch die Liste, fand aber niemanden, der in Frage gekommen wäre. »Wenn es wirklich so gewesen sein sollte, wie Klaus gesagt hat, dann müssen etwaige weitere Opfer an einem anderen Ort begraben worden sein.«

»Vielleicht haben die Krohns ja deshalb seinerzeit diesen Acker dazugekauft«, sagte Samira. »Weil sie Opfer vorher bereits an anderer Stelle begraben hatten und jetzt der Platz nicht mehr ausreiche, um es mal salopp zu sagen.«

»Dann sollte das K1 ganz schnell die beiden Äcker umgraben lassen, die an den Hof grenzen«, sagte Hannah und griff zum Telefonhörer, um Wengler ihre Überlegung mitzuteilen. »Sie haben das bereits veranlasst«, sagte sie nach Beendigung des Gesprächs.

»Falls eure Vermutung wirklich zutreffen sollte, dürfte der anonyme Anrufer aber nichts davon gewusst haben«, meinte Gehlberg. »Denn sonst hätte er oder sie das doch erwähnt.«

»Ich überlege gerade etwas anderes«, sagte Herbrecht. »Welche Rolle haben eigentlich die beiden Kinder in der ganzen Geschichte gespielt? Wenn die Krohns seit Jahren Frauen entführt und auf ihrem Hof missbraucht und umgebracht hätten, müssten die doch etwas mitbekommen haben.«

Hannah kamen wieder die kargen Zimmer der Zwillinge in den Sinn. Die bedrückende Atmosphäre, die sie ausgestrahlt hatten, das Fehlen von persönlichen Gegenständen. Als hätten keine Menschen, sondern gefühllose Wesen in ihnen gelebt.

»Sie müssen etwas mitbekommen haben, so groß ist der Hof schließlich nicht«, sagte sie. »Die Frauen dürften zwar durch den Gang, der nach draußen führt, reingekommen sein, aber trotzdem.«

»Aber die Zwillinge haben sich ja auch häufig nicht im Haus aufgehalten«, gab Herbrecht zu bedenken. »Weil sie zum Beispiel in der Schule waren. Oder auf Klassenfahrt. Diese Zeiten können ihre Eltern doch ganz gezielt genutzt haben, um ihre Opfer in den geheimen Raum zu bringen.«

»Aber irgendwann waren die Kinder doch wieder zu Hause«, warf Samira ein. »Und die gefangenen Frauen haben doch etwas zu essen bekommen, das kann auch nicht unbemerkt geblieben sein. Ganz abgesehen davon, dass die Frauen bestimmt auch um Hilfe geschrien haben.«

»Das dürfte stimmen, aber vergiss nicht, dass der Raum schallisoliert ist«, erinnerte ihn Gehlberg. Er sah Hannah an.

»Hat das K1 da eigentlich eine Probe gemacht, ob man im Haus wirklich nichts hört, wenn in dem Raum einer schreit?«

Hannah nickte. »Ja, Wengler hat mir vorhin eine Mail geschickt. Sowohl im Haus als auch draußen ist nichts zu hören, wenn in dem Raum jemand schreit. Sie haben als Test sogar laute Musik laufen lassen.«

»Und was ist mit dem Fenster?«

»Das besteht aus extradickem Glasbaustein. Selbst wenn man draußen direkt davorsteht, hört man nichts.«

»Es gibt doch aber die Aussage einer Frau, die Heike Krohn einmal nach einem Kurs nach Hause gebracht hat und Schreie aus dem Haus gehört haben will«, erinnerte Samira.

»Kann sein, dass die Tür in diesem Moment gerade offen stand«, sagte Gehlberg. »Weil Krohn zum Beispiel etwas in den Raum gebracht hat.«

»Das ist dann ja aber auch zu anderen Zeiten passiert, und deshalb müssen die Zwillinge etwas mitbekommen haben.«

»Samira hat recht«, sagte Hannah. »Die Zwillinge dürften gewusst haben, was ihre Eltern treiben. Zumindest in Ansätzen. Da stellt sich einem natürlich die Frage, was das mit ihnen gemacht hat. Und warum sie nicht zur Polizei gegangen sind.«

»Immerhin hätten sie dann ihre Eltern anzeigen müssen«, sagte Samira. »Ich denke, dass das ein ganz schwerer Schritt ist, selbst wenn sie solch monströse Verbrechen begehen.«

»Könnten die Zwillinge daran beteiligt gewesen sein?«, fragte Gehlberg.

»Wenn wir davon ausgehen, dass die Entführungen wirklich erst 2011 begonnen haben, dann waren die Zwillinge zum damaligen Zeitpunkt dreizehn Jahre alt«, sagte Hannah. »Wir haben alle die Erfahrung gemacht, dass wir in unserem Job nichts ausschließen dürfen.«

»Oder die Zwillinge wurden ebenfalls von ihren Eltern missbraucht. Das könnte auch ein Grund dafür sein, dass sie nicht zur Polizei gegangen sind. Weil ihre Eltern sie massiv eingeschüchtert haben.«

Nach Samiras Worten wurde es still, und Hannah fragte sich, in welche Abgründe sie dieser Fall noch führen würde.

∗∗∗

Jonas schlief bereits, als Reinders nach Hause kam. Er hängte seinen Mantel an die Garderobe und ging als Erstes in das Zimmer seines Sohnes, wie immer in der letzten Zeit. Es war eine Art Ritual, das ihm Sicherheit gab und die dunklen Ängste, die ihn seit der schlimmen Diagnose plagten, für kurze Zeit in den Hintergrund treten ließen. Manchmal war Jonas noch wach und erzählte, was er den Tag über gemacht hatte. Es waren nur wenige Dinge, die Elke mit ihm unternehmen konnte, da der Junge nach den Behandlungen immer längere Phasen der Regeneration brauchte. Aber es war herzerfrischend, zu sehen, wie er sich über die Unternehmungen freute und mit welcher Lebhaftigkeit er davon erzählte. Am liebsten waren Jonas die Ausflüge ins Planetarium. Dort hatte er sich schon vor seiner Krankheit stundenlang aufhalten können.

Reinders vernahm ein Geräusch hinter sich und sah, dass seine Frau im Türrahmen aufgetaucht war. »Kommst du? Das Abendessen ist fertig.«

Er stand auf, auch wenn er keinen Hunger hatte und viel lieber noch eine Weile bei Jonas geblieben wäre. Aber er musste jetzt zusehen, dass Elke und er endlich ihren Streit beilegten. Zum Glück war sie damit einverstanden gewesen, dass sich seine Schwester und ihr Mann um Jonas kümmern würden. Jonas hatte spontan beschlossen, nach Harrislee überzusiedeln, die Aussicht auf die Modelleisenbahn seines Onkels hatte seine Augen zum Leuchten gebracht. Morgen früh wollte Gerd Böttcher seinen Neffen abholen.

»Ich habe im Esszimmer gedeckt«, hörte er Elkes Stimme auf dem Weg über den Flur. Reinders öffnete die Tür und blieb einen Augenblick lang überrascht stehen, als er den festlich gedeckten Tisch erblickte. Feinstes Leinen, das beste Geschirr, das normalerweise nur zu besonderen Anlässen aufgedeckt wurde, Kristallgläser, Silberleuchter mit roten Kerzen darin.

»Hab ich unseren Hochzeitstag vergessen?«, fragte Reinders aufgeschreckt. Dies war in der Vergangenheit schon häufiger vorgekommen, wäre dieses Mal aber sehr übel, weil er Elke damit einen weiteren Grund liefern würde, auf ihn sauer zu sein.

Seine Frau zündete die Kerzen an und lächelte. »Nein.« Sie ging in die Küche und kehrte nach einem Augenblick mit einer großen Terrine zurück. Als sie den Deckel hob, wurde es Reinders warm ums Herz. Boeuf bourguignon, sein absolutes Lieblingsgericht.

Elke schenkte Rotwein ein, füllte ihre Teller und nahm dann ihm gegenüber Platz. »Ich wollte mich bei dir entschuldigen. Es war unfair von mir, dass ich dich wegen Jonas vor vollendete Tatsachen gestellt habe. Ich war an dem Tag nicht mehr bei mir, da kam irgendwie alles zusammen. Die fortwährende Angst um Jonas, die Nachricht aus der Kanzlei und mein tagelanges Hin- und Herüberlegen, was ich tun soll. Es ist diese ausschließliche Konzentration auf die Krankheit, die mich so fertigmacht. Du hast jeden Tag Ablenkung durch deinen Job, aber ich sitze jetzt seit Monaten zu Hause und verzweifle manchmal über meinen Gedanken.« Sie deutete auf ihre Teller. »Aber jetzt lass uns erst mal essen, sonst wird es kalt. Guten Appetit!«

Reinders war sehr nachdenklich geworden während ihrer Worte. Als Elke seinerzeit beschlossen hatte, zu Hause zu bleiben und sich um Jonas zu kümmern, hatte ihn das mit großer Erleichterung erfüllt. Die Nachricht von Jonas' Krankheit hatte ihn versteinern lassen, kein Gedanke daran, dass es auch Elke schlecht ging und sie die vor ihnen stehende Aufgabe nur gemeinsam bewältigen konnten. Der morgendliche Gang ins Büro war an vielen Tagen eine Flucht gewesen, und wenn ein Wochenend- oder Feiertagsdienst vonnöten war, hatte er sich als Erster gemeldet. Erst nach einiger Zeit hatte sich seine Erstarrung gelöst, und er konnte sich eingestehen, wie unfair sein Verhalten Elke gegenüber war. Eine lange Aussprache war gefolgt und der Vorsatz, seine Frau von nun an zu entlasten. Es hatte einige Wochen funktioniert, aber dann war ein neuer Fall hereingekommen, und die größte Last hatte wieder auf Elkes Schultern gelegen.

»Schmeckt's dir nicht?«

Reinders schaute auf seinen Teller, der gerade erst halb geleert war. »Doch, natürlich. Lecker wie immer.« Er häufte seine Gabel voll, ließ sie dann aber wieder sinken und sah seine Frau an. »Du musst dich nicht entschuldigen, Elke. Ich bin doch derjenige, der sich die ganze Zeit aus der Verantwortung gestohlen hat, und das tut mir sehr leid. Du machst hier einen Wahnsinnsjob und hast vollkommen recht damit, dass ich jetzt auch einmal einen Anteil leisten muss.«

Sie nickte, schwieg aber zu seinen Worten.

Er hatte sich entschlossen, Wengler anzusprechen, sobald sich eine passende Gelegenheit ergäbe. Die würde sich ihm allerdings erst bieten, wenn sie den aktuellen Fall aufgeklärt hatten. Aber zum Glück hatten sie jetzt ja Vera und ihren Mann in der Hinterhand, also bestand keine allzu große Eile.

Noch während ihm dieser letzte Gedanke durch den Kopf schoss, schämte er sich, weil ihm bewusst wurde, dass er schon wieder versuchte, sich zu drücken.

Weil ich Angst habe, gestand er sich ein. Angst, mit meinem kranken Kind und meinen Gedanken Tag für Tag allein zu Hause zu sein. Angst, es ins Krankenhaus zu begleiten, wo wir womöglich wieder neue Hiobsbotschaften zu hören bekommen. Mein Gott, ich habe gerade solche Angst, dass ich am liebsten fortlaufen möchte.

Tag 7

Ursprünglich hatte Birte am Nachmittag mit Laura zum Frauenarzt gehen wollen, da das Gespräch am Samstag ihre schlimmsten Befürchtungen bestätigt hatte. Aber das würde jetzt ihre Mutter übernehmen müssen.

Verdammt noch mal, warum kam immer alles zusammen?

Das Gespräch mit Laura war der Horror gewesen. Zuerst hatte ihre Tochter rumgezickt, dass sie keine Lust habe, sich jetzt auch noch einen Vortrag von ihrer Mutter anhören zu müssen. Birte hatte sich gezwungen, ruhig zu bleiben, kein einfaches Unterfangen angesichts einer Tochter, die ein verächtliches Grinsen zur Schau trug und ihr immer wieder ins Wort fiel. Schließlich hatte Laura zugegeben, dass sie seit zwei Wochen einen Freund hatte. Ja, sie hätten miteinander geschlafen, es bestehe jedoch kein Grund zur Sorge, da er jedes Mal ein Kondom benutzt habe.

An dem Punkt war Birte ausgerastet, denn einen Jugendlichen, der so verständig war, konnte sie sich nicht vorstellen. Sie hatte Laura an den Kopf geknallt, dass sie eine Lügnerin sei und sie ihr kein Wort glaube.

Dann allerdings hatte sie erfahren, dass der Jugendliche bereits vierundzwanzig Jahre alt war, und seitdem war es mit ihrer Ruhe endgültig vorbei.

Was wollte ein Vierundzwanzigjähriger von ihrer vierzehnjährigen Tochter? Da musste Birte nicht viel Phantasie aufbringen, denn ihrer Meinung nach konnte es sich nur um einen Loverboy handeln, der Laura anfixen und dann auf den Strich schicken würde. Birte war wild entschlossen, sich den Mann vorzuknöpfen, bekam allerdings zu seiner Person nicht das Geringste aus ihrer Tochter heraus. Weder wie er hieß noch wo sie sich kennengelernt hatten. Laura mauerte komplett, woraufhin Birte und ihre Eltern sie zum Hausarrest verdonnert hatten. Keine pädagogisch wertvolle Lösung, aber die einzige, die ihnen in ihrer Hilflosigkeit eingefallen war. Wobei auch die Tatsache, dass die Krohns noch nicht gefasst worden waren, eine Rolle gespielt hatte. Laura passte zwar vom Alter her nicht in das Beuteschema der beiden, aber im Moment wollte Birte ihre Tochter einfach nur von der Straße weghaben.

Wieder zu Hause, hatte Birte den Entschluss gefasst, Wengler um einige Tage Urlaub zu bitten, um noch einmal in aller Ruhe mit ihrer Tochter zu sprechen. Sie musste herausbekommen, um wen es sich bei diesem Freund handelte. Noch scheute sie davor zurück, Lauras Handy zu konfiszieren und sämtliche darin enthaltenen Kontakte abzuchecken. Es wäre ein grober Eingriff in die Privatsphäre ihrer Tochter, der allerdings unumgänglich sein würde, wenn Laura weiterhin mauerte.

Doch die neue dienstliche Entwicklung hatte diese Überlegung zunichtegemacht. Mit zunehmendem Entsetzen hatte Birte am Vortag ihren Kollegen gelauscht und die Fotos betrachtet, die diese nach der Rückkehr von dem Bauernhof zeigten.

Die Familie Krohn war verschwunden, die Fahndung lief. Ein Problem war allerdings, dass sie von den Eltern keine Fotos besaßen. Von den Zwillingen hatten sie eins in deren ehemaliger Schule aufgetrieben. Es zeigte Lukas und Annika bei der Abschlussfeier vor vier Jahren, und man konnte nur hoffen, dass sich ihr Aussehen seitdem nicht allzu sehr verändert hatte.

Die große Frage war, wann und wohin die Krohns sich abgesetzt hatten. War es vor dem anonymen Anruf oder danach gewesen? Hatten sie die Zwillinge gezwungen mitzukommen, oder waren diese freiwillig mit ihren Eltern gegangen? Fragen über Fragen und bisher noch keine einzige Antwort in Sicht. Was bedeutete, dass Birte jetzt mehr denn je gebraucht wurde und nicht mal eben so für ein paar Tage ihren Privatangelegenheiten nachgehen konnte.

***

Bloody Monday ...

Wengler hatte die Räume des K1 vor zehn Minuten betreten und als Erstes den Zeitungsartikel eingescannt, der ihm diesen Morgen so gründlich verdorben hatte. Dann hatte er das gesamte Team zusammengerufen, das jetzt mit ihm im Besprechungsraum saß und den Artikel las, den er mit einem Beamer an die Leinwand geworfen hatte.

»Wie zum Teufel konnte das passieren?«

Er hatte noch immer Mühe, seinen Ärger in den Griff zu bekommen. Sein Blick schweifte über die Anwesenden auf der Suche nach verräterischen Anzeichen, die ihm den Durchstecher offenbaren würden. Aber seine Hoffnung erfüllte sich nicht.

»Ach du Scheiße«, murmelte Frida schließlich.

Das traf die Angelegenheit auf den Punkt. Nicht nur, dass der Artikel in aller Ausführlichkeit über die sechs aufgefundenen Leichen berichtete, nein, auch die Tatsache, dass es darüber hinaus vielleicht noch eine siebte Frau gab, die unter Umständen irgendwo gefangen gehalten wurde, war erwähnt worden. Das war der Super-GAU, denn jetzt mussten sie damit rechnen, dass die Krohns den Artikel ebenfalls lasen und die Frau so schnell wie möglich beseitigen würden. Denn dass sich die achtzehnjährige Kim Förster, Anwaltsgehilfin aus Bremen und jetzt seit mehr als einem Jahr vermisst, in ihrer Gewalt befand, bezweifelte Wengler keine Sekunde. Die Frage war nur, wo sie sich aufhielten. Zum Glück war weder von dem Hof der Krohns noch von der gestrigen Suchaktion berichtet worden. Wenigstens etwas.

Dass seine engsten Mitarbeiter nichts an die Presse durchgestochen hatten, stand für Wengler außer Frage. Für die würde er die Hand ins Feuer legen. Bei den zusätzlichen Kollegen hingegen war er sich nicht so sicher, da er die wenigsten von ihnen näher kannte. Erneut nahm er jeden ins Visier, aber auch dieses Mal wich niemand seinem Blick aus oder wirkte auf irgendeine Weise unsicher.

Wengler schlug mit der Faust auf den Tisch. »Ich will jetzt auf der Stelle wissen, wer dafür verantwortlich ist!«

Ein empörtes Getuschel kam auf, bis schließlich ein groß gewachsener Mann in Jeans und Karohemd die Stimme erhob. Wengler kannte ihn flüchtig und versuchte, sich an seinen Namen zu erinnern. Ekkehard Döring, fiel ihm nach kurzem Überlegen ein. Aus dem Betrugsdezernat.

»Niemand von uns!«

»Wie können Sie da so sicher sein?«

»Es ist eine Frechheit, dass Sie uns verdächtigen, diese Sache durchgestochen zu haben!«

»Das ist keine Antwort auf meine Frage, Herr Döring.«

Döring funkelte ihn wütend an. »Verdächtigen Sie nur uns oder auch Ihre direkten Mitarbeiter?«

Spielte Döring den Empörten, weil er etwas mit der Sache zu tun hatte? Getroffene Hunde bellten ja häufig am lautesten. »Ich habe eine Frage gestellt und damit alle in diesem Raum angesprochen, Herr Döring.«

Wengler schaute irritiert zur Seite, weil Olaf Reinders auf einmal unruhig auf seinem Stuhl herumrutschte.

»Wir sind ja nicht die Einzigen, die Kenntnis von diesem Fall haben«, meinte ein anderer Kollege, der weit weniger aufsässig wirkte als Döring. Wengler fiel sein Name nicht ein. »Da waren die Streifenkollegen vor Ort, die Kollegen vom KDD und noch eine Reihe anderer.«

»Ja, das ist richtig, Kollege«, räumte Wengler ein. »Aber von der siebten Vermissten wissen bisher nur wir. Davon habe ich noch nicht einmal die Pressestelle in Kenntnis gesetzt.«

»Ach, trauen Sie jetzt auch unserer Pressestelle nicht mehr?« Dörings Stimme troff vor Sarkasmus. »Das wird ja immer besser.«

Wengler ging nicht auf die Provokation ein, sondern schaute noch einmal in die Runde. »Ich bin in meinem Büro, falls mir jemand etwas zu sagen hat.«

Er machte auf dem Absatz kehrt und schaffte es gerade

noch, die Tür des Besprechungsraumes nicht hinter sich zuzuknallen.

»Das war jetzt nicht sehr professionell«, meinte Birte zehn Minuten später, als sie in der Küche aufeinandertrafen, wo sie sich gerade an der Kaffeemaschine bediente.
»Das weiß ich selbst!«, raunzte Wengler.
»He, he, jetzt blök mich nicht an!«
Er drückte kurz ihren Arm. »Sorry.« Er musterte ihr blasses Gesicht. Sie wirkte angespannt. »Was ist denn bei dem Gespräch mit Laura rausgekommen? So weit alles okay?«
»Nein, nichts ist okay.« Birte fasste die Unterredung in wenigen Worten zusammen. »Ich hab eine Scheißangst. Der Typ ist zehn Jahre älter, der hat doch irgendwas mit Laura vor. Wenn ich bloß wüsste, wie ich seinen Namen herausbekommen kann.«
»Denkst du an einen Loverboy?«
»Ja klar, was denn sonst?«
»Hast du mit Laura gesprochen?«
»Natürlich. Sie ist wütend geworden und hat mich angeschrien, dass es ja wohl das Letzte sei, dass ich diesem Mann etwas Böses unterstellen würde. Er sei ein wunderbarer Mensch, und sie würden sich sehr lieben.« Sie tippte sich an die Stirn. »Ich hatte bisher immer geglaubt, dass ich eine intelligente Tochter habe. Aber da habe ich mich wohl ganz gewaltig geirrt.«
Wengler überlegte, wie er ihr helfen könnte. »Ich werde mich mal unter der Hand bei den Kollegen vom Drogendezernat erkundigen. Die kennen da draußen ja Gott und die Welt, vielleicht haben sie einen Tipp, was Loverboys in der Szene angeht.«
Birte sah ihn dankbar an. »Das ist nett von dir, danke. Ich hatte auch schon überlegt, dass ich das mache, aber ich bin im Moment viel zu emotional und möchte nicht, dass jemand erfährt, dass es sich um meine Tochter handelt.«

Wengler nickte. Er verkniff sich einen aufmunternden Spruch, denn dazu war das Thema zu ernst. Wenn sie mit ihrer Vermutung recht haben sollten, mussten sie Birtes Tochter so schnell wie möglich aus den Fängen dieses Mannes befreien. Und das würde aller Voraussicht nach nicht einfach werden.

Birte ging auf den Flur hinaus, kam dann aber noch einmal zurück. »Sag mal … glaubst du wirklich, dass das mit dem Artikel einer von uns gewesen sein könnte? Also ich meine, aus unserer Abteilung?«

»Natürlich nicht! Das konnte ich ja bloß schlecht vor der ganzen Truppe sagen.«

»Was ist eigentlich mit den Ausgrabungen auf den beiden anderen Äckern? Wurden da schon Hinweise auf weitere Frauen gefunden?«

»Bisher noch nicht.« Wengler hoffte, dass sie keine neuen Opfer finden würden. Der Fall hatte so schon eine Dimension, die alle seine bisherigen Fälle überstieg, und die Tatsache, dass er jetzt auch noch an die Öffentlichkeit gelangt war, machte die Angelegenheit nicht einfacher. Nicht auszudenken, was los sein würde, wenn sie weitere Leichen fänden.

Auf dem Weg zurück ins Büro begegnete ihm Olaf Reinders. Der Kollege schaute zur Seite und legte einen Zacken zu.

»Olaf!«

Reinders blieb stehen, und als Wengler neben ihn trat, sah ihn sein Kollege mit einem unbehaglichen Ausdruck an.

»Lass uns in mein Büro gehen, Olaf.«

»Ich bin kein Kollegenschwein, Christoph! Außerdem ist es nur eine Vermutung.«

Es war unübersehbar, dass Olaf Reinders sich unwohl fühlte. Er hatte die Arme vor der Brust gekreuzt und schaute trotzig zu Wengler hinüber.

»Mensch, Olaf, ich will wissen, wer für diese Sache verantwortlich ist. Wenn du etwas weißt, dann sag es mir, verdammt noch mal!«

Reinders stand auf und ging zum Fenster, die Hände tief in den Hosentaschen vergraben. Wengler zwang sich zur Geduld, denn sein Kollege schien ganz offensichtlich einen Kampf mit sich auszufechten.

»Es könnte tatsächlich Döring gewesen sein«, sagte Reinders schließlich leise und kam zum Schreibtisch zurück. »Er hat mir neulich erzählt, dass er jetzt mit einer Journalistin vom Flensburger Tageblatt zusammen sei. Seine erste Beziehung seit dem Tod seiner Frau vor zwei Jahren. Er scheint schwer verliebt zu sein.«

»Weißt du, wie die Frau heißt?«

»Constanze Bellert, glaube ich.«

Wengler ergriff die Zeitung und warf einen Blick auf den Artikel, der fast die ganze Titelseite einnahm. Constanze Bellert, Lokalredaktion. Er sah Reinders eindringlich an. »Ich muss das klären, Olaf. Natürlich werde ich dich nicht erwähnen, ich kann aber nicht verhindern, dass der Kollege seine Schlüsse zieht.«

»Ja«, sagte Reinders bedrückt.

Ekkehard Döring schien beim Betreten von Wenglers Büro noch immer auf Krawall gebürstet. Sein Gesicht war gerötet, seine ganze Haltung auf Angriff gepolt.

Wengler war in der Zwischenzeit wieder runtergekommen. Er bat Döring, auf dem Besucherstuhl Platz zu nehmen, und hielt sich mit keiner großen Vorrede auf. »Ist es richtig, dass Sie eine Beziehung mit einer Journalistin vom Flensburger Tageblatt haben?«

Dörings Kehlkopf vollführte einen wilden Tanz. »Ich wüsste nicht, was Sie mein Privatleben angeht!«

Okay, Bürschchen, dann eben auf die harte Tour. »Ihr Privatleben interessiert mich nicht, Döring. Normalerweise. Wenn ich allerdings den Verdacht habe, dass sich bei Ihnen Berufliches und Privates mischen, sieht die Sache anders aus. Und genau diesen Verdacht habe ich. Was würde passieren, wenn ich Constanze Bellert frage, von wem sie die Informationen über unseren Fall hat?«

Döring schluckte. »Wer soll das sein?«

Wengler stand kurz davor, mit der Faust auf den Tisch zu hauen. »Mensch, Döring, was sind Sie für ein Weichei! Geben Sie doch endlich zu, dass Sie Ihrer neuen Freundin alles über unseren Fall erzählt haben.«

Normalerweise kehrte Wengler weder den Chef noch den Macker heraus, weil derlei Machtdemonstrationen ihm zuwider waren. Aber dieser Döring reizte ihn einfach zu sehr.

»Wir werden Ihren Mailverkehr überprüfen, Döring. Wir werden uns Frau Bellert vornehmen, bis sie mit der Wahrheit rausrückt. Uns stehen alle Möglichkeiten zur Verfügung, Sie zu überführen.«

Natürlich taten sie das nicht, und das wussten sie beide ganz genau. Aber im Moment benötigte Wengler diese Drohgebärde einfach für seinen Stressabbau.

Döring sprang auf. »Tun Sie das.« An der Tür drehte er sich noch einmal um. »Ich bin raus, Wengler. Suchen Sie sich jemand anderen zum Schikanieren.«

Constanze Bellert mauerte ebenso wie Döring und parierte Wenglers Fragen mit einem lapidaren »Quellenschutz, Herr Kommissar«, bis er schließlich entnervt das Telefonat beendete.

Er erwog die Möglichkeiten, die ihm zur Verfügung standen, um Döring zu überführen. Um sie kurz darauf gleich wieder zu verwerfen. Denn was würde es zum Beispiel bringen, wenn er Dörings Dienstcomputer untersuchen ließe? Mal abgesehen davon, dass die Hürden, hierfür eine Genehmigung zu erhalten, ziemlich hoch waren. Wenn Döring wirklich verantwortlich war, wäre er wohl kaum so dumm gewesen, diese Mails von seinem dienstlichen Account zu verschicken. Sehr wahrscheinlich auch nicht von seinem privaten, denkbarer war doch, dass es einen persönlichen Austausch gegeben hatte.

Wengler stieß einen tiefen Seufzer aus. Letztendlich war es

nicht mehr relevant, da das Kind bereits in den Brunnen gefallen war.

※※※

Der Arzt hatte Hannah mit einem strafenden Blick gemustert, mahnende Worte gesprochen und trotz ihrer Bitte nur die kleinste Packungsgröße herausgerückt. Verbunden mit dem Hinweis, dass er sie erst in vier Wochen wiedersehen wolle. Was bedeutete, dass sie jetzt wirklich mit einer halben Tablette pro Tag auskommen musste, wollte sie nicht lang vor Ablauf dieser Frist ohne dastehen. Wenigstens hatte er auf keiner Krankschreibung bestanden.

Die Situation stürzte Hannah in einen Zwiespalt. Auf der einen Seite hatte sie Angst, mit dieser geringen Dosis auskommen zu müssen, auf der anderen redete sie sich gut zu, dass sie es natürlich schaffen würde. Aber schon das einsetzende Zittern angesichts der ersten Überlegung war ein Indiz dafür, dass es ein Kraftakt werden würde.

Das Wochenende war nicht einfach gewesen. Die Arbeit hatte sie abgelenkt, aber die Stunden daheim und vor allen Dinge die Nächte hatten an ihren Nerven gezerrt. Sie hatte versucht, sich zu beschäftigen, und damit begonnen, Svens Sachen durchzusehen in der Hoffnung, vielleicht doch noch einen Abschiedsbrief zu finden. In den Wochen nach seinem Suizid hatte sie immer wieder danach gesucht, weil der Gedanke, dass er ohne ein Wort des Abschieds gegangen sein könnte, unerträglich für sie gewesen war. Aber sie war nicht fündig geworden, und irgendwann hatte sie es aufgegeben. Einen Abschiedsbrief platzierte man doch so, dass der Adressat ihn fand, den versteckte man doch nicht. Also war sie zu der Überzeugung gelangt, dass es keinen Brief gab. Nach ihrer Rückkehr aus Dänemark hatte der Gedanke sie erneut umgetrieben, weshalb sie am Vortag mit einer weiteren Suche begonnen hatte. Aber auch dieses Mal hatte sie keinen Erfolg gehabt.

Sie verstand es nicht. Was hatte sie Sven denn bedeutet, dass sie ihm nicht einmal einen Abschiedsbrief wert gewesen war? Kein Wort der Erklärung, warum er sich entschlossen hatte, seinem Leben ein Ende zu setzen. Sie hatten sich doch geliebt, oder waren die zwölf Jahre ihres Zusammenlebens nur ein großer Irrtum gewesen?

Sven hatte lange gebraucht, das Wort »Depression« auszusprechen. Sie wusste nicht, wann genau er die Diagnose erhalten hatte, vermutlich zwei Jahre vor seinem Suizid, als er begonnen hatte, sich mehr und mehr von ihr und der Welt zurückzuziehen. Erst als sie gedroht hatte, ihn zu verlassen, wenn er ihr nicht endlich sage, was mit ihm los sei, hatte er das Wort über die Lippen gebracht. Und sich danach augenblicklich noch mehr in sich selbst vergraben und sie zurückgestoßen, wann immer sie versucht hatte, ihm zu helfen. Sie hatte sich durch die einschlägige Fachliteratur gelesen, hatte mit seinem Arzt gesprochen, weil sie wissen wollte, wie sie ihrem Mann eine Hilfe sein konnte. Aber Sven hatte sie nicht mehr an sich herangelassen.

Nach ihrer erneuten vergeblichen Suche hatte sie in einem Anfall von Wut noch in der vergangenen Nacht damit begonnen, Svens Kleidung zusammenzusuchen und in großen Mülltüten zu verstauen, um sie irgendwann in den nächsten Tagen zur Kleiderkammer des DRK zu bringen. Sie wollte seine Sachen nicht mehr ständig vor Augen haben, wollte alles, was ihm einmal lieb und teuer gewesen war, aus ihrem Leben verbannen. Aber bereits nach einer Stunde hatte sie feststellen müssen, dass sie es nicht übers Herz brachte, ihren Vorsatz in die Tat umzusetzen. In vielen seiner Sachen hing noch sein Duft, der ihr auf einmal ein Gefühl der Geborgenheit vermittelte.

Sie hatte am Morgen mit ihrem Arzt über diese seltsame Zerrissenheit sprechen wollen, die sie einfach nicht in den Griff bekam, aber nach einem Blick in sein verärgertes Gesicht hatte sie Abstand davon genommen. Das Wichtigste war, dass sie ein neues Rezept bekommen hatte, alles andere hatte Zeit.

Ihre Kollegen hatten mit der Zusammenkunft auf sie gewartet, und nun machten sie dort weiter, wo sie am Vortag aufgehört hatten: bei der Überlegung, was mit der Familie Krohn geschehen war. Uneinigkeit herrschte nach wie vor darüber, warum die Familie den Hof offensichtlich überstürzt verlassen hatte.

»Du hast gesagt, dass Wäsche im Keller hing und die Lebensmittel noch nicht verdorben waren«, führte Herbrecht aus. »Das sind doch alles Anzeichen dafür, dass sie nicht die Absicht hatten, länger fortzubleiben.«

»Es muss etwas passiert sein«, sagte Hannah. »Vielleicht als sie die letzte Frau begraben haben. Erinnert euch, dass sie nur oberflächlich verscharrt war, da schienen die Krohns in großer Eile gewesen zu sein. Unter Umständen hat sie jemand dabei beobachtet. Und gedroht, zur Polizei zu gehen. Möglicherweise hat es auch einen Erpressungsversuch gegeben.«

Hannahs Handy begann zu klingeln. Als sie hörte, was Wengler zu berichten hatte, verspürte sie eine große Erleichterung. Nach Beendigung des Gesprächs sah sie ihre Mitarbeiter an.

»Im Flensburger Kreiskrankenhaus hält sich seit gestern eine junge Frau auf, deren Identität unbekannt ist. Wengler vermutet, dass es sich um Kim Förster handeln könnte.«

***

Der Anruf war von der Leitstelle zu Wengler durchgestellt worden. Die Anruferin hatte sich als Dr. Elisabeth Kaufmann vorgestellt, Chefärztin in der Psychiatrie des Kreiskrankenhauses in Flensburg, und angegeben, den Zeitungsartikel über die toten Frauen gelesen zu haben, in dem auch die Rede davon gewesen sei, dass der oder die Täter unter Umständen noch eine weitere Frau gefangen hielten. Vielleicht sei ihre Vermutung ja weit hergeholt, aber die Polizei habe am Vortag eine verstörte junge Frau im Pugumer Forst aufgegriffen, die sich noch immer bei ihnen aufhalte und von der niemand wusste, wer sie sei. Sie habe keine Papiere bei sich gehabt und nur angegeben, dass sie entführt und gefangen gehalten worden sei. Sie und Leonie. Und dass man Leonie retten müsse. Immer wieder habe sie das gesagt. Als nachgehakt wurde, wer Leonie sei und was mit ihr selbst passiert sei, habe sie zu schreien begonnen und sei nur schwer wieder zu beruhigen gewesen. Auch eine Antwort, wo man Leonie finden könne, habe sie nicht geben können, weil sie nicht wisse, wo man sie gefangen gehalten habe.

»Leonie«, grübelte Birte während der Fahrt »Damit könnte Leonie Scheffler gemeint sein, oder?«

Wengler nickte. »Das ist gut möglich.«

»Haben die Kollegen versucht, die Frau anhand der Vermisstenanzeigen zu identifizieren?«

»Ja. Die Ärztin sagte, dass sie auf mehrere gestoßen sind, und da dürfte es sich ja um dieselben gehandelt haben, die wir im System ausfindig gemacht haben. Sie konnten die Frau aber trotzdem nicht identifizieren.«

»Hm …«, Birte überlegte, »entweder handelt es sich doch um jemanden, den wir nicht auf dem Schirm hatten, oder es ist Kim Förster. Es besteht ja die Möglichkeit, dass sie sich durch die Gefangenschaft so stark verändert hat, dass sie keine Ähnlichkeit mehr mit dem Foto in der Vermisstenanzeige aufweist.«

»Wollen wir hoffen, dass wir etwas aus ihr rauskriegen.«

Dr. Elisabeth Kaufmann war eine Frau um die fünfzig, mit schlanker Figur und einem freundlichen Gesicht, die ihr graues Haar in einer flotten Kurzhaarfrisur trug. Sie hatte Wengler und Birte am Empfang abgeholt und brachte sie zu ihrem Büro, wo sie ihnen einen Platz und Kaffee anbot. Dann begann sie zu erzählen.

»Die junge Frau wurde am Waldparkplatz des Pugumer Forsts von einer Polizeistreife aufgegriffen. Als sie hier eingeliefert wurde, waren wir doch sehr erschrocken. Sie trug nur ein dünnes Sommerkleid und hatte nichts darunter an.«

»Keine Unterwäsche?«, fragte Birte nach.
»Nein.« Dr. Kaufmann schüttelte den Kopf. »Und das bei den momentanen Temperaturen. Außerdem trug sie keine Schuhe. Das Kleid war verdreckt und teilweise zerrissen, und ihr Gesicht wies Spuren von Schlägen auf. Sie war vollkommen verstört und hat in einem fort gezittert. Wir haben sie dann erst einmal ruhiggestellt, damit wir sie untersuchen konnten. Dabei haben wir eine Reihe weiterer Hämatome entdeckt sowie Anzeichen für sexuellen Missbrauch. Sie war unterernährt und hatte sowohl einen Vitamin-D- als auch einen Eisenmangel, was darauf schließen lässt, dass sie längere Zeit kein Tageslicht gesehen hat. Wir hatten auch den Eindruck, dass sie schon mehrere Tage draußen herumgeirrt ist. Sie war vollkommen dehydriert und hat sich ausgehungert auf das Essen gestürzt, das wir ihr gegeben hatten.«
»Sie haben am Telefon erwähnt, dass die Frau ausgesagt hätte, dass sie und eine Leonie gefangen gehalten worden seien«, sagte Wengler. »Hat sie dazu noch etwas geäußert?«
»Nein. Als wir sie heute Vormittag noch einmal darauf angesprochen haben, hat sie zu schreien begonnen. Sie ist total in Panik geraten. Nachdem sie sich wieder beruhigt hatte, hat sie nur noch einige Male wiederholt, dass wir Leonie retten müssten.«
»Wie geht es ihr im Moment?«, fragte Birte.
»Heute Morgen erschien sie uns stabil«, sagte die Ärztin. »Sie steht unter Beruhigungsmitteln, es kann aber passieren, dass sie trotzdem wieder einen Ausraster bekommt.«
»In welchen Situationen geschieht das?«, wollte Wengler wissen.
»Das ist unterschiedlich. Wenn sie mit Menschen konfrontiert wird, wobei es hier egal zu sein scheint, ob sie die Personen schon kennt oder nicht. Merkwürdigerweise scheinen Frauen ihr mehr Angst zu machen als Männer. Manchmal haben diese Schreianfälle aber auch überhaupt keinen akuten Auslöser.«

»Wir müssen mit ihr sprechen«, sagte Wengler.
Dr. Kaufmann nickte und stand auf. »Ich bringe Sie zu ihr. Wenn Sie Ihren Namen kennen, sollten Sie sie damit ansprechen«, sagte sie auf dem Weg über den langen Krankenhausflur, in dem es nach Reinigungs- und Desinfektionsmitteln roch. »Vielleicht kommen Sie so an sie ran.«

Sie betraten ein freundlich eingerichtetes Einzelzimmer: bunte Blumendrucke an den Wänden, helle Holzmöbel, sonnengelbe Übergardinen.
»Hier ist Besuch für Sie«, sagte die Ärztin und ging auf die junge Frau zu, die in einem Sessel in der Ecke saß. Sie hob den Kopf und schaute teilnahmslos auf die Neuankömmlinge, aber dann wurde ihr Blick starr, als sie Birte entdeckte, die hinter Wengler das Zimmer betreten hatte. Angst machte sich auf dem Gesicht der Frau breit, sie zog die Beine hoch und umklammerte ihre Knie. Ein Wimmern drang aus ihrer Kehle, als sie sich im Sessel zusammenkauerte und voller Angst auf Birte starrte. »Sie soll gehen.« In ihrer Stimme lag ein hysterischer Ton.
Wengler und Birte wechselten einen erstaunten Blick. Dr. Kaufmann runzelte die Stirn.
»Sie soll gehen! Sie soll gehen! Raus!« Aus dem Wimmern war ein Schreien geworden, die Frau schaukelte jetzt im Sessel vor und zurück. Ihre Augen waren schreckgeweitet, aus ihrem Mund troff Speichel.
Wengler gab Birte ein Zeichen, mit ihm hinauszugehen. Auf dem Flur schloss er die Tür hinter sich, aus dem Inneren des Raumes war noch immer ein hysterisches Kreischen zu hören. »Ich weiß nicht, was da gerade abgeht, aber es ist wohl besser, wenn ich erst mal alleine mit ihr spreche.«
Birte schüttelte irritiert den Kopf. Wengler legte ihr beruhigend die Hand auf die Schulter. »Okay?«
Sie nickte, und Wengler ging in das Krankenzimmer zurück.
»Ganz ruhig, es ist doch alles gut.« Dr. Kaufmann hatte sich

neben ihre Patientin gehockt und trocknete ihren Mund. Die Frau hatte angstvoll aufgeblickt, als Wengler das Zimmer betreten hatte, wurde dann aber zunehmend ruhiger, als sie sah, dass er allein war.

»Das ist Hauptkommissar Wengler«, sagte die Ärztin und erhob sich wieder. »Er möchte mit Ihnen sprechen.« Sie setzte sich auf das Bett, denn sie hatte Wengler bereits im Vorfeld mitgeteilt, dass das Gespräch nur in ihrer Anwesenheit stattfinden würde.

Wengler zog einen Stuhl heran und setzte sich der Frau gegenüber. Er überlegte, ob er ihr die Hand geben sollte, entschied sich dann aber dagegen. Dr. Kaufmann hatte gesagt, dass die Patientin mit Abwehr auf körperliche Berührungen reagieren würde. Also sagte er nur »Hallo« und setzte nach kurzem Zögern »Kim« hinzu.

Die junge Frau blickte ihn an. Tränen waren in ihre Augen geschossen, ihre Lippen zitterten. Wengler wusste instinktiv, dass er die Gesuchte vor sich hatte, auch wenn ihr zerschundenes Gesicht tatsächlich keine Ähnlichkeit mehr mit den feinen Zügen der schönen jungen Frau auf dem Foto der Vermisstenanzeige aufwies.

»Sie sind Kim Förster, oder?«

Die junge Frau nickte schluchzend.

Erleichterung flutete seinen Körper. Kim Förster lebte. Dieses Mal war er nicht zu spät gekommen. »Mögen Sie mir erzählen, was geschehen ist, Kim?«

Eine Zeit lang passierte nichts, dann richtete sich Kims Blick auf die Tür. »Sie wird nicht wiederkommen, oder?«

Sie meinte tatsächlich Birte. Was an seiner Kollegin hatte sie so erschreckt? Wengler schüttelte den Kopf. »Nein, das wird sie nicht.«

Nach seinen Worten entspannte Kim sich zusehends.

»Warum haben Sie Angst vor ihr, Kim?«

»Sie ist der Teufel. Sie tut mir weh. Leonie hat sie auch wehgetan.«

»Leonie?«

»Ja, sie hat auch Leonie wehgetan.«

Wenglers Gedanken rasten. Sie konnte nur Leonie Scheffler meinen. Das letzte Opfer.

Das war ein Aspekt, den sie noch nicht in ihre Überlegungen hatten einfließen lassen. Bisher waren sie davon ausgegangen, dass die Krohns immer erst dann eine neue Frau entführt hatten, wenn das vorherige Opfer nicht mehr am Leben war. Aber entsprach diese Vermutung auch wirklich den Tatsachen? Und wenn ja, warum hatten sie dann ihren Modus Operandi verändert?

Er musste sicherstellen, dass Kim wirklich von Leonie Scheffler sprach, also zog er sein Smartphone aus der Tasche, auf dem die Vermisstenanzeigen abgespeichert waren. Nach kurzem Suchen hatte er Leonies Foto gefunden und reichte Kim das Mobiltelefon. »Ist das Leonie?«

Kim hielt das Smartphone mit beiden Händen und starrte auf das Foto. Ein Zittern begann ihren Körper zu schütteln, ihre Augen liefen über. Sie nickte, und ihre Finger strichen über das Display, das nass von ihren Tränen war. »Ich hab sie im Stich gelassen.«

Behutsam nahm Wengler ihr das Smartphone wieder aus den Händen. »Wie meinen Sie das?«

»Ich hätte bei ihr bleiben und sie vor ihnen beschützen müssen.«

»Vor Manfred und Heike?«

Sie schien nicht erstaunt, dass er wusste, von wem sie sprach, und nickte bestätigend. »Ja. Vor allen Dingen vor Heike. Sie ist der Teufel.«

Heike Krohn hatte also keinen passiven Part bei den Entführungen und den späteren Misshandlungen gespielt. Vielleicht war sie sogar die treibende Kraft gewesen? Auch wenn sie so etwas schon vermutet hatten, spürte Wengler, wie sich etwas in seiner Brust zusammenzog. Vor ihm saß die einzige Überlebende des Mörderpaares. Was würde sie ihm erzählen? Er

musste behutsam vorgehen, um ihre Psyche nicht noch mehr zu beschädigen. »Die beiden haben Sie entführt, nicht wahr?«
Kim nickte.
»Und Sie gefangen gehalten.«
Ein weiteres Nicken.
»Wissen Sie, wo?«
»Ich weiß es nicht. Es war ein kleiner Raum. Vielleicht ein Keller.«
»Wie sind Sie dorthin gekommen?«
»Ich weiß es nicht«, wiederholte sie, und ihre Stimme klang verzweifelt.
»Dann erzählen Sie mir doch bitte, wie das Ganze abgelaufen ist. Wo haben Sie Manfred und Heike kennengelernt?«
Kim Förster hatte einen Punkt an der Wand hinter Wengler ins Visier genommen. Sie wirkte auf einmal abwesend, als hätte sie sich in einen schützenden Raum zurückgezogen. Bitte nicht, dachte Wengler, bleib hier, denn ohne deine Hilfe komme ich nicht weiter. Wir müssen die Krohns finden, bevor noch jemand zu Schaden kommt.

Er wollte seine Frage wiederholen, als Kim zu sprechen begann. »In einem Gästehaus in Flensburg. Ich wollte zu einem Sprachkurs nach Apenrade und hatte in dem Gästehaus übernachtet. Ein Trucker hatte mich von Bremen mitgenommen, der fuhr aber nur bis Flensburg. Ich war ziemlich müde und hatte deshalb keine Lust, an dem Tag noch weiterzutrampen, also hatte ich mir ein Zimmer genommen. Nachdem ich meine Sachen hochgebracht hatte, wollte ich im Restaurant noch eine Kleinigkeit essen. Dort habe ich die …«, ihre Stimme stockte, »… die beiden dann kennengelernt. Es war nur noch an ihrem Tisch ein Platz frei, und ich habe gefragt, ob ich mich dazusetzen kann.« Ein Schluchzen erstickte ihre Stimme. »Hätte ich das bloß nie getan!«

Wengler ließ ihr einen Augenblick Zeit, sich wieder zu fangen.
»Wir sind ins Gespräch gekommen, und ich habe erzählt,

dass ich am nächsten Tag weiter nach Apenrade will«, fuhr Kim fort. »Da haben sie mir angeboten, mich in ihrem Wagen mitzunehmen. Sie wollten nach Kolding, zu irgendeiner Tagung, und da könnten sie ja einen kleinen Abstecher nach Apenrade machen und mich dort absetzen. Ich fand die beiden nett und hab ihr Angebot natürlich sofort angenommen.« Sie schwieg und wischte sich die Tränen vom Gesicht, die unaufhörlich rannen. Erst nach einer Weile war sie in der Lage, ihre Geschichte fortzusetzen. »Am nächsten Morgen wollten wir früh losfahren. Wir haben zusammen gefrühstückt, und als ich zwischendurch noch mal kurz auf der Toilette war, müssen sie mir was in den Kaffee getan haben. Im Wagen wurde mir nämlich nach kurzer Zeit ganz schwummerig. Ich erinnere mich noch, dass ich mich gewundert habe, weil sie nicht den Weg zur Autobahn nahmen. Ich glaub, ich hab da auch irgendwas gesagt, aber dann war ich plötzlich total weg. Und als ich wieder zu mir kam, lag ich in diesem Raum.«

»Aber in der ersten Zeit waren Sie dort allein, oder?«

Kim nickte. »Ich weiß nicht mehr, wann sie Leonie gebracht haben.«

»Hat Leonie Ihnen erzählt, wie ihre Entführung abgelaufen ist?«

»Genauso wie meine. Sie hat sie ...«, Kim schaffte es nicht, die beiden Namen auszusprechen, »... sie hat sie auch in diesem Gästehaus kennengelernt.«

»Wurde sie ebenfalls betäubt?«

»Ja.«

Wengler wechselte das Thema, weil ihm ein Gedanke gekommen war, und so stellte er die Frage von vorhin noch einmal. »Warum hatten Sie eben solche Angst vor meiner Kollegin?«

Kims Augen flackerten. »Weil sie wie sie aussieht.«

»Wie Heike?«

»Ja«, flüsterte sie.

Jetzt hatten sie zwar von Heike Krohn eine genauere Personenbeschreibung, die ihnen aber nicht großartig weiterhalf, da er ja schlecht ein Foto von seiner Kollegin in Umlauf bringen konnte. »Aber sie ist nicht Heike, und ich würde sie hier gerne dabeihaben, Kim. Kann ich sie wieder reinholen?«

»Nein.« Die junge Frau zeigte Anzeichen von Panik.

»Okay.« Wengler hob die Hände in einer beschwichtigenden Geste. »Ich tue nichts gegen Ihren Willen, Kim.« Er sann darüber nach, wie er das Gespräch fortsetzen sollte. Eine Aussage über das, was ihr und auch Leonie Scheffler angetan worden war, wollte er ihr für den Moment ersparen. Aber er musste ihr sagen, dass Leonie nicht mehr am Leben war, auch wenn dies in ihrer jetzigen psychischen Verfassung zu einem Zusammenbruch führen könnte. Vielleicht konnte er es noch ein wenig hinauszögern. »Wie ist Ihnen die Flucht gelungen?«

»Er hatte uns etwas zu essen gebracht und die Tür dabei offen gelassen. Da war plötzlich ihre Stimme von draußen zu hören. Sie hat geschimpft, und er wurde wütend. Ich hatte das Gefühl, als wenn sie vorher einen Streit gehabt hätten. Jedenfalls ist er rausgerannt und hat die Tür hinter sich zugeschmissen. Er hat aber nicht abgeschlossen, jedenfalls hatte ich nichts gehört. Irgendwann bin ich aufgestanden und habe nachgeschaut. Die Tür war tatsächlich offen. Ich hab zuerst gedacht, dass das womöglich eine Falle ist und sie wollen, dass wir rauskommen, damit sie uns wieder bestrafen können. Das hat immer Heike übernommen. Mir war das nicht geheuer, und deshalb haben wir noch ein bisschen gewartet, um zu sehen, was passiert. Schließlich hat Leonie gesagt, dass ich versuchen soll zu fliehen. Ich wollte das nicht, ich konnte sie doch nicht alleine lassen. Sie war so schwach, sie hätte eine Flucht nicht geschafft. Aber sie hat nicht lockergelassen und mich schließlich mit dem Argument, dass ich Hilfe holen soll, überzeugt zu gehen. Ich hab's dann tatsächlich nach draußen geschafft, und dann bin ich nur noch gerannt. Es war schon dunkel, und ich wusste nicht, in welche Richtung ich laufen sollte. Ich hatte so wahnsinnige Angst, dass sie mich finden.«

Wengler überlegte. Manfred Krohn hatte die Tür zu dem geheimen Raum in einem Wutanfall nicht richtig verschlossen. Kim musste dann über die Außentür nach draußen gelangt sein. Es war allerdings unwahrscheinlich, dass Krohn oder seine Frau diese Tür geöffnet hatten. Also konnten das nur Annika oder Lukas gewesen sein. War einer von ihnen vielleicht auch der anonyme Anrufer gewesen? Oder hatte die Tür nur durch einen Zufall offen gestanden? »Wissen Sie, wie lange Sie draußen herumgeirrt sind?«

»Nein. Ich bin in einen Wald geflüchtet. Es war so dunkel, und irgendwann habe ich mich unter einen Busch gekauert, weil ich nicht mehr konnte. Als ich aufgewacht bin, war es wieder hell. Ich wusste nicht, wo ich war und ob sie mich suchten, also bin ich liegen geblieben. Und plötzlich war es wieder dunkel. Ich hatte jedes Zeitgefühl verloren.« Der Blick, mit dem sie Wengler ansah, war auf einmal ganz klar. »Sie haben das Haus gefunden, in dem wir gefangen gehalten wurden, oder?«

Wengler nickte.

»Und ... Leonie?«

Er atmete tief ein. »Es tut mir sehr leid, Kim. Leonie hat es nicht geschafft.«

Die junge Frau schlug die Hände vor den Mund und nickte schwerfällig. Als ob sie es geahnt hat, dachte Wengler. »Es ist meine Schuld«, stammelte sie schließlich.

»Nein, Kim, das ist es nicht! Sie wollten Hilfe holen und Leonie retten.« Ihm war klar, dass sie das Schuldgefühl für den Rest ihres Lebens verfolgen würde und keines seiner Worte dies verhindern konnte.

»Ich hätte sie nicht allein lassen dürfen. Sie hatten sie immer wieder geschlagen, es ging ihr so schlecht. Ich hätte bei ihr bleiben und mich um sie kümmern müssen.« Ihr Blick irrte durch den Raum, bis er wieder bei Wengler hängen blieb. »Was ist mit den ... den beiden? Haben Sie sie verhaftet?«

»Sie sind verschwunden«, sagte Wengler leise. »Ebenso wie ihre Kinder.«

»Kinder?« Kim wirkte verwirrt. »Was für Kinder?«

»Heike und Manfred Krohn sind die Eltern eines zwanzigjährigen Zwillingspaares. Annika und Lukas. Haben Sie die beiden nie gesehen?«

»Nein, ich war ja immer nur in diesem Raum.« Ihre Augen füllten sich wieder mit Tränen. »Wie ist Leonie umgekommen?«

Wengler wechselte einen kurzen Blick mit Dr. Kaufmann, die unmerklich den Kopf schüttelte. Er erhob sich. »Ich denke, dass wir für heute Schluss machen sollten. Sie müssen jetzt erst einmal wieder zu Kräften kommen, und dann sprechen wir weiter.«

Kims Augen bettelten um eine Antwort, aber sie stellte ihre Frage kein zweites Mal. Wengler nickte ihr zum Abschied aufmunternd zu und verließ mit Dr. Kaufmann den Raum.

»Können Sie mir erzählen, was eigentlich passiert ist?«, fragte die Ärztin auf dem Flur, nachdem sich Birte wieder zu ihnen gesellt hatte.

»Nein, tut mir leid«, sagte Wengler, »ich bitte um Verständnis, aber das sind laufende Ermittlungen, zu denen ich Ihnen keine Auskunft geben darf.« Er zog eine Visitenkarte aus seiner Brieftasche und reichte sie der Ärztin. »Wir werden Kim Förster noch einmal vernehmen müssen. Ich möchte allerdings warten, bis es ihr besser geht. Halten Sie mich bitte über ihren Zustand auf dem Laufenden.«

Dr. Kaufmann steckte die Visitenkarte in ihren Kittel. »Das mache ich.«

Sie verabschiedeten sich, und Wengler berichtete Birte von dem Gespräch mit Kim Förster, während sie zum Klinikeingang gingen.

»Dann war es ja doch gut, dass der Artikel erschienen ist«, meinte sie.

Er gestand es ungern ein, aber Birte hatte recht. Die Kollegen, von denen Kim aufgefunden worden war, hatten nichts zu ihrer Identifizierung beitragen können. Also hätte auch so schnell niemand einen Zusammenhang zu ihrem Fall hergestellt, wenn überhaupt.

»Du solltest dich bei Döring entschuldigen.«

»Also ich weiß nicht.« Er sah seine Kollegin zweifelnd an, denn das ging ihm nun doch zu weit.

»Aber ich«, sagte sie lächelnd. »Und ich werde dich daran erinnern.«

Als sie ihren Wagen erreichten, begann sein Handy zu klingeln. Nachdem er das Gespräch beendet hatte, starrte er einen Moment blicklos vor sich hin.

»Was ist?«, wollte Birte wissen.

»Die Leichen von Manfred und Heike Krohn wurden in einem Waldgebiet bei Glücksburg aufgefunden. Ganz in der Nähe vom Hof der Krohns.«

Wengler machte sich nach dem Anruf unverzüglich mit Birte auf den Weg und beorderte auch Reinders und Frida zum Leichenfundort. Außerdem informierte er Hannah Lundgren.

»Ist doch verrückt«, sagte Birte während der Fahrt. »Erst treten wir endlos auf der Stelle, und dann geht alles Schlag auf Schlag.«

»Irgendwie schräg, aber diese Auffindesituation scheint sich langsam zu einem Klassiker zu entwickeln«, meinte der Kollege vom Kriminaldauerdienst nach ihrer Ankunft, während sie einen schmalen Waldweg hochstapften. Er hatte sich ihnen als KK Rabe vorgestellt. »Jogger mit Hund, Sie verstehen?«

Wengler verstand sehr wohl, aber die Flapsigkeit des Kollegen ging ihm gewaltig gegen den Strich. Was glaubte dieser Jungspund mit Hipster-Bart und einer selbst durch den Hemdkragen nicht gänzlich verborgenen Spinnen-Tätowierung am Hals eigentlich? Dass er die Weisheit mit Löffeln gefressen hatte und wahnsinnig cool rüberkam, indem er ein Tötungsdelikt in einen Scherz ummünzte?

»Wie lange sind Sie schon beim KDD?«

Der Hipster strahlte und strich über seinen rotblonden Bart, der bestimmt fünf Zentimeter von seinem Kinn herunterhing. Seine Haare hatte er zu einem Undercut rasieren lassen, was ihm in Verbindung mit seinem pickeligen Gesicht ein dümmliches Aussehen verlieh. »Seit einem Monat. Ich wollte immer zum KDD, und ich bin total happy, dass es geklappt hat. Was hier alles los ist, das ist so was von geil.«

Wengler musterte ihn regungslos und fragte sich nicht zum ersten Mal, wieso er es in der letzten Zeit so häufig mit Ausschussware zu tun hatte, wenn Frischlinge seinen Weg kreuzten. »Wo finde ich Ihren Vorgesetzten?«

»Äh ...« Der Hipster strich erneut über seinen Bart und schien seinen überlegenen Gestus für einen Moment verloren zu haben. »Ich ... ich kann Ihnen auch alles sagen.«

Wengler blieb stehen und maß ihn mit einem vernichtenden Blick. »Wo finde ich Ihren Vorgesetzten?«

Der Hipster blickte noch verunsicherter drein und wies dann auf einen Mann, der in einiger Entfernung stand. Wengler hielt sich mit keiner Verabschiedung auf, sondern begab sich schnurstracks zu dem Kollegen, den er ebenfalls nicht kannte. »KHK Wengler vom Flensburger K1. Sie leiten den Ersten Angriff?«

Der Angesprochene nickte. »KOK Bertens.«

»Dann können Sie mich doch sicher mit den ersten Erkenntnissen vertraut machen.«

»Das hätte KK Rabe auch gekonnt ...«

»Mag sein. Ich ziehe es allerdings vor, mit dem Einsatzleiter zu sprechen.«

Wengler war sich bewusst, wie arrogant er sich gerade gebärdete, aber es gab Situationen, in denen ihm das herzlich egal war.

»Wenn Sie meinen.« Bertens musterte ihn nicht allzu freundlich. »Ein Jogger hat die beiden heute Morgen gefunden. Die Körper waren in einer flachen Mulde verscharrt und nur notdürftig mit Erde bedeckt. Darüber lagen noch ein paar Äste.«

Der Bereich war weiträumig abgesperrt. Der Jogger war laut Bertens mit einem Schock ins Krankenhaus eingeliefert worden, hatte vorher allerdings noch eine kurze Aussage gemacht, von der der KDD-Kollege Wengler jetzt in Kenntnis setzte.

»Der Mann ist um elf Uhr zu seiner Runde aufgebrochen und war circa zehn Minuten später hier. Plötzlich fing sein Hund an zu bellen und verschwand im Wald. Der Jogger ist hinterher und sah, wie der Hund bei den Ästen herumschnüffelte. Als der Mann näher trat, ist er auf eine Hand aufmerksam geworden, die aus dem Erdreich ragte.«

»Danke, Kollege.«

Wengler und seine Kollegen streiften ihre Schutzanzüge über und schlüpften unter dem Absperrband durch. Die Mitarbeiter der Spurensicherung hatten bereits die Äste entfernt und die Erde abgetragen, unter der die beiden Leichen lagen.

»Hier.« Ein Kollege der Spurensicherung trat zu Wengler und reichte ihm zwei Beweismittelbeutel, in denen sich jeweils ein Personalausweis befand. »Die hattet ihr doch zur Fahndung ausgeschrieben.«

Wengler sah sich die Ausweise an. Heike und Manfred Krohn. Er verglich die beiden Porträtaufnahmen mit den Gesichtern der Toten und konnte trotz Verwesung eine Ähnlichkeit feststellen. Endgültige Sicherheit würde allerdings erst ein DNA-Abgleich bringen. Er gab die Beutel zurück und trat zu Ovens, der neben den Toten hockte und eine erste Untersuchung vornahm. »Moin, Professor.«

Ovens blickte hoch. »Moin, Herr Wengler. Dieser Fall wird ja immer verworrener.«

»Das können Sie laut sagen.« Wengler beugte sich hinunter.

»Sie wurden erschossen.« Ovens deutete auf zwei Einschusslöcher, die sich jeweils im Brustbereich befanden. Wengler beugte sich noch etwas tiefer, weil er auf der Brust des Mannes etwas glitzern sah. »Liegt da ein Kreuz?«

Ovens nickte. »Ja. Sie hatte auch eines auf der Brust, das ist zur Seite gefallen, als die Techniker die Erde entfernt haben.«

Wengler nahm einen weiteren Asservatenbeutel in Empfang.

»Das ähnelt denen, die wir in dem Massengrab gefunden haben.«

Mein Gott, dachte er, haben wir womöglich die ganze Zeit über falschgelegen? Sind die Krohns vielleicht gar nicht für den Tod der Frauen verantwortlich? Aber wer hat sie dann entführt und in dem Haus gefangen gehalten?

»Sind Sie mit den Kreuzen schon weitergekommen?«, unterbrach Ovens seine Überlegungen.

»Nein, noch nicht. Meine Kollegen haben alle Juweliergeschäfte zwischen Flensburg und Glücksburg abgeklappert und waren auch bei allen Goldschmieden in der Umgebung. Sie haben aber nur erfahren, dass es sich um eine Spezialanfertigung handeln muss. So weit waren wir allerdings auch schon. Jetzt nehmen wir uns das Internet vor.«

»Und was ist mit den Hufeisen?«

»Auch da sind wir leider noch keinen Schritt weiter.«

Es war, wie so häufig, eine nervige und zeitaufwendige Kleinarbeit. Eine Vielzahl von Personen war aufgesucht und befragt, unzählige Mails geschrieben worden, ohne dass dabei ein nennenswertes Ergebnis herausgekommen wäre.

»Können Sie mir schon etwas zum Todeszeitpunkt sagen?«

»Der liegt schätzungsweise sechs bis sieben Tage zurück«, gab Ovens zur Antwort. »Wie Sie sehen, ist die Verwesung noch nicht allzu weit fortgeschritten, was auf die Außentemperaturen zurückzuführen sein dürfte. Dazu bedarf es natürlich noch genauer Untersuchungen.«

Dann mussten die Krohns fast zeitgleich mit dem anonymen Anruf und dem Auffinden der Leichen getötet worden sein, überlegte Wengler. Hatten sie von dem Anruf gewusst und versucht, sich abzusetzen? Oder hatte jemand für ihr Verschwinden gesorgt?

Eine andere Überlegung beschäftigte Wengler mindestens ebenso sehr. Was war mit den Zwillingen? Waren sie ebenfalls einem Verbrechen zum Opfer gefallen und lagen vielleicht auch hier oder an einem anderen Ort vergraben? Oder lebten sie noch? Was ihn zum nächsten Punkt führte …

Als er Schritte vernahm, drehte er sich um. Lundgren war eingetroffen und kam auf sie zu.

»Sind Sie geflogen?«

Ihr Lächeln wirkte angestrengt. »Nein, die A 7 war ausnahmsweise mal frei.« Sie begrüßte Ovens und richtete dann ihren Blick auf die beiden Leichname. Wengler registrierte, dass ein Schauer durch ihren Körper lief. Er fasste zusammen, was sie bisher wussten, und ließ ihr Zeit, die Toten ausführlicher zu betrachten. Sie zitterte, und als sie seinen Blick bemerkte, trat wieder ein Lächeln in ihr Gesicht, das ihr auch dieses Mal große Mühe zu bereiten schien. »Ziemlich kalt heute.« Sie schlang die Arme um ihren Oberkörper.

Nein, dachte Wengler, ihr Zittern kam nicht von den Außentemperaturen. Sie ließ den Fall zu nahe an sich heran. Viel zu nahe, das war ihm schon auf dem Hof aufgefallen, als sie den geheimen Raum entdeckt hatten. Er hatte zwar noch nicht mit Lundgren zusammengearbeitet, kannte aber natürlich ihren Ruf. Hart wie Kruppstahl, Gefühle gibt es bei der nicht. Offensichtlich hatte sich das nach dem Suizid ihres Mannes geändert. Natürlich gingen Mordermittler nicht emotionslos an ihre Fälle heran, aber ihre Professionalität sorgte dafür, dass immer eine gesunde Distanz erhalten blieb, die lebenswichtig für den Privatmenschen war. Und diese Distanz schien Lundgren verloren gegangen zu sein.

Erneut stellte er sich die Frage, ob die Zusammenarbeit bisher der Aufklärung des Falles gedient hatte. Wenig, war sein Resümee, allerdings musste er fairerweise zugeben, dass es bei Fallanalytikern nun auch nicht an der Tagesordnung war, ein Kaninchen aus dem Hut zu zaubern. Die Zusammenarbeit war bis jetzt gut gewesen, ein nicht zu unterschätzender Pluspunkt. Und er würde sie auch bis zur Lösung des Falls fortsetzen, denn er schreckte vor einer Beendigung zurück, da er sich vorstellen konnte, dass Lundgren seit ihrem Zusammenbruch mit Argusaugen von Klessmann beobachtet wurde, in der Hoffnung, ihr einen Fehler nachweisen und sie absägen zu können. Dem wollte er nicht Vorschub leisten.

»Wir sollten die Zwillinge nicht außer Acht lassen«, hörte er sie plötzlich sagen.

Als er sie ansah, fiel ihm auf, dass sich etwas an ihr verändert hatte. Es war ihre Haltung, die plötzlich aufrechter wirkte, der entschlossene Blick, den sie ihm zuwarf. »Gibt es irgendeine Spur von ihnen?«

»Bis jetzt noch nicht.« Er sprach den Gedanken aus, der ihm vor ihrer Ankunft durch den Kopf gegangen war. »Halten Sie es für möglich, dass Annika und Lukas ihre Eltern umgebracht haben?«

»Ich halte es jedenfalls nicht für ausgeschlossen.«

***

Hannah war, als hätte sich ein Schalter in ihrem Inneren umgelegt. Die ganze Zeit über hatte sie das Gefühl gehabt, sich im Inneren einer Nebelwand zu bewegen, die ihr bisher so klares Denkvermögen auf eine ganz merkwürdige Art und Weise außer Kraft gesetzt hatte. Während es früher häufig schon zu Beginn einer Ermittlung klare Vorstellungen von dem Täter gegeben hatte, die sich oft auch bewahrheiten sollten, war es dieses Mal ein Fischen im Trüben gewesen. Und jetzt, beim Anblick des brutalen Mörderpaares, das für den qualvollen Tod von mindestens sechs Frauen verantwortlich war, setzte ihr Denken plötzlich wieder ein.

»Ich halte es nicht für ausgeschlossen«, wiederholte sie und rief sich das gestrige Gespräch mit ihren Mitarbeitern ins Gedächtnis, in dem sie diese Überlegung erörtert hatten. Sie hatte Wengler noch nicht davon in Kenntnis gesetzt, weil sie ihrer Meinung nach noch über zu wenige Fakten verfügten, mit denen sie diese These untermauern konnten. Aber jetzt war die Situation eine andere, und so begann sie, Wengler ihre Gedanken zu erläutern.

»Das denke ich auch«, stimmte Wengler ihr zu, nachdem sie ihre Vermutung zum Ausdruck gebracht hatte, dass die Zwillinge etwas mitbekommen haben müssten. »Wir reden von einem Zeitraum von circa sieben Jahren, in dem immer wieder neue Frauen herbeigeschafft wurden. Es ist zwar davon auszugehen, dass sie ihr Gefängnis nie verlassen haben, aber trotzdem.«

»Wir haben folgende Überlegungen angestellt«, fuhr Hannah fort. »Die Zwillinge bekommen über die Jahre mit, was ihre Eltern treiben. Wie bereits erwähnt, sind sie vielleicht sogar selber Missbrauchsopfer. Und irgendwann beschließen sie, dass das Ganze ein Ende haben muss. Also versuchen sie, eine weitere Frau zu retten, indem sie die Tür öffnen, um ihr die Flucht zu ermöglichen. Danach bringen sie ihre Eltern um.«

»Gesetzt den Fall, dass es sich so abgespielt hat, stimmt bei Ihren Überlegungen aber die Reihenfolge nicht«, gab Wengler zu bedenken. »Es waren zwei Frauen in dem Raum, was die Zwillinge vielleicht nicht wussten. Und eine davon wurde noch begraben. Von wem?«

Stimmt, das hatte sie bei ihren Überlegungen nicht bedacht. »Vielleicht sind die Zwillinge noch einmal zurückgekommen und haben erst dann die Frau entdeckt.«

»Es besteht aber auch die Möglichkeit, dass die Eltern mitbekommen haben, dass die Zwillinge für die Flucht einer Frau verantwortlich waren, und sich Annika und Lukas aus Angst vor ihrer Reaktion abgesetzt haben. Und das würde bedeuten, dass jemand anders die Krohns umgebracht hätte.«

Wenglers Einwand war nicht von der Hand zu weisen, aber Hannahs Gefühl sprach eine andere Sprache. Allerdings hatten Gefühle bei ihrer Arbeit nichts zu suchen, hier war ausschließlich die Logik gefragt.

***

Nach Feierabend fuhr Birte zu ihren Eltern, weil sie wissen wollte, wie Lauras Termin beim Frauenarzt verlaufen war. Außerdem wollte sie noch einmal das Gespräch mit ihrer Tochter suchen. Am Vortag hatte Laura sie kurzerhand abgewiesen und erklärt, dass sie noch für die Schule lernen müsse, da am Montag eine wichtige Klassenarbeit anstehe. Birte hatte sich selten so hilflos gefühlt.

»Das war alles problemlos«, sagte Charlotte Werner, während sie für Birte die Reste eines Nudelauflaufs in der Mikrowelle aufwärmte. »Ich gehe ja schon seit Jahren in diese Praxis und schätze die beiden Ärzte dort sehr. Laura wurde gründlich untersucht, und dann bekam sie die Pille verschrieben.«

»Hält sie sich an den Hausarrest?«

»Keine Bange, dafür sorgen wir schon.« Charlotte füllte Birtes Teller und goss ihr eine Apfelschorle ein. »So, Kind, nun iss. Wie ich dich kenne, hast du das den Tag über bestimmt wieder vergessen.«

Dankbar sah Birte ihre Mutter an. »Ihr seid mir wirklich eine große Hilfe.«

»Ach, Papperlapapp«, winkte Charlotte ab und nahm ihr gegenüber Platz.

»Wo ist eigentlich Papa?«, fragte Birte mit vollem Mund. Himmel, sie hatte überhaupt nicht gemerkt, was für einen Riesenhunger sie hatte.

»Na, wo wohl? Bei seinen Kegelbrüdern natürlich. Die haben nächste Woche ein großes Turnier, ich sehe ihn im Moment kaum noch.«

Birte kaute voller Wohlbehagen und merkte, dass sie sich wieder ein wenig zu entspannen begann. Was an dem leckeren Auflauf lag, vor allen Dingen aber an ihrer Mutter, die trotz ihrer Quirligkeit in prekären Situationen immer ein ruhender Fels in der Brandung war. Trotzdem hatte sich Birte dazu entschlossen, noch nichts von ihrer Vermutung bezüglich eines Loverboys verlauten zu lassen. Wengler war bisher nicht dazu gekommen, sich umzuhören, und wie es im Moment aussah, würde er das wohl auch erst dann zeitlich einrichten können, wenn sie ihren Fall gelöst hätten. Also hoffentlich bald.

Nach dem Essen begab sich Birte in den ersten Stock, wo Laura das Gästezimmer bezogen hatte. Vor der Tür blieb sie einen Augenblick stehen, in der Hoffnung, ihr plötzlich wild schlagendes Herz mit ein paar tiefen Atemzügen beruhigen zu können.

Wie würde Laura heute reagieren? Würde sie erneut jedes Gespräch verweigern? Wäre doch bloß Fabian hier, der würde bestimmt einen Zugang zu ihr finden.

Die Sekunden verstrichen mit weiteren Überlegungen, bis Birte jäh die Wut überkam. Verdammt noch mal, wer war sie eigentlich, dass sie sich von ihrer Tochter vorführen ließ? Es war doch Laura, die so klein mit Hut hätte sein müssen, weil sie gelogen und sich mit einem zehn Jahre älteren Mann eingelassen hatte. Aber nein, ihre Tochter spielte die Aufmüpfige und schien sich nicht der geringsten Schuld bewusst zu sein.

So, Fräulein, dachte Birte grimmig, jetzt werden andere Seiten aufgezogen. Ohne anzuklopfen, öffnete sie die Tür.

»Mama!«

Laura lümmelte auf dem Bett herum, richtete sich aber sofort auf, als sie sah, wer das Zimmer betrat. Ihr Gesichtsausdruck wechselte von aufgebracht über die Störung zu schuldbewusst.

Was Birte ihr nach dem gestrigen Verhalten nicht abnahm. »Wir müssen reden, Laura! Und komm ja nicht auf die Idee, wieder so ein Verhalten wie gestern an den Tag zu legen! Wenn du glaubst –«

»Es tut mir leid.«

Überrascht hielt Birte inne. In der Entschuldigung hatte ganz eindeutig ein falscher Ton mitgeschwungen, und hinter dem immer noch schuldbewussten Gesichtsausdruck lauerte Berechnung. Oh nein, mein Kind, dachte Birte erbost. Mit diesem plötzlichen Lieb-Kind-Getue kannst du vielleicht einen anderen Menschen täuschen, aber mit Sicherheit nicht deine Mutter, die darüber hinaus noch eine erfahrene Kommissarin ist und sich mit Geständnissen jeglicher Art nur allzu gut auskennt. Ich kann in dir lesen wie in einem offenen Buch. Du willst mich einlullen, damit wir unsere Strafmaßnahme rückgängig machen und du wieder freie Fahrt hast. Für wie dämlich hältst du mich eigentlich?

Es juckte Birte, ihrer Tochter den Marsch zu blasen, aber ihr war bewusst, dass dies ein schlechter Schachzug gewesen wäre. Besser erst einmal abwarten, was als Nächstes passierte.

Tage 8–10

Die folgenden beiden Tage vergingen ohne besondere Vorkommnisse. Weder bei den Hufeisen noch bei den Kreuzen kamen sie einen Schritt weiter, was die Hersteller betraf. Es war frustrierend, und Wengler merkte, wie sich langsam eine schlechte Stimmung im Team breitzumachen begann. Er bemühte sich, die Kollegen weiterhin zu motivieren, allerdings mit mäßigem Erfolg, da das Gefühl, dass sie auf der Stelle traten und keinen Millimeter weiterkamen, auch an seinen Nerven zerrte und er zurzeit kein gutes Vorbild für die Truppe war.

Der frühe Vormittag des dritten Tages brachte dann endlich einen Erfolg. Die KT hatte sowohl auf dem Briefumschlag und den Polaroids als auch an den Kreuzen, die sich in den sechs Gräbern befunden hatten, die DNA von Lukas Krohn sichergestellt.

»Und was ist mit den Kreuzen im Grab der Krohns?«, fragte Reinders. Er hatte vor Kurzem Wenglers Büro betreten und somit als Erster die gute Nachricht erfahren.

»Moment«, sagte Wengler und starrte auf den Monitor. »Hier ist noch eine Datei gekommen.« Nach ein paar Sekunden schlug er mit der flachen Hand auf den Tisch. »Bingo! Ebenfalls ein Treffer!«

»Wieso ist die DNA von Lukas Krohn in unserem System?«

»Weil er vor zwei Jahren wegen Trunkenheit am Steuer erkennungsdienstlich behandelt wurde. Dabei haben die Kollegen auch einen DNA-Abstrich gemacht.«

»Dann muss er der anonyme Anrufer gewesen sein«, sagte Reinders. »Oder seine Schwester.«

Sie riefen die Kollegen zusammen. Den kleinsten Kreis, also nur die Mitarbeiter des K1. Alle teilten ihre Meinung, woraufhin Wengler die Fahndung nach den Zwillingen aktualisierte und um zusätzliche EU-Länder erweiterte. Er richtete sich auf eine längere Wartezeit ein und war deshalb sehr erstaunt, als sich gegen Mittag der dänische Kollege Magnus Lindhardt von der Polizei in Padborg meldete.

Lukas und Annika Krohn waren in einem Ferienhaus am Ortsausgang von Kollund gesichtet worden.

Frida war bereits startklar, als Wengler auf den Bürgersteig vor der BKI trat. Wie immer war es ihr gelungen, den neuesten und schnellsten Wagen aus dem Fuhrpark zu ergattern. Wengler hatte mittlerweile mitbekommen, dass der Kollege, der für die Vergabe der Wagen zuständig war, eine Schwäche für Frida hatte. Er schäkerte mit ihr herum, wann immer er sie zu Gesicht bekam, und Wengler nutzte die Gefühle des Mannes immer dann gnadenlos aus, wenn es galt, so schnell wie möglich von einem Ort an den anderen zu gelangen.

Frida war eine rasante Fahrerin und benötigte eine knappe halbe Stunde, bis sie das Gebäude erreicht hatten, in dem die Padborger Polizei untergebracht war. Wengler hatte sich entschlossen, seine dänische Kollegin mitzunehmen, obwohl er wusste, dass Lindhardt fließend Deutsch sprach. Er kannte und schätzte den Kollegen seit Jahren und war sehr froh, dass sie es mit ihm zu tun hatten. Aber vielleicht war es an anderer Stelle vonnöten, dass er jemanden dabeihatte, der Dänisch sprach.

Wengler meldete sich und Frida beim Pförtner an. Kurze Zeit später wurden sie von Magnus Lindhardt abgeholt. Die Begrüßung fiel wie immer sehr herzlich aus. »Hey, Christoph. Wen hast du denn da mitgebracht?«

Wengler stellte Frida vor, und Lindhardt grinste. »Hat es dir bei unserer Polizei nicht mehr gefallen, dass du ins Ausland gegangen bist?«

Lindhardts Deutsch hatte den typischen Akzent, der auch Fridas Sprache auszeichnete.

»Och«, sagte Frida gedehnt, »das ist eine lange Geschichte.«

Wengler fiel auf, das seine Kollegin Lindhardt von der Seite musterte, als sie auf dem Weg in dessen Büro waren. Groß, schlank, blonde Haare, blaue Augen, schien er genau ihr Typ zu sein.

»Jetzt erzähl doch mal, wie ihr auf die Spur der beiden gekommen seid«, sagte Wengler, nachdem sie Platz genommen hatten und mit Getränken versorgt worden waren.

»Kollege Zufall, wie es bei euch doch immer heißt. Mein Stellvertreter Ole hatte sich ein Ferienhaus in dieser Anlage angeschaut, weil seine Schwiegereltern etwas über den Jahreswechsel suchten, und da hat er einen jungen Mann und eine junge Frau auf der Terrasse des Nachbarhauses stehen sehen. Er war sich sofort sicher, dass es Lukas und Annika Krohn waren, aber er hat trotzdem noch einige Fotos gemacht, die wir nach seiner Rückkehr mit dem Fahndungsplakat verglichen haben. Außerdem hat Ole die beiden angesprochen und auf Dänisch eine Frage nach den Häusern gestellt. Da haben sie sich als Deutsche zu erkennen gegeben und sind dann ziemlich schnell wieder in ihrem Haus verschwunden, weil sie einem Gespräch offensichtlich aus dem Weg gehen wollten. Wir haben keinen Zweifel, dass es sich um das Zwillingspaar handelt.«

Lindhardt reichte ihnen Ausdrucke der Fotos, die sein Kollege aufgenommen hatte. Wengler nickte, er musste nicht das Fahndungsplakat zurate ziehen, da sich ihm die Gesichter der Zwillinge mittlerweile eingeprägt hatten. »Wie ist die Situation vor Ort?«, wollte er wissen. »Sind die anderen Häuser vermietet, sodass es Probleme beim Zugriff geben könnte?«

Lindhardt schüttelte den Kopf. »Nein. Es gibt insgesamt sechs Häuser in dieser Anlage, und die anderen fünf stehen im Moment leer. Ich zeig euch mal die Lage.« Er rief Google Streetview auf und drehte seinen Bildschirm ein wenig herum, damit Wengler und Frida einen Blick darauf werfen konnten.

Das Ferienhaus lag am östlichen Ortsausgang von Kollund inmitten eines kleinen Birkenwäldchens. Die Anordnung der Häuser war von der Straße, die direkt an der Flensburger Förde vorbeiführte, nur schwer zu erkennen. Auch das Satellitenbild gab nicht allzu viel her, da das Laub der Bäume die Sicht fast gänzlich verhinderte. Deshalb hatte sich Lindhardt einen Lageplan des Geländes besorgt, den er ihnen jetzt zeigte. Die Häuser standen versetzt, mit reichlich Platz dazwischen, jedes besaß eine große Terrasse.

»Das hier ist es.« Lindhardt zeigte auf das Haus links außen. »Und hier«, sein Zeigefinger fuhr über das Blatt Papier, bis er an einem größeren Areal stoppte, »das ist der Parkplatz.«

Wengler prägte sich den Plan ein. »Hast du zufällig auch einen Grundriss des Hauses?«

»Aber klar.« Lindhardt grinste und zog ein weiteres Papier heran. »Das hab ich mir vom Vermieter besorgt. Den Grundriss kann man zwar auch im Internet sehen, der gibt aber keinen Aufschluss darüber, wie die Möbel angeordnet sind.«

Der Ausdruck zeigte nicht nur den Grundriss, sondern auch ein Foto des Ferienhauses. Es war ein fünfzig Quadratmeter großer Bungalow aus dunkel gebeiztem Holz mit weißen Sprossenfenstern.

Zwei Schlafzimmer, von denen das eine über ein Doppelbett und das andere über zwei Einzelbetten verfügte. Eine Wohnküche mit einem Esstresen, Kamin, Zweiersofa und zwei Sesseln, die zu beiden Seiten des Kamins angeordnet waren. Ein Duschbad, eine Außenterrasse mit einem Holztisch und vier Stühlen. Eine Eingangstür, eine an der Hinterseite des Hauses.

»Wie wollt ihr vorgehen?«, fragte Wengler.

»Wir haben zum Glück gerade einige Kollegen der Spezialeinheit hier vor Ort, die heute eine Übung beenden.« Lindhardt warf einen Blick auf die Wanduhr über der Tür. »In zwei Stunden werden sie fertig sein, dann können wir los. Im Moment wird das Haus von einem Kollegen beobachtet. Falls irgendetwas auf einen Aufbruch der Krohns hindeuten sollte, müssen wir den Zugriff allein machen.« Er sah sie nachdenklich an. »Seid ihr denn überzeugt davon, dass Lukas und Annika Krohn ihre Eltern umgebracht haben?«

»Es spricht alles dafür«, sagte Wengler. »Auch die Kreuze, die auf der Brust der Toten lagen und an denen die DNA von

Lukas Krohn sichergestellt wurde, deuten darauf hin. Ebenso die Ergebnisse der Fallanalyse. Entweder ist nur einer der beiden für die Tat verantwortlich, oder sie haben sie gemeinsam begangen.«

Lindhardt nickte gedankenvoll.

»Für welchen Zeitraum haben die Zwillinge das Haus eigentlich gemietet?«, wollte Frida wissen.

»Vom 3. bis zum 20. Oktober.«

»Und wann wurde es angemietet?«

»Am 15. August.«

»Von wem?«

Lindhardt schaute in seine Notizen. »Von Lukas Krohn.«

Wengler stutzte. Wenn Lukas das Haus bereits am 15. August angemietet hatte, war der Mord an den Eltern keine spontane Tat, sondern geplant gewesen. Aber wieso hatten sich die Zwillinge an keinen entfernteren Ort abgesetzt? Wollten sie gefunden werden, oder hatten sie womöglich gar die Absicht, sich zu stellen?

»Dass Lukas Krohn das Haus für einen Urlaub der ganzen Familie angemietet hat, ist wohl eher unwahrscheinlich«, sagte Lindhardt, nachdem Wengler seine Überlegungen dargelegt hatte. »Und wenn die Zwillinge wirklich für den Tod ihrer Eltern verantwortlich sind, könnte ich mir auch vorstellen, dass die Tat geplant war. Trotzdem ist es gut möglich, dass sie noch keinen Plan für die Zeit danach hatten. Vielleicht wollten sie sich erst einmal irgendwo verkriechen, um zu überlegen, wie es weitergehen soll.«

»Wenn unsere Vermutungen zutreffen, dann hat die Tat doch etwas mit den beiden gemacht«, sagte Frida. »Egal, ob nur einer sie ausgeführt hat oder beide. Sie haben ihre Eltern umgebracht. Auch wenn sie von deren monströsen Taten gewusst haben müssen und selbst für den Fall, dass sie ebenfalls zu ihren Opfern gehört haben, waren es doch immer noch ihre Eltern. So etwas geht doch nicht spurlos an einem vorbei.«

Lindhardts Handy begann zu klingeln. Während er dem

Anrufer lauschte, trat ein angespannter Ausdruck in sein Gesicht. »Es scheint einen heftigen Streit zwischen den Zwillingen zu geben«, sagte er an Wengler und Frida gewandt, dann hörte er dem Anrufer weiter zu. Nach einigen Augenblicken sprang er auf und bellte einige Sätze auf Dänisch ins Telefon. Dem Anrufer schien das Gesagte nicht zu passen, ein kurzer und heftiger Wortwechsel folgte, dem Lindhardt schließlich mit *»Det er en kommando«* ein Ende setzte.

»Was ist los?«, fragte Wengler, als er sah, wie Lindhardt seine Waffe aus der Schreibtischschublade holte und in sein Holster steckte.

»Es ist ein Schuss in dem Haus gefallen.«

»Und dein Kollege will jetzt allein reingehen, oder was?«

Lindhardt eilte zur Tür, Wengler und Frida folgten ihm. »Wenn er das tut, wird er mächtigen Ärger mit mir bekommen.«

※※※

Birte plagte das schlechte Gewissen, dass sie das Büro so kurzfristig verließ, aber nach dem Anruf ihrer Mutter sah sie keinen anderen Ausweg, als sich mit plötzlichen Magenkrämpfen zu einem vorgeschobenen Arztbesuch aufzumachen.

Charlotte Werner war misstrauisch geworden, als sie am Morgen mal so eben nebenbei von Laura erfuhr, dass diese nach Beendigung der regulären Schulstunden noch einen Termin mit den Mitgliedern des neuen Kreativ-Lehrgangs an der Schule habe, für den zwei Stunden angesetzt seien. »Das Kind ist eine schlechte Schauspielerin«, hatte Charlotte gesagt, »ich hatte sofort das Gefühl, dass da etwas im Busch ist.« Woraufhin Birtes Mutter in der Schule nachgefragt und erfahren hatte, dass es diesen Kurs nicht gab.

Sowohl Charlotte als auch Birte waren überzeugt davon, dass diese dreiste Lüge nur eines bedeuten konnte: Laura hatte die Absicht, sich mit ihrem Freund zu treffen. Aber dieses Vorhaben würde Birte durchkreuzen.

Damit sie ihr knallroter Mazda bei einer eventuellen Verfolgungsfahrt nicht verriet, hatte Birte sich einen Pkw aus dem Dienstpool geholt. Ihr war überhaupt nicht wohl dabei, denn wenn ihr jemand auf die Schliche käme, würde sie Ärger bekommen. Aber sie hatte keine andere Möglichkeit gesehen. Und so saß sie jetzt in einem silberfarbenen Audi vor dem Schuleingang und wartete darauf, dass Lauras letzte Stunde zu Ende ging.

Während des jetzt drei Tage zurückliegenden Gesprächs hatte sich Birtes Misstrauen von Minute zu Minute verstärkt. Nach ihrer Entschuldigung hatte sich Laura einsichtig gegeben und behauptet, dass die Beziehung zu ihrem Freund schon wieder vorbei sei. Es habe doch nicht gepasst.

Im Nachhinein war Birte immer noch verwundert, dass sie ruhig geblieben war. Sie hatte Laura nur kühl erklärt, dass sie ihr kein Wort glaube und der Hausarrest bestehen bleibe. Daraufhin hatte Laura sofort wieder dichtgemacht, und seitdem waren die Fronten verhärteter denn je.

Um halb drei war es endlich so weit. Laura erschien inmitten eines Pulks von Mitschülerinnen, die sich nach und nach verabschiedeten, bis nur noch ihre Freundin Sanne übrig blieb. Birte beobachtete, wie sie mit Händen und Füßen auf Laura einredete und diese heftig mit dem Kopf schüttelte. Es sah nach einem ernsthaften Streit aus, der in dem Moment seinen Abschluss fand, als ein Hupen erklang und ein schwarzer Porsche Panamera mit einigem Schwung auf dem Gehweg vor den beiden Mädchen zum Stehen kam. Ehe Birte Zeit zum Nachdenken hatte, war ihre Tochter in den Wagen gesprungen, der mit aufheulendem Motor auf die Straße zurücksetzte und davonpreschte. Nach einer Schrecksekunde setzte Birte ihm hinterher. Zum Glück war sie geübt in der Verfolgung von Fahrzeugen, sodass sie den Porsche nicht verlor, selbst als sie mehrere Wagen zwischen ihn und ihr Fahrzeug ließ. Das Autokennzeichen hatte sie natürlich schon notiert, allerdings wartete sie noch auf die Halterabfrage. Ein Blick auf den Fahrer war ihr nicht vergönnt gewesen, da der Porsche über getönte Scheiben verfügte.

Eine halbe Stunde später fuhr das Luxusgefährt in die Tiefgarage einer ansehnlichen Wohnanlage in der Flensburger Innenstadt. Keine Chance, ihm zu folgen, da Birte erst einmal den Gegenverkehr passieren lassen musste und das Garagentor bereits wieder zu war, als sie ihren Wagen die Auffahrt hinunterlenkte. Fluchend rangierte sie ihn auf die Straße zurück und scherte dann in eine Parklücke ein. Aus sicherer Entfernung nahm sie das Haus in Augenschein. Weißer Kubus-Bau, vier Stockwerke mit insgesamt sechzehn Luxuseigentumswohnungen, wie die Aufschrift auf einem mannshohen Schild verkündete, das ein roter Aufkleber mit dem Aufdruck »Nur noch zwei Wohnungen frei« zierte.

Birte wollte gerade aussteigen, um sich die Namensschilder am Eingang anzuschauen, als ihr Handy zu klingeln begann. Der Kollege, der die Halterabfrage durchgeführt hatte, gab ihr einen Namen durch: Raphael Bargin, vierundzwanzig Jahre alt, deutsche Staatsangehörigkeit.

Nur dass es keinen Mann dieses Namens auf den Klingelschildern gab, die Birte im Anschluss an das Telefonat kontrollierte.

***

Aufgrund eines erhöhten Verkehrsaufkommens benötigten sie trotz Sondersignal fast vierzig Minuten für die Fahrt. Lindhardt hatte zwei zusätzliche Kollegen mitgenommen und telefonierte von unterwegs noch ein weiteres Mal mit dem Beamten vor Ort, dass er unter keinen Umständen einen Alleingang hinlegen, sondern auf sie warten solle. Egal, was bis zu ihrer Ankunft geschehe.

»Ich hasse es, solche Entscheidungen treffen zu müssen«, sagte Lindhardt und leitete ein waghalsiges Überholmanöver ein, weil der Wagen vor ihm nicht zur Seite weichen wollte.

Wengler konnte das gut nachvollziehen. Vielleicht war bei dem Schuss jemand zu Schaden gekommen, den ein rechtzeitiges Eingreifen retten könnte. Aber wenn er allein in das Haus ginge, würde der dänische Kollege unter Umständen sein eigenes Leben riskieren.

Als sie die Anlage erreichten, senkte sich bereits die Dämmerung über das Land. Lindhardt hatte das Sondersignal schon vor einigen Kilometern deaktiviert, damit es ihr Kommen nicht ankündigen könnte. Jetzt stellte er auch die Scheinwerfer aus und bog auf einen schmalen Sandweg ein, der laut Auskunft seines Kollegen zum Parkplatz führte.

»Wie sieht's aus?«, fragte er den Mann, der sie vor einem eingezäunten Areal mit einer Schranke erwartete. Trotz der beginnenden Dunkelheit konnte Wengler den Ärger auf dessen Gesicht erkennen.

Lindhardt bemerkte ihn auch und legte seinem Kollegen kurz eine Hand auf die Schulter. »Ich kann deine Einwände verstehen, Rasmus, aber du weißt auch, dass in diesem Fall die Eigensicherung an erster Stelle steht. Mensch, du bist doch nicht erst seit gestern dabei.«

Der Angesprochene nickte mürrisch. »Seit dem Schuss ist alles still.«

Lindhardt teilte die Funkgeräte und die schusssicheren Westen aus und wartete, bis alle einsatzbereit waren. »Okay, dann bring uns zum Haus.«

Ein befestigter Weg führte vom Parkplatz in Richtung der Häuser, die einen Abstand von vielleicht dreihundert Metern zueinander aufwiesen. Ein leichter Wind war aufgekommen, die Birken rauschten leise. Andere Geräusche waren nicht zu hören.

Im linken Haus ging das Licht im Fenster an der Stirnseite an. Keine Gardinen davor und, soweit Wengler es erkennen konnte, auch nicht vor einem zweiten Fenster. Keine Büsche oder kleinwüchsigen Bäume zwischen den Häusern, die einen Sichtschutz geboten hätten. Das war schlecht.

»Wie wollen wir vorgehen?«, fragte er.

»Du, Frida und Rasmus sichert die Rückseite des Hauses,

wir gehen vorne rein«, sagte Lindhardt nach kurzer Überlegung.

Sie zogen ihre Waffen und schlichen sich an das Haus heran, als das Öffnen eines Fensters zu vernehmen war. Jeder verharrte in der Bewegung und hielt den Atem an. Zum Glück war es mittlerweile dunkel, und da sie alle schwarze Kleidung trugen, bestand die Hoffnung, dass sie nicht gesehen würden.

»Ich kann nicht mehr, Annika«, hörten sie da plötzlich eine Stimme im Inneren des Hauses brüllen. »Verdammt noch mal, ich kann nicht mehr! Warum willst du das nicht begreifen?«

»Lukas, bitte! Du darfst jetzt nicht schlappmachen!«

Wengler spürte, wie ein Zittern durch Rasmus' Körper lief, der an seiner Seite hockte. Offensichtlich war bei dem Schuss niemand zu Schaden gekommen, denn der dänische Kollege hatte gesagt, dass die Zwillinge allein im Haus seien.

»Das muss ein Ende haben, Annika!«

»Aber das hat es doch. Wir sind endlich frei, Lukas. Frei, verstehst du? Das war es doch, was wir wollten.«

»Aber um welchen Preis? Annika, ich habe die Eltern getötet. Mit dieser Schuld kann ich kein neues Leben beginnen.«

»Sie haben es verdient. Du hast das Richtige getan.«

»Vielleicht … aber ich werde mich trotzdem stellen. Die kommen doch eh auf uns.«

Das Scharren eines Stuhls war zu vernehmen, dann wieder Annikas Stimme. Es lag eine Trauer darin, die Wengler eine Gänsehaut über den Rücken jagte. »Lass mich nicht allein, Lukas. Du bist alles, was ich habe. Ohne dich will ich nicht leben.«

Wengler fragte sich, inwieweit Annikas Worte ernst zu nehmen waren. Er kam allerdings nicht dazu, den Gedanken zu Ende zu führen, da in diesem Moment der Zugriff von der anderen Seite des Hauses erfolgte. Sie sprangen auf und rannten los, als ein zweiter Schuss die Stille des Abends zerfetzte.

***

»Das ist nicht Ihr Ernst!« Empört wollte Hannah aufspringen, aber angesichts der gerade vernommenen Nachricht versagten ihre Knie den Dienst. Die am Vorabend eingegangene Mail von Klessmann hatte ihr eine unruhige Nacht beschert, da sie ihn seit Montag in Urlaub wähnte und sich keinen Reim darauf machen konnte, wieso er sie für zehn Uhr in sein Büro beordert hatte. Jetzt wusste sie es.

»Ich war immer dagegen, dass die OFA und die Cold Case Unit zusammengelegt werden. Zum Glück sieht unser neuer Landespolizeidirektor das genauso.« Klessmann gab sich nicht die geringste Mühe, seine Genugtuung zu verbergen. Die Freizeitkleidung ließ darauf schließen, dass er sich tatsächlich im Urlaub befand, und seine nächsten Worte bestätigten dies. »Da ich jetzt erst einmal einige Wochen Urlaub nehmen werde, wollte ich Sie vorher noch von der Umstrukturierung in Kenntnis setzen, da Sie ja unmittelbar davon betroffen sind.«

Sie fasste es nicht. Zum 1. November sollten aus ihrer Abteilung wieder zwei werden, obwohl die Zusammenlegung vor sechs Jahren nur Vorteile gebracht hatte und die gelösten Fälle für sich sprachen. Und anstatt ihr wenigstens die Leitung der OFA zu lassen, schob man sie in die CCU ab. Laut Klessmann würde sie dort zwei Mitarbeiter bekommen – wen, stand angeblich noch nicht fest.

»Gibt es etwas an meiner Arbeit auszusetzen, das zu diesem Entschluss geführt hat?« Verdammt, sie wollte sich keine Altfälle vornehmen müssen, jedenfalls nicht ausschließlich. Sie wollte zwischendurch auch immer wieder an aktuellen Fällen dran sein, denn das machte für sie den hauptsächlichen Reiz ihrer Arbeit aus.

»Frau Lundgren, Sie sollten das nicht persönlich nehmen. Es ist eine Entscheidung, die nach reiflicher Überlegung getroffen wurde und nichts mit einzelnen Personen zu tun hat.«

»Und wer wird in Zukunft die OFA leiten?« Sie kannte die Antwort. Sein Wunschkandidat, wer sonst.

»Diese Personalentscheidung wird in den nächsten Tagen

bekannt gegeben werden. Ich bin noch nicht befugt, darüber zu sprechen.« Klessmann erhob sich und griff nach seinen Autoschlüsseln, die auf dem Schreibtisch lagen. Das Zeichen, dass die Unterredung beendet war.

※※※

Wengler stockte der Atem, als er Lindhardt auf dem Boden hinter der Eingangstür liegen sah. Der dänische Kollege versuchte sich aufzurichten, sank aber sofort wieder zurück. Im Hintergrund des Zimmers waren seine Kollegen gerade dabei, den Zwillingen Handfesseln anzulegen. Annika kreischte hysterisch und wehrte sich mit aller Kraft, während Lukas die Maßnahme fast teilnahmslos über sich ergehen ließ.

Wengler kniete sich neben Lindhardt, während Rasmus nach einem Krankenwagen telefonierte. Lindhardt war bei Bewusstsein und stöhnte leise, als Wengler vorsichtig seine Jacke auseinanderzog und die Wunde freilegte. Der Schuss hatte Lindhardt auf Höhe der rechten Hüfte getroffen, knapp einen Zentimeter unterhalb der Schutzweste. Der Stoff seiner Jeans war blutdurchtränkt. Wengler hoffte inständig, dass es sich nur um einen Streifschuss handelte und keine inneren Organe verletzt waren. »Bleib ruhig, Magnus. Der Krankenwagen kommt gleich.«

»Sie hat geschossen.« Lindhardt fiel das Sprechen sichtlich schwer.

»Sssscht, Magnus, nicht sprechen.«

Eine Ewigkeit schien zu vergehen, bis endlich das erlösende Signal des Rettungswagens zu hören war. Nachdem Lindhardt versorgt und abtransportiert worden war, verfrachteten die dänischen Kollegen Annika und Lukas in einen der Wagen, um sie zur Dienststelle zu bringen. Dort würden noch einige Formalitäten zu erledigen sein, und danach könnte Wengler die beiden Verhafteten mit nach Flensburg nehmen.

Es war bereits ein Uhr, als Wengler seine Haustür aufschloss. Annika und Lukas Krohn würden die Nacht in der BKI verbringen, und am Morgen wollte er sie dann zusammen mit Reinders vernehmen.

Im Haus war es kalt, weil er wieder mal vergessen hatte, am Morgen wenigstens eine Heizung hochzudrehen. Er hängte seine Jacke an die Garderobe und ging in die Küche, um sich ein Bier aus dem Kühlschrank zu holen. Mit einem Stöhnen nahm er an dem Holztisch Platz und schwor sich, nach Beendigung des Falls endlich einen Physiotherapeuten aufzusuchen, der seinen Rückenproblemen auf den Grund ging.

Gedankenverloren strich er über das gebeizte Holz des alten Eichentisches, den Petra vor Jahren auf einem Flohmarkt entdeckt hatte. Sie liebte alte Möbel und deren Gebrauchsspuren und malte sich häufig aus, welche Geschichten wohl in ihnen stecken mochten.

Die Sehnsucht nach seinen beiden Frauen überfiel ihn mit Macht. Er hatte in den vergangenen Tagen jeweils nur kurz mit ihnen telefoniert, weil ihm die Arbeit einfach keine Zeit für längere Gespräche gelassen hatte. Kristina hatte fröhlich wie immer geklungen und ihm von ihren täglichen Erlebnissen erzählt. Mit ihren elf Jahren war sie noch mehr Kind als junges Mädchen, und er hoffte, dass dies auch noch eine Weile so bleiben würde.

Petra hingegen hatte auch bei diesen Gesprächen verändert geklungen. Gestresst und auf eine nicht gekannte Art abweisend, wenn er zum Beispiel gefragt hatte, was sie am Tag unternommen hätten. Er konnte sich diese Stimmung nicht erklären, zumal sie auf seine Frage, ob etwas sei, immer mit »Nein, alles in Ordnung« geantwortet hatte. Er beschloss, sie nach ihrer Rückkehr darauf anzusprechen. Am frühen Abend würden sie eintreffen, und er nahm sich vor, sie vom Bahnhof abzuholen, komme, was da wolle. Vielleicht waren sie bis dahin mit den Vernehmungen durch und hatten schon ein Geständnis.

Das Bier verstärkte seine Müdigkeit, aber das Adrenalin

in seinem Körper ließ ihn trotzdem nicht zur Ruhe kommen. Kein Gedanke an Schlaf, den er dringend benötigt hätte, wollte er die Vernehmung in einigen Stunden mit einem wenigstens halbwegs klaren Kopf durchstehen.

Bei Lindhardts Verletzung hatte es sich tatsächlich nur um einen Streifschuss gehandelt, was Wengler mit großer Erleichterung erfüllte. Er hatte in der Zwischenzeit die Telefonnummer erhalten, unter der sein Kollege im Krankenhaus zu erreichen war, und wollte ihn am Vormittag anrufen.

Lindhardt hatte gesagt, dass Annika auf ihn geschossen habe. Dann hatte sie unter Umständen auch den Schuss abgegeben, der ihren Einsatz ausgelöst hatte.

Was war der Anlass gewesen? Lukas' Aussage, dass er sich stellen wollte? Alles deutete darauf hin. Sie hatte sich ihrer Festnahme heftig widersetzt und immer wieder nach Lukas gerufen, bevor die dänischen Kollegen sie und ihren Bruder in zwei getrennten Wagen zurück auf die Polizeistation gebracht hatten. Der Rücktransport nach Flensburg war dann in einem Kleinbus der dänischen Polizei erfolgt, und wie der Fahrer Wengler nach der Ankunft in der BKI erzählt hatte, sei Annika die Fahrt über kaum zu beruhigen gewesen. Lukas hingegen habe fast erleichtert gewirkt.

Wengler rieb sich über die Augen und gähnte herzhaft. Er war gespannt, was bei den Vernehmungen herauskommen würde.

***

Hannahs Mitarbeiter waren schockiert gewesen, als sie die Neuigkeit erfuhren, und hatten sich einhellig dafür ausgesprochen, dagegen anzugehen. Die angekündigte Unterstützung hatte Hannah Mut gemacht, und sie hatten vereinbart, sich in den kommenden Tagen einen Schlachtplan zurechtzulegen. In dem Moment hatte Hannah einen Lichtstrahl am Horizont gesehen, aber jetzt, in den frühen Morgenstunden, war sie wieder von tiefer Hoffnungslosigkeit erfüllt. Rastlos irrte sie durch die Wohnung, kein Gedanke an Schlaf. Und ihre Tabletten hatte sie im Büro vergessen.

Dass Klessmann sie kaltstellen wollte, hatte sie immer gewusst. Die Frage war nur, ob diese für sie so plötzlich gekommene Entscheidung von langer Hand vorbereitet worden war oder ob es einen aktuellen Auslöser gegeben hatte. War es möglich, dass Wengler etwas an ihrer Arbeit auszusetzen gehabt hatte? Sie hatte den Eindruck gewonnen, dass er Klessmann ebenso wenig mochte wie sie, also hätte er doch bei Beanstandungen direkt mit ihr gesprochen. Oder nicht?

Der Gedanke hatte sich auf dem Heimweg in ihrem Kopf eingenistet und ließ sich jetzt nicht mehr vertreiben. Sie hatte die Zusammenarbeit mit Wengler als gut empfunden und ihn als einen integren Mann eingestuft. Sollte sie sich geirrt haben? Oder sah sie nur weiße Mäuse?

Sie musste das klären, und zwar in einem persönlichen Gespräch. Allerdings hatte sie durch einen Anruf von Birte Degener erfahren, dass Lukas und Annika Krohn verhaftet worden waren und heute vernommen werden sollten. Also musste sie bis morgen warten, so schwer es ihr auch fiel.

Tag 11

»Keine besonderen Vorkommnisse«, sagte der Kollege, als Wengler ihn am Morgen fragte, wie die letzte Nacht verlaufen sei. Lukas Krohn hatte sich ruhig verhalten, Annika Krohn hatte allerdings ins Krankenhaus eingeliefert werden müssen, weil sie in einem dermaßen aufgewühlten Zustand gewesen sei, dass man sich Sorgen um ihre Gesundheit gemacht habe.

Lukas Krohn hatte tiefe Ränder unter den Augen, als er in das Vernehmungszimmer geführt wurde, in dem Wengler und Reinders bereits auf ihn warteten.

»Wie geht es Annika?«, war seine erste Frage, noch bevor er Platz genommen hatte.

»Sie ist im Krankenhaus«, sagte Wengler, hob aber gleich beruhigend die Hand. »Die Ärzte haben sie ruhiggestellt, es geht ihr so weit gut.«

»Sie hat Angst«, sagte Lukas leise. »Weil wir uns jetzt trennen müssen. Wir waren noch nie in unserem Leben getrennt.«

Wengler ließ ihm einen Augenblick Zeit, klärte ihn dann über seine Rechte auf und sprach die erforderlichen Angaben zu Tag, Ort und Uhrzeit in das Aufnahmegerät. Einen Rechtsbeistand hatte Lukas Krohn abgelehnt.

»Sie und Ihre Schwester sind verdächtig, Ihre Eltern Heike und Manfred Krohn umgebracht zu haben. Möchten Sie sich dazu äußern?«

Lukas Krohn saß aufrecht auf seinem Stuhl, der Blick, mit dem er Wengler ansah, war offen. »Ja, das möchte ich. Annika hat nichts damit zu tun. Ich habe die Eltern umgebracht.«

Die Eltern, nicht meine Eltern, genauso hatte Lukas es bereits in dem Ferienhaus gesagt. Herstellung von Distanz mit einem einzigen Wort.

»Erzählen Sie uns, was passiert ist, Herr Krohn.«

Der junge Mann strich über sein Gesicht. »Ich weiß gar nicht, wo ich anfangen soll.«
»Wo es für Sie richtig erscheint. Lassen Sie sich Zeit.«

Wäre er nicht noch einmal ins Freie gegangen, hätte er nichts mitbekommen. Aber die Glücksgefühle, die ihn seit zwei Wochen umfangen hielten, ließen keine Konzentration auf das Pauken von Matheformeln und englischen Vokabeln zu. Obwohl es dringend nötig gewesen wäre, denn seine schulischen Leistungen waren nicht die besten. Das hätten ihm seine Lehrer nicht sagen müssen, das wusste Lukas Krohn auch so. Aber das hatte ihn schon vor Svenjas Ankunft in seiner Klasse nicht interessiert, und danach tat es das erst recht nicht mehr.

Die Luft war mild in dieser Nacht Ende April, ein Hauch von Frühling lag bereits darin. Am Himmel stand ein runder Mond, der die Umgebung schemenhaft beleuchtete. Während Lukas durch den Wald streifte, der hinter dem Hof begann und in dem er jeden Baum und jeden Strauch kannte, spürte er seine Umgebung mit allen Sinnen. Seit Svenjas Kuss am Nachmittag nach Schulschluss hatte er das Gefühl, als hätten sich all seine Empfindungen im Übermaß verstärkt. »Ich mag dich«, hatte sie gesagt, und er hatte sich wie der König der Welt gefühlt. Svenja Welters, um die jeder Junge herumbalzte, hatte ihn, den Außenseiter, gewählt. Ihn, von dem sich alle fernhielten wegen seiner Unberechenbarkeit und seiner Wutausbrüche, die der kleinste Funke entzünden konnte.

Ich mag dich. Der Satz ging ihm nicht mehr aus dem Kopf, und ihm wurde klar, dass es ihn mit vierzehn Jahren zum ersten Mal so richtig erwischt hatte.

Ein Lächeln lag auf seinem Gesicht, während er seinen Weg durch den Wald fortsetzte und darüber nachdachte, wie es sein würde, wenn Svenja und er sich am nächsten Morgen wiedersähen. Den Kuss hatte niemand mitbekommen, Svenja hatte ihm am Fahrradständer aufgelauert und ihn damit überrumpelt. Ein Zungenkuss, ihm war heiß und kalt geworden, und er hatte es nur mit Mühe geschafft, seine Erregung unter Kontrolle zu halten. Normalerweise ließ er ihr freien Lauf, wenn ihn ein Mädchen anbaggerte, mit zwölf hatte er seine ersten sexuellen Erfahrungen gemacht. Er war nie zimperlich gewesen, Zärtlichkeiten waren ihm fremd. Den Mädchen schien es zu gefallen, jedenfalls hatte sich nie eine beschwert und gefordert, dass er ihr heiße Liebesschwüre ins Ohr flüstern solle.

Mit Svenja war alles anders. Sie war erst vor zwei Wochen in seine Klasse gekommen und hatte ihn von der ersten Sekunde an verzaubert. Ihre braunen Locken, die grünen Katzenaugen; er träumte jede Nacht davon, wie er ihren geschmeidigen Körper an seinen pressen würde. Sie halten, einfach nur halten und nie wieder loslassen. Ihr tausend Verrücktheiten zuraunen und sich über ihr warmes Lächeln freuen. Am Strand mit ihr liegen und in die Sterne schauen. Sein Inneres wurde ganz weich bei diesen Gedanken, und er kannte sich selbst nicht mehr.

Wie würde sie sich morgen verhalten? Er fieberte dem Wiedersehen entgegen, und gleichzeitig verursachte ihm der Gedanke daran ein flaues Gefühl im Magen. Was, wenn alles nur ein Scherz für sie gewesen war und sie ihn ignorieren würde? Wie sollte er sich dann verhalten? Er schüttelte den Kopf. Nein, nicht Svenja. Sie war nicht wie die anderen Mädchen, die ihre Meinung alle naselang änderten und jeden Tag ein entsetzliches Zickentheater aufführten. Svenja war etwas Besonderes, und er würde alles tun, um sie zu halten.

Ein Motorengeräusch drängte sich in seine Gedanken. Erst leise, dann lauter, bis er es nicht mehr ignorieren konnte. Es schien von dem Landwirtschaftsweg am Ende des Waldes zu kommen. Wer war jetzt noch in dieser Einöde unterwegs, wo sich Hase und Igel schon lange Gute Nacht gesagt hatten?

Langsam ging Lukas weiter, neugierig geworden. Der Weg verlief in Richtung zweier Äcker, von denen der größere Klaas Brodersen gehörte. Auf der anderen Seite lag ein kleiner Acker, auf dem offensichtlich nichts angebaut wurde. Lukas hatte keine Ahnung, ob es hier überhaupt einen Besitzer gab, jedenfalls war ihm bei seinen Streifzügen noch nie aufgefallen, dass der Acker bestellt wurde.

Das Motorengeräusch erstarb, und als Lukas das Ende des Waldes erreicht hatte, sah er, dass ein Wagen neben dem Acker stehen geblieben war. Er stutzte, als er den alten Citroën seines Vaters erkannte. Was machte der Alte hier?

Lukas duckte sich hinter ein Gebüsch und beobachtete, wie sein Vater ausstieg, nach hinten ging und die Kofferraumklappe öffnete. Er fummelte an etwas herum und stieß dabei eine Reihe von Flüchen aus.

Lukas wollte näher heranschleichen, da knackte ein Ast unter seinen Füßen, und er erstarrte. Er sah, wie sein Vater herumgefahren war und jetzt in seine Richtung blickte.

Offensichtlich hatte er das Geräusch ebenfalls gehört. »Wer ist da?«

Als sich der Alte in Bewegung setzte und in seine Richtung kam, sprang Lukas auf. Nur weg hier! Wenn sein Vater ihn entdeckte, würde es Prügel setzen, weil er sich noch draußen rumtrieb.

Eine Baumwurzel stoppte Lukas' Flucht. Hastig rappelte er sich wieder hoch, aber es gab kein Entrinnen, da der Alte schon hinter ihm war und seinen Kragen packte.

»Lukas ... was treibst du hier?«

Der Alte stand jetzt ganz nah vor ihm, und die Wut in seinen Augen erschreckte Lukas zu Tode. Das war nicht der Mann, der ihn verdrosch, wenn ihm gerade mal wieder danach war. Wenn Lukas sich schützend vor Annika stellte und auch die für sie gedachten Prügel einsteckte.

Dieser Mann hier war ein Fremder. Den Lukas bei etwas gestört hatte und der sich jetzt dafür rächen würde.

Lukas duckte sich unwillkürlich, als der Alte die rechte Hand erhob. Aber der erwartete Schlag blieb aus. Stattdessen ließ der Alte ihn los und trat einen Schritt zurück. Für einen Moment sah er Lukas abschätzend an, dann packte er ihn am Arm und zog ihn in Richtung des Wagens. »Wenn du schon hier rumstromerst, kannst du mir auch helfen.«

Willenlos ließ Lukas sich mitziehen. Gegenwehr hatte keinen Zweck, das wusste er, sein Vater war ihm an Kraft weit überlegen.

Am Wagen blieb der Alte stehen und deutete in den Kofferraum. »Wir müssen sie vergraben.«

Im ersten Moment glaubte Lukas, sich im falschen Film zu befinden. Nein, das konnte nicht sein. Voller Entsetzen schloss er die Augen, in der Hoffnung, in einem bösen Traum herumzuirren, aus dem er gleich wieder erwachen würde. Da traf ihn ein Fausthieb des Alten in die Rippen, und Lukas begriff, dass er sich in der Realität befand und in dem Wagen vor ihm eine Frauenleiche lag. Der Mond warf sein gnadenloses Licht auf einen schlanken und mit Hämatomen übersäten nackten Körper, der zu einem Teil von einer schwarzen Plane verdeckt war. Auf ein zugeschwollenes Gesicht und blicklose, weit aufgerissene Augen, in denen nacktes Entsetzen stand.

Lukas taumelte und hielt sich am Wagen fest, bis der Alte ihm einen erneuten Schlag versetzte.

»Jetzt stell dich nicht so an. Sie muss weg, und wir haben nicht die ganze Nacht Zeit.«

Lukas schwieg und bat um ein Glas Wasser. Als Wengler mit dem Gewünschten zurückkehrte und einen kurzen Blick mit Reinders wechselte, sah er, dass auch seinem Kollegen das Gehörte zugesetzt hatte. »Ihr Vater hat Sie gezwungen, die Leiche zu vergraben?«

»Ja.« Lukas nickte mechanisch, als hinge sein Kopf an unsichtbaren Fäden. »Das Grab hatte er bereits auf dem Acker ausgehoben, ich musste die Leiche in die Plane wickeln. Zwischendurch ist mir schlecht geworden, und ich musste kotzen, aber das hat den Alten nicht interessiert. Er hat mich gezwungen, weiterzumachen, und stand seelenruhig daneben, bis ich fertig war. Dann haben wir die Leiche hochgehoben und in das Grab geworfen. Es war schrecklich.« Zum ersten Mal seit Beginn der Vernehmung stockte Lukas Krohns Stimme.

»Sollen wir eine Pause machen?«, fragte Reinders.

»Nein. Ich will das hinter mich bringen.« Lukas trank einen großen Schluck und schien sich wieder gefangen zu haben.

»Wie ist es in dieser Nacht weitergegangen?«

Lukas griff erneut zum Glas, aber er trank nicht. Seine Finger krampften sich um das Gefäß.

»Ich hatte keine Ahnung, was eigentlich passiert war. Nachdem wir das Grab wieder zugeschaufelt hatten, hat der Alte mich gezwungen, im Wagen mit ihm zurückzufahren. Während der Fahrt hat er mir gedroht, dass Annika endgültig fällig wäre, wenn ich irgendjemandem von der Sache erzählen würde. Er wusste ganz genau, dass ich diese Drohung ernst nehmen würde, denn ich hatte meine Schwester ja bereits vorher vor ihm beschützen müssen.«

»Meinen Sie damit, dass Ihr Vater versucht hatte, sich an Ihrer Schwester zu vergehen?«, fragte Wengler.

»Ja.«

»Wusste Ihre Mutter davon?«

»Sie hat es geleugnet. Aber ich bin mir sicher, dass sie es wusste.«

»Noch mal zu dieser Nacht, Herr Krohn. Hat Ihr Vater Ihnen eine Erklärung bezüglich der Toten gegeben?«

Lukas stieß ein ersticktes Lachen aus. »Der Alte war es gewohnt, dass sich jeder seinem Willen fügte. Erklärungen von seiner Seite waren nicht vorgesehen.«

»Wie ging es dann weiter?«

»Als wir zu Hause waren, bin ich sofort auf mein Zimmer und habe mich im Bett verkrochen. Zum Frühstück bin ich nicht runtergegangen, ich hätte dem Alten nicht in die Augen sehen können. Ich wollte nicht zur Schule, aber zu Hause wollte ich auch nicht bleiben. Also habe ich mich dann doch aufgerafft und bin mit Annika los. Wir gingen in dieselbe Klasse. Sie hat natürlich mitbekommen, dass etwas mit mir war, aber ich habe es damit zu erklären versucht, dass ich Stress mit einem Mädchen habe.« Der Ausdruck in seinen Augen wurde hart. »Das stimmte sogar.«

»Was ist denn los, Lukas? Ich dachte –«
»Was dachtest du? Dass wir jetzt zusammen sind?« Das Lachen blieb ihm im Hals stecken. »Mensch, Svenja, du bist ja noch dämlicher, als ich dachte. Bloß weil wir gestern ein bisschen rumgeknutscht haben?«
Er wandte sich ab, als er den Ausdruck in ihren Augen sah, die aufsteigenden Tränen. Die Hand auf seiner Schulter, die ihn aufzuhalten versuchte, schüttelte er ab. Aber sie ließ nicht locker und trat ihm in den Weg.
»Du hast gesagt, dass du mich magst und ich dir wichtig bin. Was ist denn seit gestern passiert, dass du dich plötzlich so abweisend verhältst?«
Er hätte alles dafür gegeben, sie in den Arm zu nehmen. Noch einmal ihren Körper an seinem zu spüren, ihre weichen Lippen, den Duft ihrer Haare in sich aufzusaugen. Aber das durfte nicht sein. Er war der Sohn eines Mörders und hatte sich mitschuldig gemacht. Sie hatte etwas Besseres verdient als ihn.
»Lass mich in Ruh!«
Er stieß sie von sich, als sie ihre Arme nach ihm ausstreckte, so grob, dass sie zu Boden fiel. Den fassungslosen Ausdruck in ihren Augen würde er im Leben nicht mehr vergessen. Ein Schluchzen stieg in seiner Kehle empor, und er rannte davon, bevor sie die Tränen in seinen Augen sehen konnte.

»Warum sind Sie nicht zur Polizei gegangen?«, fragte Wengler.
»Weil ich Angst um Annika hatte. Der Alte hätte immer einen Weg gefunden, ihr etwas anzutun, wenn ich ausgesagt hätte.«
»Ihr Vater wäre verhaftet worden und hätte selbst ohne ein

Geständnis aufgrund von DNA-Spuren an der Leiche überführt werden können.«

»Ich weiß, dass Sie das nicht verstehen können«, sagte Lukas leise. »Seit ich denken kann, haben wir in einer Atmosphäre der Angst und Gewalt gelebt. Es gab keinen Widerstand gegen den Alten. Sein Wort war Gesetz. Man tat nichts gegen seinen Willen.«

»Haben Sie nicht mit Ihrer Mutter darüber gesprochen? Oder mit Ihrer Schwester?«

Es dauerte eine Weile bis Lukas wieder sprach. »Nach einer Woche war ich am Ende. Ich konnte nichts mehr essen, weil mir nur noch schlecht war, und an Schlaf war auch kaum noch zu denken. Da habe ich mir endlich ein Herz gefasst und mich meiner Mutter anvertraut.« Er strich über seine Stirn, auf der jetzt Schweißperlen standen. »Ich wünschte, ich hätte es nicht getan.«

»Warum nicht?«, fragte Wengler.

»Es gibt Dinge, die dich nichts angehen, Lukas!« Das Gesicht seiner Mutter war hart geworden.

»Aber, Mama, er hat mich gezwungen, eine tote Frau zu vergraben!«

Seit einer Woche lag seine Welt in Trümmern. Kein Stein war auf dem anderen geblieben. Er kannte die Gewalt, oh ja, er kannte sie gut, und er konnte sich überhaupt nicht mehr an ein Leben ohne erinnern. Schläge vom Alten, seit frühester Kindheit, egal, ob er etwas angestellt hatte oder nicht. Kein Tag in Sicherheit, immer die Angst vor der nächsten Attacke. Dann irgendwann auch noch die Angst um Annika, als aus dem Kind eine Frau wurde und er alles daransetzte, sie dem Zugriff des Alten zu entziehen, und dafür weitere Prügel kassierte.

Und immer in ihrer Nähe – und doch so weit entfernt – sie. Heike, ihre Mutter, die alles mitbekam und ihnen niemals zu Hilfe eilte. Er hatte es damit entschuldigt, dass sie zu schwach sei, dass sie Angst habe, gegen ihren Mann aufzubegehren.

Angst habe, dass dieser sie verließe, obwohl ein Leben ohne ihn doch das Paradies für sie hätte sein müssen.
»Es gibt Dinge, die dich nichts angehen, Lukas!«
Aber jetzt, in dieser Sekunde, nach diesem Satz, begriff er. Nichts von dem, was er geglaubt hatte, traf zu. Sie war an der Untat beteiligt gewesen oder hatte zumindest davon gewusst, und das Geschehene schien sie nicht im Mindesten zu rühren. Ebenso wenig wie das, was sein Vater ihm seit Jahren antat.

»Ihre Mutter war an dieser ersten Tat und auch an allen weiteren beteiligt, Herr Krohn«, sagte Wengler. »Sie hat mit Ihrem Vater zusammen weitere sechs Frauen angelockt und in ihr Haus gebracht. Dort wurden die Frauen in einem geheimen Raum gefangen gehalten, sexuell missbraucht und misshandelt, bis sie schließlich gestorben sind. Ob nur Ihr Vater für den Tod der Frauen verantwortlich war oder sich auch Ihre Mutter oder vielleicht sogar weitere Personen an den Verbrechen beteiligt haben, muss noch ermittelt werden.«

Lukas Krohn tat ihm auf eine Weise leid, weil er ebenso Opfer wie Täter war, aber jetzt galt es, herauszufinden, ob der junge Mann oder auch seine Schwester einen Anteil an den Verbrechen hatten. Deshalb hatte sich Wengler entschlossen, die Samthandschuhe auszuziehen. »Das Ganze begann 2011 und ging bis heute. Die letzte Leiche wurde erst vor wenigen Tagen begraben. Was haben Sie davon gewusst?«

Lukas hatte während Wenglers Worten gestutzt. »Moment mal, haben Sie gerade ›sechs Frauen‹ gesagt?«

»Einer der Frauen ist die Flucht gelungen«, klärte Reinders ihn auf. »Weil Ihr Vater offensichtlich vergessen hatte, die Tür zu dem geheimen Raum abzuschließen, und eine Außentür ebenfalls offen stand.«

Lukas nickte und wirkte für einen Moment erleichtert.

»Sie wussten von den Frauen, nicht wahr, Herr Krohn?«

Lukas starrte vor sich hin und schien auf einmal weit weg zu sein.

»Herr Krohn, bitte!«
»Ja.«
»Woher?«
»Ich musste auch sie begraben.«

Wenn er die Mathearbeit am nächsten Tag auch noch vergeigte, wäre seine Versetzung gefährdet. Er wusste das, und seine Eltern wussten es auch, denn sie waren zur Schule bestellt worden, weil die Lehrer wissen wollten, warum es mit seinen Leistungen stetig bergab ging. Lukas hatte keine Ahnung, wie das Gespräch abgelaufen war, denn niemand hatte anschließend mit ihm darüber gesprochen. Selbst seine Klassenlehrerin nicht, was ihn verwunderte, denn sie gab sich wirklich Mühe mit ihm, obwohl er es ihr nicht dankte.

Es war ihm egal, wie es in der Schule weiterginge. Seit dieser grauenhaften Nacht vor mehr als einem Jahr war ihm alles egal.

Die Zimmertür flog auf. Lukas zuckte zusammen und hätte sich am liebsten unter dem Bett verkrochen, wie in seiner Kindheit, wenn der Alte zu ihm ins Zimmer kam. Das Flurlicht brannte, wie ein unheilvoller Schatten stand sein Vater in der Tür. »Komm mit!«

Lukas warf einen schnellen Blick auf den Wecker am Bett. Fast zehn Uhr abends. Was wollte der Alte um diese Zeit?

»*Na, los doch. Mitkommen, hab ich gesagt!*«

Widerspruchslos erhob sich Lukas. Er folgte dem Alten ins Freie und sah, dass es zu schneien begonnen hatte. Ganz sacht fielen die Flocken zu Boden, kein Windhauch ging, und am Himmel funkelten die Sterne. Lukas blieb einen Augenblick lang stehen und hob sein Gesicht zum Himmel empor. Der Schnee bedeckte es mit unschuldigem Weiß, Lukas schloss die Augen und wünschte sich weit fort.

Svenja ging jetzt mit Malte. Die beiden Tag für Tag zusammen zu sehen war wie eine schwärende Wunde, die sich niemals schließen würde. Für sie war er Luft, und das war so viel schmerzhafter, als wenn sie ihm mit offener Ablehnung und

bösen Worten begegnet wäre. Dann hätte er das Gefühl gehabt, dass es wenigstens noch eine Verbindung zwischen ihnen gäbe, dass er ihr trotz seines unmöglichen Verhaltens vielleicht doch nicht ganz gleichgültig wäre. Wut und Hass waren starke Gefühle, und solange sie vorherrschten, war man mit dem anderen noch nicht fertig.
»*Lukas!*«
Der Alte stand hinter seinem Wagen, der neben einer mannshohen Forsythie parkte, die einen großen Teil der Hauswand bedeckte. Lukas starrte auf den geschlossenen Kofferraum, und ein eisiger Schreck fuhr durch seine Glieder.
Bitte nicht!

Lukas Krohn schilderte, wie ihn sein Vater gezwungen hatte, eine weitere Tote auf dem Acker zu begraben. Während der Aussage liefen Tränen über sein Gesicht, und er musste mehrere Male innehalten, bis er alles erzählt hatte.
»Hat Ihr Vater Ihnen dieses Mal eine Erklärung gegeben?«
»Nein. Er hat nur wieder damit gedroht, dass er Annika etwas antun würde, wenn ich mit irgendjemandem über die Sache rede.«
»Haben Sie sich daran gehalten?«
»Ja.«

Wengler beschloss eine Unterbrechung der Vernehmung, weil er sich mit Reinders besprechen wollte. Sie versorgten sich mit frischem Kaffee und gingen in sein Büro.
»Warum ist der Junge nicht zur Polizei gegangen?«, überlegte Wengler. »Kannst du dieses Verhalten nachvollziehen? Denn laut seiner Aussage hat er ja auch die anderen vier Frauen begraben müssen. Da muss doch irgendwann mal ein Schalter in seinem Kopf umgelegt worden sein. Er hätte vier weitere Morde verhindern können.«
Reinders hatte sich auf dem Besucherstuhl vor Wenglers Schreibtisch niedergelassen und pustete gedankenverloren in

seinen Kaffee. »Ich könnte mir vorstellen, dass ihm die Gründe für sein Schweigen selbst nicht gänzlich bewusst sind. Er erklärt es mit seiner Angst um Annika, und dieses Argument erscheint mir auch logisch. Aber wer weiß, was da noch alles mit reingespielt hat.«

Wenglers Handy begann zu klingeln. Er lauschte dem Anrufer mit zunehmender Erregung und beendete das Telefonat schließlich mit den Worten: »Danke für die Info.«

»Was ist passiert?«, fragte Reinders.

»Das war der Kollege aus dem Krankenhaus. Annika Krohn hat vor einer Stunde einen Suizidversuch unternommen. Zum Glück wurde sie rechtzeitig gefunden, aber ihr psychischer Zustand gibt wohl Anlass zu großer Sorge. Sie liegt jetzt in der Geschlossenen.«

»Ach, du Elend!« Reinders stellte seinen Kaffeebecher auf dem Schreibtisch ab. »Willst du es Lukas sofort oder erst am Ende der Vernehmung sagen?«

»Er hat ein Recht darauf, es sofort zu erfahren.«

Zu ihrer beider Erstaunen nahm Lukas Krohn die Nachricht fast gleichmütig auf. »Ich habe mein Leben lang versucht, Annika zu beschützen, aber jetzt kann ich nichts mehr für sie tun«, lautete sein einziger Kommentar.

Wengler spürte diesem Satz nach. Nach allem, was sie bis jetzt erfahren hatten, war Lukas bis zur Selbstverleugnung für Annika da gewesen. Er musste diese Verantwortung als eine Last empfunden haben, egal, wie sehr er seine Schwester liebte. Aber erst jetzt hatte er die Möglichkeit, sich von Annika zu lösen. Was für eine tragische Situation.

Wengler wollte das Thema für den Moment nicht vertiefen und setzte die Vernehmung fort. »Dann haben Sie also auch von der Anwesenheit der zweiten Frau nichts mitbekommen?«

»Nein.«

»Und Sie wussten auch nichts von diesem geheimen Raum?«

»Nein.«

»Es fällt mir schwer, das zu glauben, Herr Krohn«, sagte Wengler.

»Aber es stimmt!« Lukas fuhr sich mit beiden Händen durch die Haare. »Mir ist klar, dass das schwer verständlich für Sie sein muss.« Er sah Wengler mit einem hilflosen Ausdruck an. »Ich bin doch nach dem ersten Mal nicht davon ausgegangen, dass es sich wiederholen würde. Ich habe gedacht, dass der Alte die Frau irgendwo aufgegabelt hat und dann irgendwas ... na ja, passiert ist. Auf die Idee, dass sie in unserem Haus gefangen gehalten wurde, bin ich im Leben nicht gekommen. Aber nach dem zweiten Mal ...«

In der kommenden Nacht hatte er sich ins Freie geschlichen, um den Ablauf des Vorabends noch einmal zu rekonstruieren.

Der Wagen hatte am Haus geparkt, und die Leiche hatte sich bereits im Kofferraum befunden, also musste der Alte die Frau irgendwo auf dem Hof versteckt gehalten und auch umgebracht haben. Eine andere Möglichkeit erschien Lukas unwahrscheinlich.

Als Erstes sah er sich in dem kleinen Stall und der Scheune um. Aber außer Gerümpel und dem schon lange ausrangierten Traktor fand er dort nichts. Der Alte baute seit einigen Jahren Mais an und mietete die für Aussaat und Ernte erforderlichen Maschinen an, weil dies billiger war, als eigene zu unterhalten.

Auch in dieser Nacht schneite es wieder, und der Schnee bedeckte rasch hinter ihm die Spuren, als Lukas von der Scheune zum Haus hinüberlief. In vier Tagen war Heiligabend, und er rief sich die Weihnachtstage seiner Kindheit ins Gedächtnis. Nur wenige waren friedlich verlaufen, an den meisten hatte der Alte wie immer zu viel gesoffen und anschließend seine Aggressionen an ihnen ausgelassen. Nein, nicht an ihnen, an ihm. Lukas wusste nicht, warum er das bevorzugte Ziel seines Vaters war, und irgendwann hatte er es aufgegeben, darüber nachzudenken, und es hingenommen. Wenn die anderen Kinder in seiner Klasse darüber sprachen, wie sehr sie sich auf

Weihnachten freuten, auf die Geschenke, die ihre Eltern ihnen unter den Tannenbaum legen würden, hatte er sich abwenden müssen, damit sie seine Tränen nicht sahen. Er sehnte sich nach Verwandten, zu denen Annika und er fliehen könnten, wenigstens über diese Tage, aber außer ihnen beiden und den Eltern gab es niemanden.

Der Forsythienstrauch war jetzt Lukas' Ziel, denn dort hatte der Wagen gestanden, und der Gedanke, dass sich die Frau womöglich im Haus befunden hatte, nahm Gestalt in seinem Kopf an. Allerdings hätte er nicht gewusst, wo, denn er kannte doch alles, und irgendwelche Geheimräume gab es schließlich nur in Krimis. Außerdem war ihm nie etwas aufgefallen, was auf die Anwesenheit eines weiteren Menschen im Haus hingedeutet hätte.

Der Busch war schon seit Jahren nicht mehr geschnitten worden und hatte sich in alle Richtungen ausgebreitet. Er war schwer von Schnee, und nachdem sich Lukas einen Weg zur Hauswand gebahnt hatte, war seine Jacke von Feuchtigkeit nass. Er knipste seine Taschenlampe an, ließ den Lichtstrahl über die Wand gleiten und entdeckte eine Tür, aus massivem Holz und von der gleichen Farbe wie die Mauer. Sie war verschlossen, und Lukas fragte sich, ob der Alte die Tote auf diesem Weg ins Freie gebracht hatte. Die Sache ließ ihm keine Ruhe, und er überlegte hin und her, wie er die Tür aufbekommen könnte. Die Schlüssel für Haustür, Scheune und Stall hingen an einem Bord im Flur, aber einen Schüssel für diese Tür fand Lukas nicht. Sehr wahrscheinlich trug der Alte ihn bei sich. Mit Gewalt aufbrechen konnte Lukas sie nicht, der Alte hätte sofort gewusst, dass er es gewesen wäre.

»An dem Punkt habe ich mich Annika anvertraut«, sagte Lukas. »Ich konnte die Sache nicht länger für mich behalten, und zu meiner Mutter konnte ich nicht gehen, weil sie ja in irgendeiner Weise an den Verbrechen beteiligt gewesen zu sein schien. Aber ich brauchte einen Rat, was ich tun sollte.«

»Wie hat Ihre Schwester reagiert?«, fragte Wengler. »Hatte sie etwas von den Vorgängen mitbekommen?«

»Nein, genauso wenig wie ich. Annika war total geschockt und hat mich angefleht, nicht zur Polizei zu gehen.«

»Nein, Lukas, bitte, tu das nicht!« Annika klammerte sich an ihm fest.

Schon während er die Worte ausgesprochen und ihren immer entsetzter werdenden Gesichtsausdruck wahrgenommen hatte, war ihm klar geworden, dass er einen Fehler begangen hatte. Er hätte es ihr nicht sagen dürfen. Seit ihrer Kindheit hatte sie panische Angst vor einer Trennung von ihm gehabt, und die würde unweigerlich erfolgen, wenn er zur Polizei ginge und seinen Vater anzeigte. Er selbst war schon strafmündig gewesen, als er dem Alten geholfen hatte, die erste Leiche zu vergraben. Aber selbst wenn man ihn nicht verhaften und ins Gefängnis werfen würde, würden Annika und er auseinandergerissen werden. Die Anhänglichkeit seiner Schwester hatte sich in den vergangenen Jahren zu einer stetigen Abhängigkeit ausgewachsen, die weit über das normale Maß zwischen Geschwistern, selbst zwischen Zwillingen, hinausging. Das war ihm bewusst, aber wie hätte er diesen Zustand beenden können, ohne sie preiszugeben?

»Nach diesem Gespräch hat Annika angefangen, sich zu ritzen«, fuhr Lukas fort. »Außerdem hat sie ständig damit gedroht, sich umzubringen, falls ich zur Polizei gehen sollte. Ich wusste mir keinen Rat mehr, und ich hatte niemanden, dem ich mich sonst noch anvertrauen konnte. Am liebsten wäre ich fortgegangen und nie mehr zurückgekommen. Aber ich konnte Annika doch nicht im Stich lassen, ich war doch für sie verantwortlich.«

Diese Aussage bestätigte Wenglers Vermutung: Lukas war von Annika massiv unter Druck gesetzt worden, hatte aber keine Möglichkeit gesehen, der Situation zu entkommen, da sein Verantwortungsgefühl überwog.

»Haben Sie noch einmal mit Ihrer Mutter gesprochen und

herauszufinden versucht, was ihr Anteil an den beiden Verbrechen war?«, fragte Wengler.

»Ja, einmal, aber sie hat mich wieder abgewiesen und gesagt, dass es mich nichts anginge.« Lukas trank einen großen Schluck. »Meine Mutter ist eine sehr harte Frau. Vielleicht hat die Ehe mit meinem Vater sie dazu gemacht, vielleicht ist es aber auch ihr Charakter. Keine Ahnung. Ich kann mich nicht erinnern, dass sie Annika oder mich einmal in den Arm genommen oder geküsst hätte. Nicht einmal, als wir noch Kinder waren.«

»Hat Ihre Mutter Sie und Ihre Schwester vernachlässigt?«

»Nicht so, wie man sich das allgemein vorstellt. Sie hat sich darum gekümmert, dass wir zu essen und zu trinken hatten, hat unsere Klamotten in Ordnung gehalten und dafür gesorgt, dass wir pünktlich zur Schule gingen. Vernachlässigt hat sie uns emotional.«

»Hat Ihre Mutter mitbekommen, dass Annika sich ritzte?«

»Annika hat behauptet, nein, und selbst wenn es so gewesen wäre, glaube ich nicht, dass es meine Mutter interessiert hätte. Ich hatte in den letzten Jahren häufig das Gefühl, dass sie uns gar nicht mehr richtig wahrnimmt und froh wäre, wenn wir verschwänden. Das hätten wir am liebsten auch getan, aber wir hatten kein Geld. Nach der Schule habe ich als Kfz-Mechaniker gearbeitet, und Annika ist putzen gegangen. Wir hätten uns nie eine eigene Wohnung leisten können.«

»Haben Sie die Suche nach dem Schlüssel der Außentür fortgesetzt?«, fragte Wengler nach einer Weile.

Lukas nickte und erzählte von seinen Bemühungen, den Schlüssel zu finden und den Ort aufzuspüren, an dem sich die Frauen im Haus befunden haben mussten. Immer wieder hatte er das Schlüsselbord im Flur überprüft, ob dort zusätzliche Schlüssel hingen. Aber er hatte kein Glück, und so begann er, in den Abwesenheitszeiten seiner Eltern das ganze Haus zu durchsuchen. Ohne Erfolg. Irgendwann hatte er aufgegeben und versucht, das Geschehene zu vergessen.

Bis der Alte ihn gezwungen hatte, wieder eine Frau zu begraben ...

Um einundzwanzig Uhr beendete Wengler die Vernehmung. Er war erschöpft und gähnte herzhaft, als er mit Reinders in sein Büro zurückging, froh darüber, dass sie es für heute hinter sich hatten.

In den zurückliegenden Stunden hatte Lukas auch die letzten Fragen beantwortet. Er war auf den geheimen Raum und die beiden Gänge dorthin erst aufmerksam geworden, als es an die Beseitigung der sechsten Leiche gegangen war. Wieder hatte ihn sein Vater am Abend aus seinem Zimmer geholt, allerdings war die Leiche dieses Mal noch nicht im Kofferraum des Wagens gewesen. Lukas hatte sie aus dem Raum holen müssen, den er in diesem Moment zum ersten Mal zu Gesicht bekam.

Der Alte ließ ihn allein fahren. Er war an diesem Abend sehr nervös gewesen, am Nachmittag hatte Lukas gehört, dass seine Eltern einen heftigen Streit gehabt hatten.

Lukas hatte nur ein flaches Grab ausgehoben, da er es eilig hatte. Am Vormittag hatte er endlich die schon vor Wochen im Darknet bestellte Pistole aus der Packstation abholen können, und jetzt wollte er keine Sekunde länger warten. Den Mord an seinen Eltern hatte er schon länger geplant, denn solange diese noch am Leben waren, würden sie ihre Gräueltaten fortsetzen, davon war er mittlerweile überzeugt. Außerdem würden Annika und er niemals frei sein. Er lockte seine Eltern unter einem Vorwand in die Scheune, wo er sie erschoss und ihre Leichen im Kofferraum des Wagens verstaute. Noch in der Nacht brachte er sie in das nahe gelegene Waldstück, wo er sie begrub. Am frühen Morgen hatte er Annika in die Geschehnisse der vergangenen Nacht eingeweiht und den anonymen Anruf gemacht. Bevor er und seine Schwester sich absetzten, hatte er noch den Brief mit den Polaroids, die er in der Nachttischschublade seines Vaters entdeckt hatte, in die Post gegeben.

»Glaubst du, was Krohn in Bezug auf die Polaroids und die Kreuze ausgesagt hat?«, fragte Reinders. In Ermangelung eines frischen Kaffees hatte er sich am Automaten bedient und warf jetzt einen misstrauischen Blick in seinen Pappbecher.

»Ja, denn wir hatten die gleiche Vermutung.« Wengler dehnte sich, seinem Rücken war das stundenlange Sitzen überhaupt nicht bekommen. »Die Polaroids sollten uns bei der Identifizierung helfen, und die Kreuze waren seine Art, Abbitte zu leisten. Auch bei seinen Eltern.«

»Normal ist das nicht«, sagte Reinders. »Angeblich wurde Lukas in den letzten Jahren gezwungen, sechs Frauen zu begraben. Da wäre doch jeder andere irgendwann zur Polizei gegangen.«

»Du kannst diese Familie aber nicht mit normalen Maßstäben messen.«

Das Schicksal des jungen Mannes ging Wengler trotzdem nah, auch wenn Lukas große Schuld auf sich geladen hatte. Ein Leben voller Gewalt, ein Mensch, der nicht nur Täter, sondern auch immer ein Opfer gewesen war. Und am Ende musste er sich aufgrund der Drohung seiner Schwester, Suizid zu begehen, sollte er zur Polizei gehen, wie in einer Falle gefühlt haben.

Eine Sache hatte sich allerdings noch nicht zu Wenglers Zufriedenheit geklärt, und das war die Frage, ob die Zwillinge wirklich nichts von den Vorgängen im Haus mitbekommen hatten. Hier würden weitere Vernehmungen in den kommenden Tagen hoffentlich Klarheit bringen. Dass die Zwillinge an den Misshandlungen und dem Tod der Frauen einen Anteil trugen, zog er nicht mehr in Betracht.

Wengler fuhr den Computer herunter. Für heute hatte er genug von menschlichen Abgründen. »Lass uns nach Hause gehen, Olaf. Ich bin platt.«

»Nicht nur du.« Sein Kollege erhob sich und ging zur Tür, wo er noch einmal stehen blieb. »Sag mal, was ich dich die ganze Zeit schon fragen wollte: Wann kommen denn eigentlich Petra und Kristina zurück? Hattest du nicht was von dieser Woche gesagt?«

Wengler warf ihm einen entgeisterten Blick zu und sprang im nächsten Moment von seinem Stuhl. »Ach du Scheiße! Die hab ich ja total vergessen.« Er griff nach seiner Jacke, drängte sich an Reinders vorbei und rannte den Flur hinunter.

Tag 12

Am Vorabend hatte Wengler an der Tankstelle den letzten Blumenstrauß ergattert. Weiße Rosen, von denen einige schon die Köpfe hängen ließen. Er ärgerte sich maßlos, dass er über der Vernehmung die Rückkehr seiner Familie vergessen hatte. Zum Glück hatte er ihnen keine Abholung vom Bahnhof angekündigt, und er versuchte sich damit zu beruhigen, dass er es wegen der Vernehmung sowieso nicht geschafft hätte.

Petra hatte angesichts der Blumen kurz ihre rechte Augenbraue hochgezogen, ihn aber trotzdem mit einem Kuss begrüßt. Kristina war bereits im Bett gewesen, hatte sein Eintreffen aber mitbekommen und ihm sofort von den letzten Urlaubstagen erzählt, die ohne ihren Papa nur halb so schön gewesen seien. Er hatte sich an ihrem munteren Geplapper erfreut und seie überglücklich gewesen, seine beiden Frauen endlich wieder bei sich zu haben.

Von dem aktuellen Fall hatte er trotz Petras Fragen nur wenig erzählt, weil er sie nicht damit belasten wollte. Sie hatten noch eine kurze Zeit zusammengesessen und geredet, nachdem Kristina wieder ins Bett gegangen war. Petra hatte von den restlichen Urlaubstagen erzählt, und das Gefühl, dass irgendetwas mit ihr los war, hatte sich in ihm verstärkt. Seine Frau hatte unkonzentriert gewirkt und häufig seinen Blick gemieden. Nachdem sie schließlich zu Bett gegangen waren, hatte sie sich ihm mit den Worten, dass sie sehr müde sei, entzogen.

»Wieso bist du schon wach?«, fragte er jetzt, als er sie im Bademantel mit einer Tasse Kaffee in der Küche vorfand. Es war sieben Uhr morgens, außerdem Samstag, sie hätte doch ausschlafen können. »Wolltest du mir etwa Frühstück machen?«

Sie lächelte etwas verkrampft, wie ihm schien. Da er meistens früher losmusste, waren sie übereingekommen, dass Petra nicht gleichzeitig mit ihm aufstand. Schließlich war er in der Lage, sich sein Frühstück selbst zu machen. Außerdem war er ein Morgenmuffel, der sich in der ersten wachen Stunde des Tages gern vor sein Notebook setzte, um die wichtigsten Zeitungen durchzusehen.

»Ich konnte nicht mehr schlafen.« Ihre Hände umklammerten den Kaffeebecher, als wäre ihr kalt.

Wengler nahm sich ebenfalls einen Kaffee und setzte sich an den Küchentisch. »Was ist los, Petra? Du hast schon in unseren Telefonaten so komisch geklungen. Bedrückt dich irgendetwas?«

Dieses Mal wich sie seinem Blick nicht aus. »Es gibt eine Sache, über die ich mit dir sprechen muss. Wann bist du heute Abend zu Hause?«

Er blickte auf seine Armbanduhr. »Wir können auch jetzt reden. Einen Augenblick habe ich noch.«

Petra schüttelte den Kopf. »Nein, nicht zwischen Tür und Angel.«

Unruhe stieg in ihm auf. Er wollte nachhaken, aber er kannte seine Frau. Wenn sie nicht wollte, dann wollte sie nicht. Und vielleicht war es wirklich besser, wenn sie das Gespräch auf den Abend vertagten, denn wenn er auf dem Sprung war, war er kein guter Gesprächspartner. »Ich bin so gegen sechs hier.«

Petra nickte, leerte ihren Kaffeebecher und stellte ihn in die Spüle. »Okay, dann bis heute Abend.« Auf dem Weg zur Tür strich sie kurz über seinen Arm, dann verließ sie den Raum und ging ins Schlafzimmer zurück.

Die kurze Unterredung verfolgte Wengler auf dem Weg in die Bezirkskriminalinspektion. Nach Petras Worten hatte er keinen Hunger mehr gehabt, sondern nur eine weitere Tasse Kaffee getrunken und dann das Haus verlassen.

Bevor er die BKI betrat, kaufte er sich beim Bäcker um die Ecke vorsichtshalber doch zwei belegte Brötchen, da er nicht absehen konnte, wann er am heutigen Tag zum Essen kommen würde.

Sie hatten zwar das erhoffte Geständnis erhalten, aber jetzt musste alles gerichtsverwertbar gemacht werden, was noch eine Reihe von Tagen in Anspruch nehmen würde. Außerdem stand eine weitere Vernehmung von Lukas Krohn an, und darüber hinaus hoffte Wengler, dass auch eine Unterredung mit Annika Krohn möglich sein würde, wonach es nach einem Anruf im Krankenhaus im Moment allerdings nicht aussah. Birte und Reinders hatten um ein Gespräch gebeten, Wengler ahnte, was sie auf dem Herzen hatten. Außerdem hatte sich Lundgren angekündigt. Wengler vermutete, dass sie ihm einen Abschlussbericht aushändigen wollte, was sie allerdings auch per Mail hätte erledigen können.

***

Hannah hatte beschlossen, sich mit keiner langen Vorrede aufzuhalten. »Hatten Sie etwas an unserer Zusammenarbeit auszusetzen, Herr Wengler?«

Er runzelte die Stirn, seine Überraschung war echt. »Nein. Wie kommen Sie darauf?«

Sie erzählte ihm von dem Gespräch mit Klessmann.

»Und nun glauben Sie, dass ich was damit zu tun habe?« Jetzt war er verärgert.

»Ich weiß nicht, was ich glauben soll«, gab sie zu, froh darüber, dass mittlerweile zwei Tage ins Land gegangen waren und ihre Wut und Hilflosigkeit zumindest ein bisschen gedämpft hatten. Ihr war immer bewusst gewesen, dass sie sich mit ihrer Impulsivität, die sie häufig in unerfreulichen Situationen an den Tag legte, selbst am meisten im Wege stand. Aber sie hatte nie aus ihrer Haut rausgekonnt und sämtliche Ermahnungen an sich, zumindest eine Nacht über alles zu schlafen, in den Wind geschossen.

»Es gab nichts an Ihrer Arbeit und der Ihres Teams zu beanstanden, Frau Lundgren. Und selbst wenn es so gewesen wäre, hätte ich mich mit Sicherheit nicht an den Kollegen Klessmann, sondern an Sie gewandt. Ich halte nichts davon, Kollegen hinter ihrem Rücken anzuschwärzen.«

Seine Worte klangen aufrichtig, und sein offener Gesichtsausdruck zeugte davon, dass er die Wahrheit sagte. Was Hannah mit Erleichterung erfüllte. Schließlich konnte man nie ausschließen, dass es zu einer weiteren Zusammenarbeit kommen würde.

Dessen ungeachtet legte sie den Rückweg nach Kiel mit gemischten Gefühlen zurück, und als sie im LKA ankam, hatte sie eine Entscheidung getroffen.

Sie würde nicht gegen die geplante Trennung der beiden Dezernate angehen, auch wenn sie ihren neuen Posten nach wie vor als eine Degradierung empfand. Es wäre ein Kampf gegen Windmühlen, der sie eine Menge Kraft kosten würde, über die sie zurzeit nicht verfügte. Für den Moment hatte Klessmann gewonnen, was aber nicht bedeutete, dass sie sich geschlagen gab.

Ihr wichtigstes Ziel war die Überwindung ihrer verdammten Tablettensucht. Erst wenn sie das geschafft hätte, wäre sie wieder voll einsatzfähig. Danach würde sie weitersehen.

**

Wengler hielt Wort und traf um kurz nach sechs zu Hause ein. Er hängte gerade seine Jacke an die Garderobe, als Petra auf den Flur trat. Aus der Küche duftete es verführerisch.

»Da bist du ja. Und ausnahmsweise mal pünktlich.« Sie lächelte und gab ihm einen schnellen Kuss, bevor sie in die Küche zurückging.

Er grinste, denn diesen Schuh musste er sich anziehen. Einen pünktlichen Feierabend gab es in seinem Job eher selten. Auf der anderen Seite hatte sie aber gewusst, worauf sie sich einließ. Er folgte ihr, trat zum Kühlschrank und holte ein Bier heraus, bevor er sich an den Küchentisch setzte. »So, schieß los! Jetzt habe ich alle Zeit der Welt.« Er nahm einen großen Schluck und seufzte vor Wohlbehagen. »Worüber wolltest du mit mir sprechen?«

Petra zögerte einen Augenblick, dann nahm sie ihm gegenüber Platz. Sie faltete die Hände auf dem Tisch und sah ihn mit einem Blick an, den er nicht deuten konnte. »Ich bin schwanger«, sagte sie schließlich.

Im ersten Moment glaubte Wengler, seinen Ohren nicht zu trauen. Schwanger? Wie war das möglich, sie hatten doch immer verhütet! Doch dann überflutete ihn rasch ein so starkes Glücksgefühl, wie er es bisher nur wenige Male in seinem Leben empfunden hatte. Er hatte sich immer ein zweites Kind gewünscht, aber Petra hatte kein weiteres Mal in ihrem Job aussetzen wollen, in dem der Konkurrenzkampf von Jahr zu Jahr größer geworden war. Das hatte er akzeptieren müssen. Und nun das!

»Das ist ja phantastisch!« Mit zwei schnellen Schritten war er bei ihr und schloss sie in die Arme. »Damit machst du mich überglücklich.«

»Das hab ich mir gedacht.« Als sie zu ihm aufsah, standen Tränen in ihren Augen. »Ich weiß nicht, ob ich dieses Kind will, Christoph.«

Er strich über ihr Haar und verspürte einen Anflug von Panik. Das konnte sie doch nicht ernst meinen. »Was redest du denn da?«

Sie löste sich von ihm, stand auf und ging zum Herd hinüber, wo sie an einigen Knöpfen drehte. Als sie sich wieder zu ihm umdrehte, stand pure Hilflosigkeit in ihrem Gesicht. »Ich bin jetzt zweiundvierzig, also eine Spätgebärende. Es wird eine Risikoschwangerschaft werden. Es besteht die Gefahr, dass das Kind mit einem Downsyndrom auf die Welt kommt. Jede dritte Schwangerschaft nach dem vierzigsten Lebensjahr endet mit einer Fehlgeburt. Und, und, und … es gibt schon aus medizinischer Sicht eine Reihe von Gründen, die für einen Abbruch sprechen.«

»Petra, bitte, jetzt mach dich doch nicht verrückt.«

»Ich mache mich nicht verrückt, ich zähle dir bloß die Risiken auf.« Mit einer ärgerlichen Handbewegung wischte sie sich die Tränen vom Gesicht. »Das ist die eine Seite. Die andere ist der Job. Wenn ich jetzt für eine längere Zeit aussteige, war's das für mich.«

Wengler sah es nicht so schwarz. »Das kann ich mir nicht vorstellen. Du bist eine Top-Journalistin und wirst immer eine Anstellung finden.«

Sie senkte den Blick. »Man hat mir einen Job in Hamburg angeboten. Bei einem neuen Politmagazin.«

Wengler starrte sie an. Das Atmen fiel ihm auf einmal schwer, weil er instinktiv wusste, dass sie ihre Entscheidung bereits getroffen hatte. Für den Job und gegen das Kind. Seine Meinung war hier nicht gefragt.

Petras nächste Worte bestätigten seinen Eindruck. »Es tut mir leid, Christoph, aber auf diesen Job habe ich mein Leben lang gewartet. Ich würde es mir nie verzeihen, wenn ich ihn ausschlüge.«

Endlich fand er seine Stimme wieder. »Aber eine Abtreibung würdest du dir verzeihen?«

»Nein, natürlich nicht. Aber ich habe immer gesagt, dass ich kein zweites Kind will, und jetzt muss ich eine Entscheidung treffen.«

Er spürte, wie ihn eine lodernde Wut ergriff. »Falsch, Petra! Wir müssen eine Entscheidung treffen! Schließlich habe ich als Vater dieses Kindes auch ein Wörtchen mitzureden!«

**

Eine Woche später

Wieder ein Samstag. Eine zurückliegende Woche, in der er das Gefühl gehabt hatte, dass kein Stein mehr auf dem anderen geblieben war. Wengler war dankbar gewesen, dass der aktuelle Fall trotz Aufklärung noch eine Vielzahl von Arbeitsstunden erfordert und ihn den größten Teil der Zeit von zu Hause ferngehalten hatte. Er hatte Birte und Reinders für die Woche freigegeben, damit sie sich um ihre Kinder kümmern konnten, und sich auch noch deren Abschlussarbeiten aufgehalst. Außerdem hatte er sich bei den Kollegen vom Drogendezernat umgehört, was sie ihm über die Loverboy-Szene erzählen konnten. Den von Birte genannten Namen kannte niemand, und die polizeiinterne Abfrage hatte ebenfalls zu keinem Ergebnis geführt. Was nicht bedeuten musste, dass der Mann ein unbeschriebenes Blatt war. Da würde man dranbleiben müssen.

Die Leichen von Heike und Manfred Krohn waren mittlerweile freigegeben worden und würden in der kommenden Woche beigesetzt werden. Wengler hatte Lukas in der JVA aufgesucht und davon in Kenntnis gesetzt, woraufhin der junge Mann den Wunsch geäußert hatte, an der Beerdigung teilzunehmen. Im Anschluss daran war Wengler ins Krankenhaus gefahren, wo Annika noch immer in der Psychiatrie untergebracht war, und hatte dort erfahren, dass ein Gespräch aufgrund ihres Gesundheitszustandes zurzeit noch nicht möglich sei. Eine Teilnahme an der Beerdigung sei ausgeschlossen, selbst wenn sie dies wünsche. Die Gefahr, dass sie bei diesem Ereignis einen Rückschlag erlebe, sei zu groß.

Als Wengler an diesem Samstagmorgen erwachte, war es sechs Uhr. Er war vor vier Tagen ins Gästezimmer umgesiedelt, nachdem ihm ein weiteres Gespräch mit Petra endgültig den Boden unter den Füßen weggezogen hatte. »Ich weiß nicht, ob das Kind von dir ist«, hatte sie ihm unter Tränen gestanden, »das ist auch ein Grund, warum ich es nicht behalten will.«

Michael Kersten. Schlagartig hatte er den Namen vor Augen, der auf der Visitenkarte in Petras Buch gestanden hatte.

Petra hatte einen One-Night-Stand mit dem Mann gehabt. Ein Verlagsfest vor anderthalb Monaten, ein heftiger Flirt, zu viel Alkohol, eines habe zum anderen geführt. »Ein Ausrutscher, Christoph, ich weiß auch nicht, wie es passieren konnte, es tut mir so wahnsinnig leid, bitte verzeih mir.« Fassungslos hatte er der Frau zugehört, die wie ein Häufchen Elend vor ihm saß und die er bis vor wenigen Tagen in- und auswendig zu kennen geglaubt hatte. Danach hatte er sich jedem weiteren Gespräch entzogen.

Auch an diesem Wochenende würde er seinem Heim entfliehen, das keines mehr war, auch wenn ihm bewusst war, dass er nicht ewig davonlaufen konnte. Er musste sich der Konfrontation mit Petra stellen und eine Entscheidung treffen, ob er mit der Situation umgehen konnte oder nicht. Aber vor allen Dingen musste er sich um Kristina kümmern, die natürlich mitbekommen hatte, dass zwischen ihren Eltern gerade etwas gewaltig falsch lief. Petra hatte ihr die Situation zu erklären versucht, ihm hingegen hatten die Worte gefehlt. Das konnte so nicht weitergehen. Seine Tochter war der wichtigste Mensch in seinem Leben, er durfte sie nicht im Stich lassen. Er musste seine Sprachlosigkeit und den Zustand der Erstarrung endlich überwinden.

Nachdem er geduscht und sich angekleidet hatte, verließ er das Haus und nahm ein kurzes Frühstück in einem Café in der Nähe der BKI zu sich. Er hatte vorgehabt, wieder ins Büro zu gehen, entschloss sich aber auf dem Weg zu seinem Wagen, noch einmal zu dem Bauernhof der Krohns zu fahren. Was ihn dorthin trieb, vermochte er nicht zu sagen, vielleicht das Gefühl, mit dem Besuch einen Abschluss dieses Falls zu finden, der sich als der bisher verstörendste seiner Laufbahn erwiesen hatte.

Die Spurensicherung hatte ihre Arbeit mittlerweile beendet, das Haus war versiegelt. Während er über den kopfsteingepflasterten Hof ging, fielen ihm vereinzelte Überbleibsel ins Auge, die auf einen Polizeieinsatz hinwiesen. Reste von rot-weißem Absperrband an zwei Bäumen und der Tür zur Scheune, zwei umgestülpte Einweghandschuhe in einer Pfütze, ein blauer Schuhüberzieher, den der aufgekommene Wind über den Hof jagte.

Wengler schaute zum Haupthaus hinüber und fragte sich, was mit dem Anwesen geschehen würde. Es erschien ihm unvorstellbar, dass jemand auf den Gedanken kommen könnte, es zu erwerben. Was hier geschehen war, hatte sich dank der Medien mittlerweile deutschlandweit herumgesprochen. Die Bilder des heruntergekommenen Anwesens standen allen vor Augen, auch die der Umgebung. Andererseits gab es aber auch immer wieder Menschen, die sich gerade von solchen Abnormitäten angezogen fühlten.

Lukas Krohn hatte in ihrem letzten Gespräch nicht erwähnt, was er mit dem Haus vorhatte. Der junge Mann würde für viele Jahre hinter Gittern verschwinden, da er aufgrund seines Geständnisses wegen Mordes angeklagt werden würde. Da dürften Gedanken über die Zukunft des Hofes im Augenblick zu seinen geringsten Problemen gehören. Und wann Annika die Psychiatrie würde verlassen können, war noch nicht absehbar.

In dem ganzen Elend um ihn herum gab es jedoch einen Lichtblick. Kim Förster hatte überlebt und war wieder mit ihrer Familie vereint. Sie würde ihr ganzes Leben von dieser Erfahrung gezeichnet sein. Es gab so viele Beispiele, dass diese Menschen trotz vieler Therapien und Hilfsangebote nicht wieder auf die Beine kamen. Wengler würde sie in der kommenden Woche in Bremen aufsuchen, weil er noch Fragen an sie hatte. Er würde behutsam vorgehen und versuchen, sie als Erstes einfach nur zum Reden zu bringen. Das war häufig ein guter Einstieg, nach dem in vielen Fällen alles wie von selbst ans Licht kam.

Als der Wind zunahm und Regen aufkam, stieg er wieder in seinen Wagen. Für einen Moment starrte er blicklos durch die Frontscheibe, dann gab er sich einen Ruck und startete den Motor.

Er würde den Tag nicht im Büro verbringen, sondern wieder nach Hause fahren. Ob er die Kraft für ein Gespräch mit Petra aufbrächte, wusste er nicht, aber er würde in jedem Fall mit Kristina reden und ihre Ängste zu mildern versuchen. Wie es um seine bestellt war, wollte er im Moment nicht hinterfragen.